이건숙 문학전집 4

민초들의 이야기

이건숙 문학전집 4

민초들의 이야기

이건숙 기독문학 스마트소설

문학나무

우리의 믿음을 점검하는 계기가 되기를

코로나로 인해 모두가 집콕 생활해야 하는 이상한 시대를 우린 살고 있다. 이런 일은 세계 역사상 처음 있는 일일 것이다. 물질만능주의에 빠진 우리 세대들은 빌딩숲에서 눈이 호사하는 환경에 거죽 치장만 잘하고 살고 있지 옛날 원시인과 무엇이 다르단 말인가? 더구나 우리나라는 100여 년 동안 놀랄 정도로 가치관이며 생활양식이 변화되었다. 작금의 세태는 무섭게 치닫는 변화의 물결 속에서 영상매체에 빠져 모두가 정신이 휘둘리고 있다. 20여 년 전만 해도 버스나 기차를 타면 책을 읽는 사람들이 눈에 띄었다. 요즘 주요 교통수단인 전철을 타고 만나게 되는 현상은 놀랍게도 나이에 관계없이 모두 달팽이들처럼 핸드폰 화면에 빠져들어 옆에 누가 있는지도 모른다.

가장 변화가 심한 곳은 아마도 교회가 아닌가 싶다. 필자가 남편을 따라 목회지에 임한 80년대 초반에는 성경을 펴놓고 그 위로 지나갔다고 성토의 대상이 되어 당회에서 거론될 정도로 곤혹을 치른 장로님도 있었다. 그만큼 성경이나 교회의 물건까지 성물이라고 귀하고 성스럽게 받들었다. 이제는 성경을 들고 다니지도 않고 그냥 교회에 몸만 와서 강단에 펼쳐진 스크린을 보고 더러는 핸드폰에 저장된 성경을 보기도 한다. 더구나 코로나로 인해 온라인 예배를 들이면서 성전의 필요성도 사라질 판이다. 아마도 포스트 코로나에 불어 닥칠 변화는 엄청날 것이다.

이런 무서운 변화의 물결 속에 강타를 맞은 문학은 작가들끼리 책을 출판하여 서로 읽고 있는 지경에 이르렀다. 어떻게 하면 독자들을 종이 활자로 눈을 돌리게 할까 하는 고민을 하다 나름 짧은 글을 재미있게 써보자는 마음을 갖게 되었다. 사실 장편은 1,000매가 넘고 단편도 70매가 넘으니 화려한 채색영상에 익은 사람들의 눈에 이런 글을 읽어낼 인내심이 없는 건 당연하다. 해서 시도한 것이 소설을 짧게 5분에서 10분을 넘기지 않고 읽게 해보자는 의도로 25매 정도의 짧은 소설을 월간 새가정에 3년간 연재했다. 33편의 옛 민초들의 이야기였다. 기독교 전래 이후 한국에 불어 닥친 물결 속에 살아간 1900년도 전후 민초들의 의식구조와 생활양식이 일목요

연하게 펼쳐진다. 남편의 목회지에서 만난 성도들의 세상에 드러나지 않고 숨겨진 가문의 야사를 듣고 모은 자료와 기록된 역사에서 뽑은 소재로 몇 편은 씌어졌다.

'옛 민초들의 이야기'는 새가정에 3년 연재가 끝난 뒤에 2008년에 출판되었던 것을 수정 보완하여 뒤에 '오늘날 우리들의 이야기'까지 합쳐 이번에 출판하게 되었다. 오늘날 우리들의 이야기를 넣은 것은 놀랄 정도로 확연하게 변한 우리의 의식구조를 작품을 통해 느낄 수 있도록 시도한 것이다.

핍박이 사라진 풍요로운 신앙생활 속에 나태하고 세속화 되어가고 있는 우리들이 순수하고 단순하고 심지어는 거룩해 보일 정도로 아름다웠던 저들의 믿음을 읽어가면서 가슴을 여며보자. 문화끼리 충돌하는 와중에도 지혜롭게 대처한 선조들의 지고한 신앙을 앞에 놓고 우리의 믿음을 점검하고 반성, 회개하는 계기가 되기를 소망한다.

2021년 1월 신촌 서재에서
이건숙

차례

1 | 스마트소설
옛 민초들 이야기

2 | 스마트소설
오늘 우리들 이야기

해설 _ 황충상 소설가, 동리문학원장

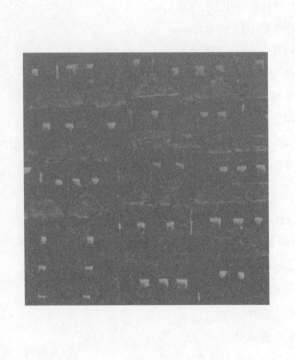

옛 민초들 이야기

바리데기

내 이름은 바리데기다. 딸만 줄줄이 사탕으로 낳은 어머니는 다섯 번째도 딸을 낳자 동네 할머니에게 부탁해서 아들을 많이 낳은 집 대문 앞에 갓 태어난 나를 버렸다가 다시 주어오게 했단다. 아들을 여섯이나 낳은 집 앞에 버렸다가 데려오면 여섯 번째는 아들을 낳을 것이란 속설 때문이다.

남의 집 앞에 버렸다고 해서 바리데기란 이름을 가진 내가 시집가서 딸을 넷이나 낳았을 때의 심정이란 죽고 싶을 뿐이었다. 그런 와중에 다섯 번째의 출산을 앞두고 아주 기쁜 소식을 들었다. 이번에도 딸이면 여섯 번째는 꼭 아들을 낳을 수 있는 비법이 있다나. 내가 살고 있는 시흥 근처 수암산 한 모퉁이에 있는 피흘니 고개가 굉장히 영험하다고 했다. 딸을 낳자마자 그 고개의 성황당에 가서 빌면 아들을 낳을 수 있다는 것이다.

다섯 번째 딸을 낳은 늦가을 어둑새벽이었다. 집에서 거기까진 오리 길. 청일전쟁 직후라 민심도 흉흉한데 호랑이가 자주 출몰하여 일단 해가 지거나 어둠이 걷히지 아니한 어둑새벽에는 바깥출입을 삼가는 시절이었다. 겨울을 앞에 둔 날씨는 쌀쌀하고, 산고를 치른 끝이라 걷기도 힘들었으나 아들을 낳아야 한다는 집념으로 무릎이 까지도록 거기까지 뒹굴면서 기어갔다. 성황당의 돌무더기를 향해 두 손 모아 해가 중천에 뜨도록 치성을 드렸다. 치마가 흥건하게 피로 젖어있었다.

피흘니 고개는 전쟁 중 젊은 남자들이 많이 죽은 장소라고 한다. 너무 많이 죽었기 때문에 아직 환생하지 못하고 배회하는 혼백들이 몸이 여물지 못한 산모의 산문을 통해 기어들어온다고 한다.

그렇게까지 했지만 여섯 번째도 일곱 번째도 딸만 낳았으니 남편은 씨받이로 첩을 얻었고 나는 바리데기 신세 그대로였다. 씨받이가 들어오자마자 아들을 낳는 바람에 씨받이 산후조리까지 해주는 가련한 신세로 변하여 슬픈 세월을 보내는 중에 멀리 황해도로 시집간 고모님이 찾아왔다.

"바리데기란 이름을 버리고 진짜 이름을 주는 데가 있어. 여자도 남자와 똑같이 창조되었다고 깨우쳐주는 곳이야."

"나처럼 아들도 낳지 못해서 구박받는 여자를 사람으로 귀하게 여겨준단 말이오? 거기가 어디든 갈 것입니다."

고모님은 내 손을 잡고 예배당엘 데려갔다. 말씀이 어찌나 좋은지 예수를 구주로 받아들이고 집안의 신주단지와 섬기는 우상들을 다 내다버리기로 결심하고 세례를 받겠다고 했다. 평생 처음 서양 선교사를 만났는데, 그 얼굴을 대할 적에 마음이 뜨거워지면서 나를 구원하려고 바다를 건너 온 선녀처럼 보였다.

아들을 낳지 못하는 천덕꾸러기, 바리데기였다가 예수를 믿고 다시 태어난 나는 얼굴에 빛이 나고 기쁨으로 입이 다물어지지 않았다. 선교사님은 내게 '마리아'란 이름을 주었다. 바리데기를 버리고 친정아버지의 성을 따라 박마리아가 된 것이다. 예수님의 어머니 이름이 마리아라고 했는데, 선교사님이 내게 세례를 주고 이렇게 좋을 이름을 주었다.

박마리아가 된 나는 집안에서 섬기던 우상들을 한 달에 하나씩 몰래 땅에 묻기도 하고 불에 태우기고 했다. 우리 집안에서 섬기는 우상들은 스무 가지가 넘었다. 용궁님, 부귀대감, 터줏대감, 북두칠성, 삼신, 수문장신, 소머리사신, 용왕님, 산신령님, 선황님…… 처음에는 무슨 일이 일어나는지 모르다가 우상들이 하나씩 없어지자 남편이 불같이 성을 냈다.

"아들도 못 낳는 년이 어쩌자고 신주까지 치워버리면서

집안 망신을 시켜. 다시는 그런 짓 하지 말라고."

내가 예수를 믿는 한, 집안에 있는 우상들을 허용할 수가 없었다. 이미 이 집안에서 버려진 몸, 남편의 사랑도 못 받고 바리데기로 내팽개쳐진 여자가 못할 일이 무엇인가. 맞아 죽으면 우리 주님이 칭찬하실 것이란 믿음으로 모든 우상을 집안에서 깡그리 없애고 집을 청결하게 하니 힘이 더 났다.

성이 머리끝까지 치밀어 오른 남편이 나를 가만 놔둘 리가 없었다. 등잔걸이로 내 머리를 내리쳐서 나는 그만 그 자리에서 혼절해버렸다. 닷새 동안 피를 흘리며 누워 있다 정신이 돌아왔다. 죽지 않고 산 것은 오로지 하나님의 은혜였다. 간신히 일어나 거동하는 나를 보고 남편은 눈을 흘기면서 다시 한 번 예배당에 나가면 발목을 잘라버리겠다고 으름장을 놓았다. 이상하게도 그런 남편이 조금도 두렵지 않았다.

버리데기로 버려졌던 나에게 아름을 주고 나를 인정해주는 예배당을 왜 멀리하겠는가. 그곳에 가야 마음이 평안하고 말씀을 들으면 기쁨이 넘쳐서 세상 무엇과도 바꿀 수 없는 황홀경에 이르는데 말이다.

한적한 산 속에 들어가 남편이 회개하고 하나님께 돌아오게 해달라고 고함을 치면서 얼마나 기도를 많이 했는지 모른다. 그러나 악령도 크게 역사해서 집에 오니 야단이 났다.

"옆집 머슴이 산에 나무하러 갔는데 여편네가 부끄러운 줄도 모르고 산이 떠나가게 고함을 치고 있더라고 떠들고 다니더군. 거긴 호랑이가 나오는 곳인데 잡아먹히고 싶어 그래?"

"당신도 나처럼 예수를 믿고 마음에 평안을 얻게 해달라고 치성을 드렸어요. 그게 무엇이 잘못이요."

남편은 불끈해서 식칼을 들고 덤볐다. 눈을 똑바로 뜨고 남편을 노려보자 발목을 칼로 내리찍었다. 피가 철철 흘러나왔다. 목에 감은 명주목도리로 종아리를 꽁꽁 묶어서 우선 지혈을 했다. 마침 눈이 내리기 시작해서 마당에 쓰러진 내게서 흐르는 피가 흰 눈 위를 새빨갛게 물들였다. 그런데 이게 웬일인가. 내 입에서는 찬송이 나오는 것이 아닌가. 내게 세례를 준 선교사님의 얼굴이 떠오르며 승리했다고 칭찬하는 듯했다. 우리 주님이 나를 위해 십자가 위에서 흘린 보혈은 이보다 더했을 것이란 마음에 이르자 감사의 기도가 터졌다.

"주여! 나도 핍박을 받게 해주셔서 감사합니다. 남편이 회개하고 예수님을 믿을 수 있도록 성신님께서 역사하여 주옵소서. 딸만 낳아 예수를 믿게 해주셔서 감사합니다."

눈 위에 네 활개를 펴고 누워서 찬송을 부르다가 기도를 하는 나를 보고 남편은 기가 막힌다는 듯 혀를 찼다.

감자를 심어 수확기가 되었다. 어느 날 나가보니 산짐

승들이 내려와 거지반 캐먹었다.

"당신이 서양 신을 믿어서 이런 일이 일어나는 거야. 하나님을 공경하는 사람의 집에 왜 산짐승이 내려와서 다 먹어버려. 네가 믿은 하나님이 우리 밭을 보호해줘야 할 것 아니야?"

첩과 자식들 앞에서 이런 핍박과 조롱을 받으니 눈물이 철철 흘러내렸다. 그 밤에 늘 내 곁을 맴도는 누렁이를 데리고 죽기를 각오하고 산으로 갔다. 아주 깊은 곳으로 가서 죽으면 죽으리라 하는 기도를 하기로 내 마음을 정했다. 요즘 이 동네를 공포로 몰아넣고 있는 호랑이가 나를 잡아먹기를 기다리는 마음도 있었다. 남편이 회개하고 나와 함께 예수를 믿지 않으면 차라리 죽는 편이 낫다는 결심을 했다. 죽은 사람도 살리시는 예수님인데, 남편이 회심하는 것쯤은 아무 것도 아닐 게다.

늦봄의 산속은 나뭇잎이 무르익어 청청했다. 목숨을 걸고 하는 기도를 우리 주님이 들어주지 않으면 이 동네 사람들을 넷이나 잡아먹은, 꼬리 끝이 하얗다는 호랑이가 내려와 나를 잡아먹기를 바랐다.

누렁이가 옆에 있어서 온기가 느껴져 의지가 되었다.

얼마를 기도하다 옆에서 바스락거리는 소리가 들려 눈을 떠보니 송아지만한 호랑이가 우리 누렁이를 잡아서 맛있게 먹고 있지 아니한가. 내 쪽으로 돌린 꼬리 끝이 흰색이었다. 동네 사람들이 그토록 무서워하는 바로 그 호랑이구나! 머리칼이 곤두서고 온몸에 닭살이 깔렸다.

'저 착한 누렁이를 먹고 난 뒤에는 내 차례구나. 주님! 제 영혼을 주님 손에 맡깁니다. 사는 것보다 죽는 것이 차라리 더 좋습니다. 하나님이 계신 곳은 슬픔도 없고 아픔도, 괴로움도 없고 배고픔도 없고 모두 찬송하면서 기쁘게 지낸다고 했으니 그리로 가고 싶습니다. 제 영혼을 주님께 부탁합니다.'

기도하면서 죽음을 기다리니 마음에 평안이 임하고 오히려 기쁨이 넘쳤다. 밤은 점점 깊어가고 어둑새벽이 되어가도 호랑이는 꼼짝하지 않았다. 누렁이를 먹어치운 호랑이가 입맛을 다시면서 나를 보는 것이 아닌가. 조금 쉬었다가 나를 먹을 모양인가 보다. 다시 눈을 감고 조용히 기다렸다. 그리고 깊은 묵상기도에 들어갔다.

'이 바리데기를 주님 받아주십시오. 잡아먹힐 때 아프지 않고 금방 죽게 하여주십시오. 제 남편을 용서하여주시고 회개하고 예수를 구주로 영접하는 남편이 되기를 기도합니다.'

흘끔 옆의 호랑이를 보았다. 세상에! 나를 바라보는 호랑이의 눈이 얼마나 다정한지! 사랑과 자비가 가득한 눈으로 나를 감싸는 것이 아닌가. 마치 이 큰 호랑이가 늑대나 다른 짐승이 나를 해치지 못하도록 보호하고 있는 듯했다.

이 산에는 늑대가 드글드글 많은데 단 한 마리도 얼쩡

거리는 놈이 없었다.

갑자기 밑에서 두런두런 사람들의 소리가 났다. 수십 명의 동네 장정들이 횃불을 켜들고 내가 있는 쪽으로 오고 있었다. 만약 이대로 있다가는 저 호랑이한테 모두 당할 터인데 이를 어쩌나 하는 생각이 번쩍 들었다. 이건 위급한 상황이다. 오! 주여! 이를 어쩌지요. 저 호랑이가 동네 사람들을 해치는 날이면 나는 이 동네에서도 쫓겨나야 하는데 어쩌지요.

옆의 호랑이를 보니 이럴 수가! 슬그머니 일어나더니 나에게 다정한 시선을 한 번 더 던지고 산 속을 향해 어슬렁어슬렁 걸어가는 것이 아닌가.

횃불이 다가왔다. 손에 삽과 곡괭이를 든 사람들의 눈에 독기가 서렸다. 목숨을 걸고 호랑이와 싸울 태세였다.

"아직 호랑이가 있으니 가까이 오지 마세요!"

나는 목청껏 저들을 향해 외치기 시작했다. 그러자 함성이 터졌다.

"어머머……, 호랑이가 도망치고 있네. 서양귀신이 호랑이를 이겼어. 이건 있을 수 없는 일이야. 만세, 만세!"

"여보! 당신이 믿는 서양귀신 참 대단하다."

횃불에 드러난 남편의 얼굴에 잔잔한 미소가 어렸다. 나는 와락 그의 품에 안겨 감격의 눈물을 흘렸다.

선교사의 짐꾼

나는 늦은 나이에 다섯 살 난 '수영'이란 외아들을 둔 남자다. 본처가 딸만 일곱을 낳아 고민하다가 씨받이를 얻어 아들을 낳았는데, 그 아이 때문에 나는 선교사의 짐꾼이 되었다. 누가 시켜서 된 일이 아니고 너무 고마워서 결초보은(結草報恩)하는 심정으로 자청해서 나섰다. 바람이 몰아치고 발이 푹푹 눈 속으로 빠지는 겨울에도 묵묵히 산골을 돌면서 쪽복음을 전하고 환자들을 치료하는 선교사는 이 세상 사람처럼 보이질 않았다. 아무리 생각해도 사람이 어떻게 그런 일을 할 수 있단 말인가! 처음엔 뭔가에 홀린 기분이었다. 한의사들도 살려내지 못해서 죽어가는 사람들을 의료선교사는 척척 살려내니 감탄한 나는 짐을 지고 선교사를 따라다닐 수밖에 없다.

내가 선교사의 짐꾼이 된 사연은 이러하다.

딸만 일곱이나 낳은 아내 때문에 나는 무척 고생했다. 여자 혼자 아기를 만드는 건 아니지만 이상하게 그 뱃속에는 딸만 들었는지 앞으로 열이나 스물을 낳는다 해도 딸일 것 같아 불길했다. 매번 해산할 적마다 집안 어른들의 낙담과 한숨소리로 몸 둘 바를 몰랐다. 빨간 고추 대신 숯과 청솔가지를 엮어 대문에 매다는 일도 징그러웠다. 대(代)는 이어야 하니 어쩔 수 없이 씨받이를 데려왔다. 재 너머 몰락한 집안의 딸인데 내게 오자마자 당장 떡두꺼비 같은 아들을 턱 낳았으니 이거 참 기가 찰 노릇이었다. 집안의 모든 관심은 아들에게 쏠렸다.

　그런 중에 본처가 예수쟁이가 되고, 금쪽 같은 아들이 시름시름 앓기 시작했다. 어떻게 얻은 아들인가. 이아들을 잃는다면 이 집안은 그야말로 쑥대밭으로 변할 것이다. 날마다 몸은 불덩어리고 물 한 모금도 삼키지 못하더니 결국 눈을 뜨지도 못했다. 돌을 갓 넘긴 아들이 죽어가는 꼴을 지켜보자니 애간장이 녹아내렸다. 슬그머니 서양귀신을 믿는 아내 탓이란 생각이 치밀었다. 얼마나 서양귀신에게 자기가 낳지 못한 아들을 놓고 저주했으면 이지경이 되었단 말인가! 아들을 구할 수 없다는 절망감에 빠져있을 때 조강지처인 아내가 두 손을 맞잡고 주문을 외듯이 웅얼대다가 불쑥 이렇게 말하는 것이 아닌가.

　"딱 한 가지 수영이를 살릴 방법이 있기는 한데……."

　나는 귀가 번쩍 뜨였다. 아들을 살리겠다는데 못할 일

이 무엇인가. 수영 어멈이나 부모님까지 간절하게 그녀의 입을 지켜보았다. 우리귀신이 못하는 걸 서양귀신이 해줄 수 있다는 말이라도 나올까? 산중에서 누렁이를 잡아먹은 호랑이도 서양귀신에게 져서 달아나버리지 않았던가. 무슨 귀신이든 좋으니까 어떤 존재든지 '금 나와라 뚝딱' 하는 식으로 방망이로 아들의 몸을 살짝 쳐서 병을 싹 낫게 해주면 좋겠다.

"제가 믿는 예수 씨는 죽은 지 사흘이 지난 나사로란 사람도 살리셨습니다. 수영이도 예수님이 손만 대시면 벌떡 일어날 수 있습니다."

"그러면 제발 그 예수님이란 신(神)을 불러다오. 참말로 손만 얹으면 벌떡 일어난단 말이지?"

나는 그녀의 손을 와락 잡고 간절하게 요청했다.

"아이를 데리고 평양까지 가십시다. 다른 방법이 없잖아요. 예수님이 함께하는 서양 선교사들이 많은 병자들을 살려내고 있다는 소문이 자자합니다. 어서 평양으로 갑시다."

아들을 살린다는데 못할 일이 무엇인가. 달구지에 아들을 태우고 조강지처와 함께 평양으로 향했다. 가을의 초입에 접어들어서 평양으로 가는 길은 무르익은 곡식으로 물결쳤다. 선교사의 집 근처는 서양 의사를 만나려는 인파로 발 디딜 틈도 없었다. 다행히 그녀가 평소 잘 알고 있는 전도인을 만나 수영이는 곧바로 서양 선교사의 품에 안겼다. 난생 처음 보는 서양인의 얼굴은 겉으로는 사람 모양이지만 눈이 파랗고 머리털이 노리끼리한 데다 키가 어찌나 큰지! 나 보다 머리 둘은 더 큰 장신이었다. 마치 폐가에서 볼 수 있는 장대한 귀신같아 대하기가 무척 껄끄러웠다. 아마도 예수라는 서양귀신도 이 사람처럼 생겼을 것이다. 그러나 외모가 어쨌단 말인가. 아들을 살린다는데 못할 짓이 무엇인가. 지옥에라도 가서 염라대왕을 만날 수 있다면 손이 발이 되도록 빌 마음인데 무엇이 두렵단 말인가.

　미국 선교사는 예수라는 서양귀신을 우리나라 사람에게 소개하려고 한 달도 넘게 배를 타고 바다를 건너왔다고 한다. 예수는 이 세상을 창조하고 인간의 생사화복을 주관하는 진짜 신이라고 했다. 내겐 아들을 살리는 신이 진짜 신이니 아들만 살려준다면 예수를 따라다닐 작정이었다. 이제 돌을 지나 방긋방긋 웃으면서 아빠를 불러대는 어린 것을 어찌 혼자 죽음의 길로 떠나게 놔둘 수 있단 말인가.

　남자 선교사가 아이를 받아 여자 선교사에게 건네주었다. 저들은 부부라나. 세상에! 여자 선교사는 남자보다 그 외양이 더 충격적이었다. 여자의 키가 어찌나 큰지! 코는 팔자가 드세게 오뚝하고 눈은 오목 들어간 것이 가관이었다. 턱은 관상학적으로 봐서 박복하게 생겼지만 저런 사람도 그 예수라는 분에게 반해 이역만리를 멀다 않고 여기까지 온 것이 틀림없다.

서양 선교사는 내 아들을 받아 안더니 눈을 감고 무엇인가를 웅얼대면서 무당처럼 뇌까렸다. 아이를 다리가 높은 긴 상 위에 올려놓고 이상한 것을 가지고 배와 가슴에 대보고 귀 기울여 듣기도 했다. 무엇인가를 아이 입에 넣어주고 엎어놓고 볼기짝에 침을 놓았다. 한의사들이 쓰는 그런 침이 아니고 물이 들어가는 듯했다.

잠시 후에 아이를 들것에 담아 다른 방으로 옮기라 하고 열흘을 기다리라고 했다. 열흘 만에 살아난다면 죽는 것보다 만 번 나은 일이 아닌가. 밖으로 물러난 나는 아내와 함께 주막집에 들어갔다. 평상 위에 걸터앉아 설렁탕을 사먹는 동안 둘러보니 주위 사람들이 모두 아픈 사람들을 데리고 와서 차례를 기다린다는 사실을 알았다. 다행히 아내가 알고 있는 전도인 덕에 그나마 수영이는 즉각 진찰을 받고 치료하고 있으니 아내가 그렇게도 예쁠 수가 없었다. 그런 의미에서 조강지처는 첩보다 정말 믿음직했다. 아들만 살아난다면 조강지처를 깊이 사랑하리라 결심했고 그녀가 믿는 예수를 믿을 작정이었다.

열흘이 지나고 열하루가 되는 날 아들을 찾았다. 눈동자도 또렷했고 벙글벙글 웃고 있지 아니한가. 세상에 어찌 이런 일이! 아들의 얼굴엔 건강한 빛이 흘렀다. 그 자리에서 나는 아내, 박마리아를 따라 예수를 믿기로 작정하고 은혜에 감격하여 자청해서 선교사의 짐꾼이 되었다.

이 동리, 저 동리로 환자들을 치료할 때 쓸 물건들을 지게
에 지고 따라다니면서 예수를 전하는 일에 참여하게 되었
다.

　'할렐루야! 내 조강지처, 박마리아 만세!'

별감의 손자며느리

　김월분 여장로는 두 아들과 며느리가 대한항공 편으로 서울로 떠난 뒤 허탈감을 누를 수가 없었다. 어머니를 버린 아버지지만 마지막 가시는 길을 자식 된 도리로 모른 체 할 수는 없다고 며느리까지 함께 그녀 곁을 떠날 때는 너무 기가 막혀 악을 쓸 수도 없었다. 어머니도 이제 아버지를 용서하고 자기들과 함께 마지막 가는 길에 당당하게 본부인으로 사람들 앞에 나서자고 큰아들이 설득했으나 김 장로는 결사적으로 미국에 왔는데 왜 그 상판대기를 보러 다시 가느냐고 어깃장을 놓았다.

　아들에게는 숨기고 있었지만, 남편이 임종하기 석 달 전에 전화를 해왔다. 마지막 숨을 거두기 전에 보고 싶다나. 세상에! 세월이 반세기가 흐른 지금에야 보고 싶다니, 이게 말이 되는가. 여섯 살, 여덟 살 된 어린 두 아들을 버리고 다른 여자를 따라 떠났던 사람이 임종을 앞두고 국제전화로 이렇게 말했다.

"여보, 미안해. 하지만 당신도 고집이 너무 셌어. 그렇게 날 팽개치고 미국에 가니 속이 후련했어? 이렁저렁 살다가는 것이 인생인데 그게 그리도 한(限)에 사무쳤어? 우리 이다음 생에 다시 만나면 이렇게 살지 맙시다. 당신을 단 한 번도 잊은 적이 없어요. 나를 용서해주구려. 흑흑……. 너무 늦었지만 당신 소원이 무엇인지 꼭 들어주고 싶구려."

가래를 칵칵 뱉어가면서 혼자서 지껄이는 남편에게 김월분 장로는 단 한 마디도 하지 않았다. 더럽고 치사하고 못된 놈이라고 외치고 싶은 걸 참느라고 혀를 깨물기도 했다.

열다섯에 시집온 김월분은 족두리를 벗은 다음 희한한 광경을 보게 되었다. 신부보다 다섯 살이 위였던 신랑이 갑자기 장롱 문을 열더니 핏빛 옷을 꺼내는 것이었다. 부끄러운 줄도 모르고 결혼식 때 입은 예복을 훌렁 벗어던지고는 무엇에 홀린 사람처럼 새파란 비단 바지를 입더니 그 위에 예의 그 흉측한 빨간 철릭을 입는 것이 아닌가. 짧은 머리에 모피로 만든 방한용 모자인 풍뎅이를 쓰고는 그 위에 노란 초립을 떡하니 얹었다. 귀를 가리는 남바위는 본 적이 있었지만 귀가 드러난 모자인 풍뎅이는 정말 기이해서 웃음이 나왔다. 가슴에 파란색 띠를 띠고는 신부를 향해 장승처럼 우뚝 서서 멋쩍게 씩 웃더니 어린 신부에게 처음 건넨 말은 이러했다.

"어때, 멋있지? 이거 우리 할아버지가 입던 거야. 우리 집안의 가보(家寶)라고. 내가 가장 소중히 여기는 것이니 잘 봐둬. 이걸 입으면 어깨 밑에 날개가 달린 듯 몸이 가벼워지고 덩실덩실 춤을 추고 싶어."

신랑은 신부 앞에서 정말로 춤사위를 보이면서 몇 바퀴 빙그르르 돌기까지 했다. 남편의 몸에 흐르는 별감의 피는 곧 증명이 되었다. 허구한 날 기생집으로 나돌기만 하고 집안일을 팽개쳐버렸다. 구차한 살림에 할아버지 흉내를 낸다고 기생과 악공, 광대를 불러 모아 놀이판을 벌이고 흥을 내기도 했다. 아내는 궁여지책으로 달걀을 이고 다니면서 행상을 했다. 두 아들의 입에 음식을 넣어주려면 앉아 있을 수가 없었다.

남편은 바람기와 허풍기가 아주 심했다. 조선 후기 유흥계의 총아였던 별감이 그의 할아버지인 것이 문제였다. 별감은 놀고 먹고마시는 데 빠지는 법이 없었다고 한다. 원래 별감이란 직분은 궁중의 크고 작은 행사에 동원되고 임금이 행차할 시엔 어가를 시위하는 직임을 맡아서 그 차림이 매우 화려하고 당당했다고 한다. 갓 시집온 십대의 어린 손자며느리를 앉혀놓고 시할머니가 푸념하는 이야기는 모두 끔찍한 내용들이었다. 별감인 시할아버지는 기방을 운영하고 있었기에 유흥가 패싸움에 끼어서 전신이 멍들어 들어오거나 아니면 난투극을 벌여서 어깨나 팔 심지어는 배까지 칼에 찔려 들어오는 날이 허다했단다. 게다가 창기를 끼고 풍악을 울리고 술을 마시면 주사가 심해서 집안에 남아나는 것이 없었다고 한다.

남편은 그런 별감의 핏줄이어서 그런지 기방을 찾아다니면서 그나마 남아있던 농토마저 다 팔아 날마다 즐기는 생활만 했다. 하루는 달걀을 이고 이 집, 저 집 기웃거리다 남편의 음성을 들었다. 어린 아내는 허리가 휘도록 달걀을 이고 행상을 다니건만 남편은 기생과 시시덕거리다가 방으로 들어가는 것이 아닌가. 집에 들어와 어린 두 아들을 품고 누워있자니 화가 치밀어 참을 수가 없었다. 새벽녘에 남편이 기생과 들어간 방으로 갔다. 더위가 한창인지라 두 사람은 방문을 열어놓고 꼭 껴안고 자고 있었다. 눈에서 불이 났다. 사방을 두리번거리다가 마당 한쪽에 있는 수도를 발견했다. 마침 정원에 물을 주느라고 호스까지 매달려 있었다. 그녀는 민첩하게 호스를 끌어다가 연놈이 자고 있는 요 밑에 집어넣고 수도꼭지를 한껏 틀어놓고 줄행랑을 쳤다. 열시가 넘어서야 남편이 들어왔다. 바지가 덜 마른 걸 보니 이불이며 요가 모두 물바다가 된 뒤에야 깨어난 모양이다.

"당신이지? 요 밑에 수돗물을 틀어놓았지? 쯧쯧……."

"그래요. 그 물에 빠져 죽으라고 한껏 틀어놓았는데 어떻게 살아서 왔소?"

"으하하……. 당신, 이 바닥에서 소문났어. 구들도 내려앉고 한옥이 물바다가 되어서 난리가 났었지. 으하하……."

남편은 아무 일도 없었던 것처럼 며칠간은 근신하는 듯했다. 그러다 다시 기방 출입을 했다. 별감 할아버지의 언행을 보고 자란 탓인지, 어쩔 수 없는 모양이었다.

아내는 머리 밑이 빠지게 아프고 목도 뻣뻣했다. 달걀을 이고 하루 종일 돌아다니니 어깨도 휘고 허리도 구부정했다. 미국으로 이민 간 친정언니가 와서 이렇게 구차하게 사는 꼴을 보더니 제안을 했다.

"너, 수속해줄 터이니 미국으로 이민 오너라. 이 모양으로 어떻게 일생을 살겠니. 두 아들만은 훌륭하게 키워야지. 저런 아비 밑에선 깡패나 건달로 자라기 딱 좋구나."

순간 앞이 환해지는 것 같았다. 아들들을 성공시켜야 한다. 이곳에 두었다가는 제 아비처럼 붉은 철릭에 노란 초립을 쓰고 그게 조상의 가보(家寶)라고 나댈 것이 아닌가. 그 더러운 별감의 핏줄을 끊어내는 방법은 태평양을 건너 멀리 달아나는 길밖에 없다는 생각에 이르렀다.'

"언니! 두 아들을 데리고 미국으로 갈 거야. 거기서 아이들의 핏속에 흐르는 별감의 피를 모조리 빼낼 거야."

"그래라. 미국 와서 여기서처럼 고생할 각오로 일하면 두 아들을 아주 훌륭하게 키울 수 있다. 그곳에서 하나님을 믿고 교회에 다니면 세상을 주름잡는 아들들로 키울 수 있어."

두 번 생각할 필요도 없었다. 바로 수속을 시작하라고 졸라댔다. 결국 남편이 기생과 살림을 차린 지 일 년 만에 두 아들의 손을 잡고 태평양을 건넜다. 나중에 본마누라와 자식들을 찾아 나섰던 남편의 꼴을 전해 듣고 얼마나 고소했던지!

두 아들은 정말로 잘 자라주었다. 큰아들은 정형외과 의사가 되어서, 스키를 많이 타는 미국사람들을 치료하느라고 고되기는 하지만 연못이 딸린 궁궐 같은 집을 샀다. 큰며느리도 소아과 의사라 돈이 화수분처럼 고였다. 부부가 의사라 셋이나 되는 손자들을 길러주느라고 늘그막에 고생한 것 말고는 미국생활에 부족함이 없었다. 작은 아들은 변호사가 되어서 몸과 마음이 여유로운 생활을 하고 있다. 작은며느리는 초등학교 선생이라 둘이 버는 돈이 재산으로 연결되어서 김 장로의 여생은 물질로 넘쳤다.

이런 두 아들을 앞세우고 남편을 찾아가 어깨 쫙 펴고 유세를 하리라고 계획을 세우고 있었는데 갑자기 남편이 가버린 것이다. 그것도 반세기가 지난 어느 날 불쑥 미안하다는 한 마디를 던지고 말이다.

아들 며느리 모두 한국으로 가버린 텅 빈 집을 지키기가 무료해서 부흥회가 열리고 있는 교회로 갔다. 오십 년 전 어린 두 아들을 데리고 태평양을 건너 올 적에는 너무 막막했었다. 언니가 있긴 하지만 영어도 할 줄 모르고 운전도 못했다. 운전면허시험도 어떻게 어림짐작으로 찍어서 붙었지만 안내판을 볼 줄 몰라서 얼마나 고생을 했던가! 다행히 한국 사람들이 운영하는 옷 공장에 들어가서 재봉 일로 두 아들과 먹고 살 수 있었다. 앞집 흑인이 달려와서 뭐라고 야단을 해도 무슨 말인지 몰라 숨어버렸고, 물건을 살 때도 손짓발짓으로 겨우 해결하는 정도였다. 그런 와중에 아들들이 자라서 어미 대신 통역을 해주었고, 이민생활 내내 교회에 나가 하나님을 의지한 것이 유일한 위안이었다. 미국 땅에서 만난 하나님은 그녀에게 힘을 주었고 남편보다 더 든든한 기둥이 되었다. 슬플 때나 괴로울 때 교회에 가서 기도하면 해결되었고, 눈물콧물 흘리고 나면 속이 후련하게 뚫렸다.

별감의 후손이 이어받은 그 무서운 업보를 던져버리려고 태평양을 건넜는데, 그 땅에서 좋은 예수님을 만나 자식들을 곁길로 가지 않도록 길러냈으니 하나님은 멀고 먼 타국 땅에 미리 와서 모든 걸 예비해 놓고 인도한 셈이다. 배운 것이 없건만 기도 많이 한다고 장로 직분을 받아서 날마다 기쁨과 평안이 넘치는 삶이었다.

지난날을 되돌아보니 너무 감사해서 눈물콧물 흘리면서 한참 기도하고 있는데, 갑자기 신혼 초야에 빨간 철릭을 입고 노란 초립을 쓴 남편의 얼굴이 생시처럼 눈앞에서 살아났다. 입을 쩍 벌리고 신부 앞에서 춤을 추던 남편의 얼굴엔 생기가 넘쳤고 여자의 긴 머리처럼 풍뎅이가 목 언저리에서 휘날렸다. 순간 천둥 같은 음성이 천성에서 울려왔다.

"그래, 너만 혼자 잘 살았구나. 너 혼자만 천국에 갈 것이냐. 불쌍한 네 남편은 어찌하고. 그에게 딸린 가족을 어찌겠느냐? 난 네 손에서 피를 구하겠다."

감 장로는 벌떡 일어섰다. 남편은 놓쳤지만 첩과 그 자식들은 살려야 한다. 헐레벌떡 그녀는 한국행 비행기를 타고 남편의 장례식장으로 향했다.

아아! 죽음을 앞두고 그가 전화를 해왔을 적에 예수를 믿는 것이 마지막 소원이라고 말할 걸. 김장로의 눈은 후회하는 눈물로 앞이 어른거렸다.

승지 부인과 삼월이

김 승지 집안의 유모는 삼월에 태어났다 하여 삼월이란 이름이 붙었다. 평안남도 강서면 왁새말에 사는 김 승지의 부인이 첫아들을 낳았으나 젖이 모자라 유모로 들어간 것이 승지 부인 곁을 일생 그림자처럼 따라다니게 되었다.

열일곱에 시집온 승지 부인은 바느질도 잘 하지만 예의범절이 반듯했다. 남편인 김 승지는 고종 갑자년에 서북 사람으로는 드물게 임금의 신임을 받아 한양으로 이주하여 승지란 칭호를 받은 인물이다. 재산이 많고 남편의 명성도 있어 안주인인 승지 부인은 하인들을 거느리고 풍족한 삶을 살았으나 문 밖 출입이 자유롭지가 않았다. 삼월은 주인마님의 사랑을 듬뿍 받아 실과 바늘처럼 안방마님의 옆에 늘 붙어다닌 터라 마님의 갇힌 생활을 잘 알고 있었다. 필요한 물건을 사거나 책 심부름하는 일로 바깥을 자주 드나들기 때문에 숨통이 트인 삼월이는, 집안에 깊숙이 갇혀 우물 안 개구리처럼 지내는 승지 부인이 참으로 가엾다는 생각을 바깥바람을 쐴 때 종종했다. 안방마님이란 자리는 일 년에 두어 번, 그것도 절에 불공드리러 갈 적에나 가마를 타고 하인들을 앞세우고 바깥 공기를 쐬는 정도이지 늘 안채에 갇혀 사는 생활이었다.

삼월은 의주에 사는 박 진사댁 종살이를 하다가 총각인 도련님과 연애해 아들을 낳은 죄로 쫓겨나서 퉁퉁 불은 젖을 안고 이리저리 전전하던 중 승지댁 유모로 들어왔다. 승지댁 도련님의 젖줄이니 주인의 밥상에 떨어지는 음식일지언정 풍족해서 보릿고개가 와도 나무껍질이나 풀뿌리로 연명하지 않아도 되는 자리였다.

김 승지가 관직에서 물러난 뒤에 다시 고향인 강서로 돌아와 정착했고, 삼월은 나이 들어서도 유모자리에서 승지 부인의 말벗이 되어 몸종으로 함께 생활을 했다. 삼월이의 젖을 먹고 자란 승지 아들들도 이제 다 자라 장정들이 되었다. 승지 부인이 나이 사십 중턱을 넘어서자 그 곱던 자태가 사라져서 점점 부부 사이가 멀어지더니 대개의 양반들이 그러하듯이 김 승지가 첩을 들였다. 여종처럼 바깥에도 나가지 못하고 물어다 주는 바깥소식만 듣고 살아가는 승지 부인이 너무 불쌍했다. 안방에 갇힌 승지 부인에게 유모 삼월이는 바깥세상과 숨통을 터서 이어주는 유일한 통로였다.

하루는 삼월이 엄청난 소식을 부인에게 가져다주었다.

"평양에 서양 사람들이 들어와서 병도 고쳐주고 공부도 가르친다고 해요. 특히 버림받은 여자들을 돌보고 천민 여자들의 교육에 힘을 쓴다는군요."

"서양 사람이 왜 남의 나라에 와서 병을 고쳐주고 버림 받은 여자들을 돌보고 천한 여자들에게 공부를 가르친단 말이냐?"

"들리는 소문으로는, 저들은 부처님을 믿는 사람들이 아니고 서양귀신을 전파하기 위해서 왔다고 합니다."

호기심이 잔뜩 동한 승지 부인은 유모에게 바짝 다가앉아 이것저것 물었으나 귀동냥으로 물어온 것만으로는 그녀의 마음을 흡족하게 채울 수가 없었다.

그 밤에 승지 부인은 잠을 이룰 수가 없었다. 남편은 첩에게 흠뻑 빠져있어 안채에 들어오지 않은 지 벌써 반년이 넘었다. 너무 외로웠다. 여자 나이 오십, 이런저런 일이 다 끝나고 부부관계도 종말이 온 이 마당에 평양에 와 있다는 예수교가 그녀에게 돌파구로 다가왔다. 그들이 무엇을 하는 사람들인지 잘 모르지만 거기에 가보고 남은 인생을 불교가 아닌 서양종교에 걸어보고 싶다는 강한 마력을 끊어낼 수가 없었다. 특히 여자들을 돌본다니 입맛이 당겼다.

"삼월아! 우리 평양에 가보자. 예수를 믿는 서양 사람을 따라다닌다는 사람들을 만나보고 싶구나."

"아이쿠, 마님이 거길 어떻게 가시려고 그래요. 여기서 평양까지는 80리 길입니다. 왕복 160리라고요."

"내 마음이 거기에 가라고 야단이구나. 너랑 나랑 하인들과 가마꾼들을 데리고 가자꾸나."

남편이 첩을 얻지 않았다면 꿈도 꾸지 못할 나들이였다. 아무튼 이른 새벽, 마님은 유모와 하인들을 데리고 가마를 타고 평양으로 향했다. 평양에 당도하면서 바로 승지 부인은 감리교 선교사 홀(Hall)*의 집으로 안내를 받았다. 가마를 타고 쓰개치마를 뒤집어쓰고 스스로 찾아온 귀한 양반가문의 여자를 대하자 홀 박사의 측근들은 처음엔 놀라워했으나 곧 반가이 맞아들였다. 기독교에 대하여 알고 싶어 하는 승지 부인에게 이것저것 기초적인 것을 설명하고는 책 세 권을 주었다. 집에 가서 공부하고 오라는 숙제나 마찬가지였다. 그 책들이란 신덕경(信德經), 세례문답, 미이미교회문답** 등이었다.

강서로 돌아온 승지 부인은 유모를 옆에 앉혀놓고 함께 그 책들을 읽었다. 부처님께 불공드리듯이 새벽이면 일찍 일어나 몸을 깨끗이 씻고 책을 읽었으니, 인도자도 없이 홀로 개인적인 구도생활을 시작한 셈이다.

청일전쟁 직후 홀 박사가 병을 얻어 별세하자 스크랜턴***이 평양 감리사로 부임했다는 소문이 나돌았다. 그분이 평양에서 예수를 믿기 시작한 사람들을 거느리고 강서엘 들렀다. 온 김에 승지 부인을 찾아왔다. 양반 집안에

서양 남자가 찾아왔으니 동네가 발칵 뒤집힐 사건이었다. 그러나 평양까지 찾아와서 열심히 말씀을 듣고 가는 승지 부인에 대해 소문을 들어 익히 알고 있는 스크랜턴 목사는 그녀의 신앙에 감복하고 승지 부인에게 세례를 받으라고 권했다.

"세례가 어떻게 하는 것인지 모릅니다."

"물을 머리에 바르고 손을 얹고 기도하는 것입니다. 그러면 성령이 임하고 하늘나라 생명록에 부인의 이름이 기록되어 하나님의 백성이 되는 것입니다."

"우리나라 풍속에는 여자가 낯선 남자와 얼굴을 대하지 못하게 되어있습니다. 외간남자의 손이 내 머리에 닿고 얼굴을 마주 보면 가문에서 쫓겨나게 됩니다."

"좋은 방법이 있습니다. 이쪽으로 따라오세요."

만에 하나 김 승지가 아는 날엔 벼락이 떨어질까 봐 삼월은 몸 둘 바를 몰랐다. 다행히 진달래가 한창 산을 뒤덮은 청명한 봄날을 잡아 김 승지는 첩과 기생들을 데리고 유산(遊山)행차를 떠나고 없었다. 저들의 부산함으로 아침나절에 사랑채가 떠들썩해서 구중궁궐 같은 안채에서도 그 기미를 다 알고 있었다. 간편한 옷차림의 창옷(소창옷, 두루마기와 비슷하나 소매가 좁음)을 입고 나선 승지가 장옷을 입은 첩을 데리고 길라잡이까지 데리고 나가서 집안은 텅 비어 있었다.

스크랜턴 목사가 큰 헝겊을 가져오라고 했다. 삼월은

벌벌 떨면서 승지 부인 옆에서 눈치를 봤다.

"큰 이불 홑청을 가져오너라."

"마님, 진정하세요. 어쩌려고 이러세요. 홑청이라니요. 큰일 날 일입니다. 위에서 아시면 쫓겨나십니다."

"이미 나는 이 집에서 쫓겨난 사람이나 마찬가지다. 이제 내 인생을 예수님께 다 맡기기로 했으니 저분이 시키는 대로 하여라."

"마님, 한 번만 통촉하여주십시오. 이건 양반댁 가문의 법도를 어기는 일이고 있을 수 없는 일입니다."

남녀가 덮는 이불을 상징하는 홑청이라니! 이건 너무나 불길했다. 삼월은 벌벌 떨면서 가져온 홑청을 감히 저들 앞에 내밀지 못했다. 안방에서 불호령이 떨어졌다.

"삼월아! 무엇을 하는 게냐. 어서 서둘러라."

삼월은 사시나무 떨듯 몸을 가누지 못하면서 가져온 홑청을 내밀었다. 부엌에서 일하는 얼금이나 바느질하는 할멈까지 모두 유모처럼 몸을 벌벌 떨면서 깊숙이 숙인 머리를 들지 못했다. 스크랜턴 목사는 그걸 유모를 시켜 방 한가운데 치게 하고 머리를 내놓을 만큼 구멍을 뚫으라고 했다. 숯으로 동그랗게 그려준 머리 크기의 구멍을 따라가는 가위를 든 삼월이의 손이 어찌나 떨렸는지 자연스럽고 매끈하며 둥글게 오리지 못하고 큰 톱날처럼 울퉁불퉁하고 껄끄럽지만 어쨌든 구멍은 뚫렸다.

"이 구멍으로 머리만 내미세요."

승지 부인은 얼굴을 가린 채 정수리만 그리로 내밀고 스크랜턴 목사는 물을 뿌려 세례를 베풀었다. 구중궁궐에 갇혀 사는 암흑 속의 여인에게 숨통이 트이고 빛이 스며드는 순간이었다. 홑청의 구멍을 따라 빛이 폭포수처럼 쏟아져 들어오는 역사가 시작된 셈이다. 밖에서 두 손을 맞잡고 벌벌 떨고 있는 하인배들은 몰랐지만 세례를 받는 순간, 물이 머리를 차갑게 적시는 찰나에 승지 부인의 몸에는 벼락이라도 맞은 듯 씽하니 번쩍 빛이 스쳐 지나갔다. 승지 부인이 이렇게 세례를 받자 그 의미를 이해한 이 집안의 딸도 그 구멍으로 머리를 내밀어 세례를 받았다.

삼월은 이런 주인마님을 도저히 이해할 수가 없었다. 남편이 첩을 얻어 마님을 멀리하는 것은 속상할 일이지만 먹을 것도 넘치고, 아들딸들이 효도하고, 명예도 있고, 종들도 있고, 이 땅 위에서 천상놀음을 하고 사는 마님이 무엇이 부족해서 이런 짓을 하는지 도저히 이해할 수가 없었다.

세례를 받은 뒤 마님은 완전히 딴 사람이 되었다. 매주일 빠지지 않고 평양에 가서 예배에 참석하는 바람에 한 달에 네 번은 꼬박 따라 다녀야 하는 삼월에겐 큰 고역이었다. 왕복 160리 길이니 아녀자의 몸으로는 힘이 들었다. 마님이야 가마를 타고 다니지만 같은 또래로 늙어가는 유모에겐 큰 고통이 아닐 수 없었다. 그런데 문제는 두 며느리까지 모두 세례를 받고는 시어머니를 따라 평양을 오가는 것이 아닌가. 성격이 고약했던 사람들이 세례를 받은 후 눈에 띄게 변해서 하인들을 대하는 말씨까지 다정하고 사랑이 넘쳐흘렀다.

'아아! 예수를 믿고 세례를 받으면 저렇게 되는 것이구나. 그렇다면 나도 세례를 받고 저들이 가는 천당으로 가야 하는 것이 아닌가. 이 세상에서 종살이한 것도 억울한데 죽어서까지 좋지 못한 곳으로 간다면 얼마나 손해를 보는 것인가!'

이런 마음이 들자 삼월은 잠이 오질 않았다. 이다음에 평양에 예배드리러 가면 나도 세례를 받으리라. 나는 천한 종년이니 휘장에 뚫린 구멍으로 머리를 내밀 필요도 없지 아니한가.

어서 가자고 가마꾼들이 예배당 문 앞에서 소리를 쳐도 삼월은 꼼짝 않고 스크랜턴 목사를 기다렸다.

"저는 지체 높은 양반이 아니고 종살이를 하는, 삼월이라 부르는 승지댁 여종입니다. 저도 예수를 믿기로 작정했으니 제게도 세례를 주십시오."

삼월은 목사님 앞에 무릎을 꿇고 앉았다.

*윌리엄 제임스 홀(William James Hall): 1860-1894, 미북감리회 선교사
**미이미교회: 1900년대 초 평양에 있었던 교회이름
***윌리엄 스크랜턴(William B. Scranton): 1856-1922, 미북감리회 목사

조선 형사 통곡하다

　때는 1907년 정월 초순, 아직도 압록강에서 불어오는 북풍 탓에 이가 덜덜 떨리는 추위였다. 조선 형사와 일본 형사 두 사람이 평양 장대현교회로 향하고 있었다. 이천 명이 넘는 사람들이 물밀 듯이 밀려가고 있으니 특별히 변장에 신경을 써서 아무도 형사인지 모르게 침투하여 감시하라는 지시를 받고 나선 참이다. 두 사람은 너무나 잘 알려진 악질 형사들이라 맨얼굴로 들어갔다가는 만에 하나 봉변당할 사태를 미연에 방지할 계산을 했다. 머리가 훌렁 까진 일본 형사는 그 머리 탓에 신분을 들키는 날에는 교회 안에서 구타당할 수도 있었다. 해서 번쩍거리는 대머리를 갓을 써서 가리고 귀한 신분으로 보이기 위해 러시아 산(産) 값나가는 호박 갓끈을 늘어뜨리고 도포에 두른 띠도 신경을 썼다. 이래야 마음 놓고 저들이 하는 짓거리를 지켜보면서 범인을 가려 낼 수 있을 터이니 어떤 변장인들 못하랴.

조선 형사는 오산 박 진사댁 머슴으로 있다가 친일하여 형사가 되었다. 천민출신으로 가슴에 서린 한을 풀려고 같은 핏줄인 조선 사람들에게 못된 짓을 밥 먹듯이 하고 있는 사람이다. 턱이 배추꼬리처럼 뾰족해서 그걸 가리기 위해 염소수염을 붙이고 검은 뿔테안경에 검은색 외투를 걸쳤다.

"하루나 이틀 동안 잠복근무를 합시다. 잠깐 앉아있다 나오면 저것들이 하는 일을 전부 감시할 수 없으니까."

조선 형사가 곁에 바짝 붙어 따라오는 일본 형사에게 들릴락 말락한 음성으로 속삭이자 겸연쩍게 헛기침을 하던 일본 형사는 짙은 갈색 호박 갓끈을 만지작거린다. 긴장이 되는 모양이다.

남자들만 이천 명이 모였다고 하니 구리터분한 남자들 특유의 냄새와 묵은 김치 냄새가 울컥 풍겼다. 선교사들이 교육이나 의료사업을 통해 침묵의 선교로 조선 민초들에게 침투하는 것을 이미 몇 번 염탐하여 감지하고 있었다. 지성인들이나 돈깨나 있는 부자들은 조선을 구할 수 있는 구원의 수단으로 기독교를 받아들이고 있는 추세였다. 술을 금하고. 첩을 얻으면 자격미달이고, 도둑질을 하거나 거짓말을 하면 교회에 발을 들여놓을 수 없다는 등 기독교를 윤리적인 종교로 받아들이는 터라 이렇게 많이 모이는 집회라면 독립군을 잡을 수 있는 좋은 기회가 될 것이다. 독립군은 저들의 비호를 받으면서 기독교를 마치 조선을 구할 수 있는 유일한 수단으로 알고 비밀 아지트를 교회 안에 가지고 있는 현실이다. 그러니 잘하면 저들 집회에 참석했다가 수배 중인 독립군이나 아니면 독립군 자금을 조달하는 놈들을 체포할 수 있는 절호의 기회라고 생각한 것이다.

교회 안은 한껏 부풀린 고무풍선처럼 팽만한 분위기였다. 구린내와 묵은 김치 냄새 말고도 설명할 수 없는 이상한 기운이 감돌았다. 위에서 뜨거운 바람이라도 불어내리고 있단 말인가. 일본 형사는 신비로운 기운이 거북살스러워 눈을 내리깔고 갓줄을 만지작거렸다.

강단 위에서는 연극을 하는 중이었다. 적어도 일본 형사의 눈에는 그렇게 보였다. 어떤 사람이 긴 끈 한쪽 끝을 자기 허리를 묶더니 한 청년을 지명하여 강단에 올라와서 그 끈을 꼭 잡으라고 했다. 무엇을 하나 싶어, 모든 사람들의 시선이 그리로 집중됐다. 끈에 묶인 사람이 이쪽 왼쪽 강단 끝에서 바른쪽 반대편에 앉아있는 매큔* 선교사에게 가려고 몸부림쳤다. 끈의 끝을 잡은 청년은 죽을힘을 다해 잡고 늘어졌다. 그때 끈에 묶인 사람이 청중을 향해 고함쳤다.

"우리가 죄에 매여 있는 상태가 이런 꼴입니다. 저기 계시는 하나님께 갈 수가 없어요."

청중들의 괴로운 신음이 물결치듯 장내를 뒤덮었다. 팽팽한 줄 싸움을 견디지 못해 줄 가운데가 툭 끊어져버렸다. 그러자 허리에 끈을 묶고 있던 사람이 내달려 매큔 선교사의 품에 안겼다. 청중은 환호하고 박수를 치면서 벌떡 일어섰다. 조금 전에 들은 설교말씀이 강하게 저들을 휘감았다. 우리 모두 그리스도의 몸이요, 한 지체라는 말씀이 가슴에 파고 들어와서 저들은 감동의 물결에 휩싸여 흐느끼기 시작했다.

그때 강단에서 가슴을 치며 회개하는 사람이 있었다.

"저는 선교사님 한 분을 극도로 미워했습니다. 오! 하나님, 용서하여주십시오. 오! 여러분, 저를 용서하여주세요."

하면서 강단 바닥에 쓰러져 몸부림치면서 울었다. 그리고 일어서더니 또 이렇게 말하는 것이 아닌가.

"저는 친구가 임종하면서 맡긴 돈을 그 아내에게 주지 않고 일부를 떼어먹은 도둑놈입니다. 저는 죄인입니다. 그 돈에 이자를 붙여 갚을 터이니, 주님, 저를 용서하여주세요. 이 더러운 나쁜 놈을 용서하여주세요."

그러자 이 교회의 두 지도자인 장로와 조사가 강단으로 뛰어올라갔다. 저들은 서로 불화해서 교회의 걱정거리였는데 그 사람들이 서로 부둥켜안고 용서해달라고 우는 것이 아닌가. 저들의 회개의 눈물을 보면서 장내는 엄청난 폭풍이 불기 시작했다. 마치 허리가 넘게 자란 보리밭이 큰 폭풍 앞에서 일제히 밀려가듯 그렇게 와와……. 모두가 바닥에 쓰러지기 시작했다. 일본 형사는 갓을 두 손으로 붙잡고 꼿꼿하게 몸을 세웠다. 그러나 조선 형사는 자신도 모르게 그들과 함께 바닥에 털썩 주저앉았다. 옆에 있는 남자가 울면서 고함치기 시작했다.

"저는 제 아내를 속이고 처녀를 유혹해서 딴살림을 차리고 있습니다. 아내를 속인 죄인입니다."

그의 울음소리는 어미를 떠나가는 송아지의 울음소리 같았다. 더러는 황소울음을 터뜨려서 장내는 소리, 소리, 소리로 물결쳤다. 조선 형사의 내심에서 이런 말이 메아리쳤다.

'미친놈 같으니라고. 그게 무슨 죄라고 저렇게 발광하지? 웃기는군.'

그러자 한 청년이 이렇게 외치는 것이 아닌가.

"이웃집 닭장에 들어가 달걀을 훔쳤습니다. 다섯 배로 갚겠습니다. 어제는 상점에 갔다가 알사탕 두 개와 오 원을 훔쳤습니다. 한 달 전에는 일본 순사의 정수리에 돌을 던졌어요."

갓 쓴 일본 형사가 이렇게 말하는 청년의 팔을 우악스럽게 잡았다. 꼭 잡으려 했던 범인을 여기서 잡게 돼서 그의 얼굴에 희열이 가득했다.

"요놈, 너 잡았다. 그 순사가 내 친구야. 자! 가자, 지서로."

일본 형사는 청년을 잡아끌고 교회를 나갔다. 옆에 있는 조선 형사에게 너도 어떤 놈이나 하나 잡아가지고 따라오라는 눈짓을 건넸다. 팔목이 잡혀 끌려가는 그 청년은 죗값을 달게 치르겠다고 흔쾌하게 웃어댔다. 어느 누구도 그들의 행동에 항의하거나 관심을 두지 않았다.

성전에 모인 사람들은 가슴을 치면서, 더러는 머리를 쥐어뜯으며 울어댔다. 자정이 넘자 강단에서 집에 돌아가라고 선포했으나 아무도 움직이는 사람이 없었다.

이런 소동이 조선 형사의 눈에는 너무나 기이하게 보였다. 바로 그의 옆에 앉아있는 사람은 일본 장사꾼을 죽인 살인자임을 고백하면서 울었다. 바로 지금이 대어를 잡을 수 있는 순간이었다. 조선 형사는 이 사람을 잡아야겠다고 다짐하면서 손에 수갑을 채울 준비를 했으나 몸이 말을 듣지 않았다. 자기가 여기 온 목적이 무엇인가? 이런 사람을 잡아내자고 이런 변장을 하고 왔는데 어째서 몸이 움직이지 않는 것일까. 저들이 눈물을 폭포수처럼 흘리면서 가슴이 멍들도록 주먹으로 치면서 울어대는 소리가 새벽이 되도록 계속되었다. 죄를 숨기기 위해 중얼거리든지 아니면 속으로 울어야 할 터인데 어쩌자고 모두 입을 벌리고 또박또박 지은 죄를 겁도 없이 토해내는지 여기저기 잡아갈 사람들이 널려있었다. 앞쪽 한가운에는 지난달 가장 큰 사건으로 개성에서 일본 순사를 죽인 살인사건을 고백하는 사람이 있었다. 자기가 식칼로 뒤에서 순사의 등을 찔렀다는 것이다. 그 사람만 잡아가면 조선 형사는 일본인의 신임을 한 몸에 받을 수 있다. 조선인으로 형사 노릇을 하자니 일본 사람들에게도 따돌림을 받는 상태이고 더구나 조선 사람들은 그를 마치 송충이 보듯 피하면서 뒤에 숨어서 수군덕거리지 않는가. 심지어 어린아이들까지 '저기 일본 순사가 온다.' 하면 울음도 뚝 그친다. 마치 귀신이라도 나타난 것처럼 그를 바라보는 눈초리에 경멸이 서려있었다.

어서 이 장소를 벗어나고 싶었다. 일본 순사 살인자를 잡아가지고 나가면 일본 형사보다 더 칭찬을 받을 수 있다. 그런데 이상하게 가위에 눌린 것처럼 저들 틈에 그냥 끼어 앉아서 자신은 참으로 외로운 사람이라는 생각에 빠져들었다. 눈물이 쏟아지기 시작했다. 저들처럼 소리를 지르면서 안에 고인 앙금을 몽땅 쏟아내고 싶었다. 어째서 일본의 끄나풀이 되었는지 그 한(限)을 토해내고 싶었다. 그러나 목에 찰떡이라도 걸린 것처럼 끼룩거릴 뿐 소리가 나오질 않는다. 일본 사람들에게 인정을 받기 위해서는 어서 살인자와 도둑놈을 조기 두름 묶듯이 엮어서 끌고 가야 하는 판에 손발이 말을 듣질 않는다. 마치 중풍에라도 걸린 듯 몸이 흐느적거렸다. 똥마려운 강아지처럼 낑낑거렸다. 진땀이 이마 위로 흘러내렸다. 눈이 쓰렸다. 등도 땀으로 푹 젖어왔다. 이러다가 죽는 것은 아닐까. 거역할 수 없는 힘이 그를 무섭게 찍어 누르고 있었다. 폭포

소리 같은 울음소리가 화음이 되어 하늘로 밀려올라가는 파도소리 같았다. 이 추위에 울어대는 사람들의 열기와 천장을 뚫을 것 같은 외침으로 실내는 잔뜩 달아오른 용광로 속 같았다. 얼마나 땀이 많이 쏟아지는지! 가짜 염소수염이 매달린 턱밑이 근질거렸다.

그 순간 그의 눈에 빛이 번쩍했다. 그믐밤에 홍두깨로 머리를 얻어맞은 것처럼 그는 쓰러진 사람들 틈에 나동그라졌다. 벌렁 누워서 천장을 올려다보았다. 순간 그는 강하고 급한 바람이 그의 몸을 감싸는 바람에 까무러치고 말았다.

얼마 만에 정신이 돌아왔다. 가만히 옆을 보니 여전히 사람들의 울부짖음이 계속되고 있었다. 어쩌자고 눈물이 그렇게 쏟아지는지! 그는 턱에 매달린 염소수염을 오른손으로 잡아 뜯어냈다. 천장에 눈이 미치자 거기 저들이 그렇게도 불러대는 사람, 바로 그 사람, 예수라는 분이 그를 향해 활짝 웃고 있었다. 그의 눈이 그를 다정하게 감싸 안았다. 놀라운 평안함이 그를 감쌌다. 순간 그는 벌떡 일어나서 청중들 한가운데로 걸어 나갔다. 그리고 두 손을 나팔 삼아 외치기 시작했다.

"저는 조선 놈으로, 일본 놈들에 빌붙어 내 민족을 팔아먹은 죄인입니다. 독립군을 잡아 매질하였고, 한 달 전에는 독립자금을 가지고 국경을 넘는 내 형제를 잡아서 죽인 죄인입니다."

그가 목이 터져라 외쳐도 들은 체 만 체 아무도 아는 척 하는 사람이 없었다. 성전에 모인 사람들은 모두가 성령 의 술에 취해 회개의 물결에 휩쓸려 가슴을 치며 통곡만 하고 있었다.

*조지 매큔(George S. McCune): 미북장로회 선교사, 신사참배를 반대하다 평양숭 실전문학교 교장직을 박탈당함.

첩을 버린 남자

마흔 줄에 들어선 김씨는 몇 달째 배가 더부룩하고 머리가 빠개질 것처럼 아팠다. 숨을 쉴 적마다 명치끝이 저려서 어깨를 웅크리고 오만상을 찡그린 채 끙끙거렸다. 평소에 잘 알고 있는 한의사에게 가서 침을 맞았다. 한약도 달여 먹고 별짓을 다 했으나 시간이 갈수록 아픔은 더해갔다. 아무래도 죽을 날이 임박한 것 같았다. 나중엔 몇 분 간격으로 기절할 것처럼 아파서 숨을 쉴 수가 없었다. 어쩔 수 없이 버리고 떠나온 본마누라에게 갔다. 짐승도 숨을 거둘 적에는 제 고향을 찾아간다고 하는데 죽음을 앞두고 그래도 생각나는 것은 마치 고향 같은 조강지처뿐이었다.

시골에 두고 살림을 차린 애첩은 예쁘고 나긋나긋하고 찰떡처럼 휘감겨서 차마 떼어놓을 수는 없었지만, 남자란 그래도 마지막 인생을 정리할 때는 큰마누라를 찾아가게 마련인가 보다. 거기 가야 장성한 자식들도 있고 부모랑 일가친척도 있으니 그럴 수밖에 없었다. 울고불고 매달리는 인경 어미와 어린 남매를 남겨두고 김씨는 서울에 살고 있는 조강지처에게 돌아갔다.

아내는 말수가 적다. 그래서 싫었다. 목석같기도 하고 무뎌 터져서 빙충맞기까지 하다. 본마누라는 상다리가 휘게 차려놓은 맛깔스러운 이밥이 아니고 그저 된장찌개에 김치를 곁들인 평범한 보리밥처럼 덤덤하고 맛이 없다.

돌아와서 살아보니 첩에게 있을 적보다 마음이 편안했다. 다소곳이 아랫목에 이불을 펴놓고 눈치를 보면서 살포시 옆에 다가앉는 여자가 바로 본처다.

"어디가 많이 편찮으세요?"

"으응."

"한의사라도 부를까요?"

"다 소용없어. 아무래도 죽을 병인 것 같아."

"예수쟁이들이 운영하는 병원이 용하다는데 거기라도 가보시지요. 옆집 개똥이 엄마도 그 병원에서 주는 약을 먹고 평생 고생하던 속병을 고쳤어요."

죽음을 앞둔 김씨는 이판사판 지푸라기라도 잡을 판이었다. 즉시 아내를 따라나섰다. 서양 의사는 김씨의 병을 고칠 수 있다고 장담했다. 일요일마다 교회에 꼬박꼬박 나오고 예수를 믿는다면 병을 고쳐준다는 조건이 붙었다.

그건 아픈 것에 비하면 아주 쉬운 일이라 그렇게 하겠다고 수없이 머리를 주억거렸다.

참으로 신기한 일이었다. 서양 의사가 준 약을 먹고 교회에 나가면서 그렇게도 모질게 아프던 배가 가라앉더니 머리도 차차 맑아져서 날아다닐 것처럼 몸도 마음도 개운해졌다.

그런데 진짜 큰 문제가 터졌다. 김씨가 첩을 버려야 한다는 조건을 교회 측에서 제시했다. 조선이란 땅에 남자로 태어났다면 첩을 몇 명 거느리느냐로 남자의 지위와 능력을 과시하는 판에 그걸 금하다니! 첩이 많을수록 그건 남자에겐 힘의 상징이 되고 자랑거리가 아닌가. 게다가 김씨는 첩인 인경 어미를 너무나 사랑했다. 마누라는 호박처럼 두리두리한 데다 무뚝뚝하고, 일만 하는 암소처럼 늘 식식거리면서 부엌과 마당을 오가는 것이, 집에서 부리는 부엌데기라고 하면 딱 맞는 여자였다. 그래도 무시할 수 없는 일은 시부모에게 효도하고 자식들도 다섯이나 낳아서 튼실하게 잘 길러냈다. 그뿐인가. 침선도 그 재주가 으뜸이고 음식솜씨도 일품이다. 게다가 시댁 친척들과도 두루 화목하게 살고 있으니 흠잡을 데는 없지만 유독 남편에게만은 잔재미가 없다. 큰마누라는 실리적이고, 첩인 작은 마누라, 인경 어미는 가지고 놀기 좋은 장난감이다. 그저 가슴팍에 예쁘게 달고 다니는 장식품과 같은 존재라고 하면 딱 맞는 표현일 게다.

아무튼 사무치게 사랑하는 인경 어미를 버려야 교회에 발을 들여놓고 병을 완전히 고칠 수 있다니 결단을 내려야 한다. 만에 하나 첩을 데리고 전처럼 살면 병마가 다시 덮칠 것이 두려웠다. 조강지처의 자녀들은 모두 장성한 탓도 있겠지만 그간 자주 집을 비웠고, 첩네 가있었던 연고로 아버지인 김씨를 대하는 태도가 제 어미처럼 무뚝뚝하고 덤덤하다. 조금도 그를 살갑게 대하질 않고 멀찌감치 서서 눈치만 살살 보면서 미꾸라지들처럼 빠져 나가버린다. 그에 비하면 시골에 있는 첩의 자식들은 눈에 넣어도 아프지 않을 정도로 귀엽게 굴고 착착 몸에 휘감겼다. 김씨의 진짜 가정은 인경 어미집이라고 해도 좋았다. 이런 가정을 버리란다. 애첩을 버리자니 마음이 울고, 예전처럼 살자니 병든 몸과 양심이 울었다. 다시 그 지긋지긋한 배앓이와 두통에 시달리는 것은 진짜 무서웠다. 아니, 솔직히 고백하자면 교회에 나가 말씀을 들으면서 위에서 내려오는 지독히도 좋은 마음의 평안을 버리고 싶지가 않았다.

　열흘간 그 문제를 놓고 고통스럽게 지내던 김씨는 드디어 결단을 내렸다. 인경 어미와 남매를 버리기로 말이다. 그러면서 슬그머니 본마누라에게 미안한 마음이 들기 시작했다. 외모와 성품이 다르지 큰마누라도 여자가 아닌가. 뒤돌아보니 시집와서 이 가정을 이만큼 일으키느라고 고생만 시킨 것에 가슴이 저려왔다. 잘 해주어야 한다는 마음이 조금씩 머리를 치켜들었다.

　주일이 오면 자식들 다섯을 앞세우고 마누라와 함께 교회에 가는 일이 그렇게 기쁠 수가 없었다. 예배를 드리고 집에 오니 인경 어미가 두 아이를 데리고 집에 와있었다.

　"아니, 당신 여기가 어디라고 왔어?"

　"이 자식들은 당신 자식이 아니오? 나 여기서 죽을 때까지 살터이니 나가란 말 마소. 나도 형님처럼 아들과 딸을 낳았으니 이 집 핏줄을 낳은 여자요. 여기서 함께 살 것이니 그리 아시오."

　함경도가 고향인 인경 어미는 남자처럼 강한 면도 있어서 아예 함께 살겠다고 나댔다. 김씨의 마음은 예리한 비수로 후벼 파는 것처럼 아파 왔다. 아직도 이 여자를 무척 사랑하고 있으니 예수만 믿지 않는다면 이 여자를 버릴 이유가 없었다.

　"어서 돌아가. 난 교회에 다니기 때문에 첩을 둘 수 없어. 내가 예수를 믿지 않았다면 이미 죽은 몸이야. 이렇게 당신이 멀리서라도 볼 수 있게 내가 살아있으니 그걸 감사하라니까."

　"전 그렇게 못 살아요. 전 당신 없인 숨을 쉬지 못해 죽어요. 당신 사랑 하나만 보고 제 인생을 걸었는데 교회 때문에 절 버린다 이 말이오? 눈에 보이지도 않는 예수란 작자가 당신을 빼앗아갔다니 죽어도 이해할 수 없는 일이오. 내가 싫어졌다면 왜 싫어졌는지 진짜 이유를 대시오.

내가 고치리다. 엉엉……."

인경 어미는 두 다리를 뻗고 마당에 털썩 주저앉더니 가슴을 쥐어뜯으면서 울어댔다. 이런 어미를 따라서 이제 겨우 여섯 살, 네 살 난 아이들도 함께 울기 시작했다. 순간 아아! 이 여자 마음을 이렇게 아프게 하면서까지 내가 예수를 믿어야 하는가 하는 의구심이 들었다. 왜 교회 사람들은 데리고 사는 첩을 버리라고 하는지……. 마음속에서 일어나는 갈등을 누를 수가 없었다. 덥석 인경 어미를 안아 일으켜 세우고 '그래, 가자. 내가 예수를 버리는 편이 낫지.'라는 말이 목구멍까지 올라왔다. 하지만 주일마다 강단에서 울려 퍼지는 말씀이 그걸 눌러버렸다. 한 남자와 한 여자가 만나 한 몸을 이루는 것이지 여기에 다른 여자가 끼는 것은 하나님 앞에 죄를 범하는 것이라고 강단에서 주일마다 외쳐댄다. 그러니 죄 짓고 교회 뜰을 밟을 수는 없는 일이다.

"생활비랑 아이들 학비는 다 대줄 거야. 하지만 이제 당신을 데리고 살 수는 없어. 나로 인해 태어난 아이들은 내가 책임지고 돌볼 터이니 다른 사내를 만나 시집가고 싶으면 아이들을 여기 데려다 놓고 가라고. 그냥 아이들하고 살고 싶으면 생활비는 아이들이 커서 돈을 벌 때까지 다 대줄 거야."

"전 생활비도 싫고, 학비도 싫어요. 당신이 내 곁에 있어 주면 돼요. 당신 한 사람만 필요하지, 다 싫어요. 엉엉······."

"그건 못해. 난 이제 예수를 믿는 사람이라 그 법도를 어길 수가 없으니 어쩌겠나. 그래도 내가 질병으로 죽지 않고 살아서 당신과 아이들 생활비를 대주니 그걸로 감사하라고. 지금 살고 있는 집도 당신 이름으로 바꿔줄 터이니 거기서 아이들하고 굳세게 살아가."

인경 어미는 더 이상 난동을 부리고 눈물바다를 이뤄도 소용없다는 사실을 깨닫고는 울면서 돌아섰다. 함경도 태생이라 씨억씨억했다. 그야말로 생이별이었다. 예배당에 나가 교인이 되면 이렇게 사랑하는 사람과 강제로 이별하게 만드는 것인가 하는 아픔과 예수에 대한 미움으로 견딜 수가 없었다. 고통을 가누기 힘들었으나 참아내야 한다. 한 남자와 한 여자가 만나 사는 것이 그들이 믿는 하나님의 뜻이란다. 그러니 본마누라와 이혼할 게 아니라면 이렇게 해야 한다.

제 어미를 따라간 아이들이 초등학교에 들어가 문자를 깨치면서 애타는 편지가 수없이 날아왔다. 하나님을 믿어도 아버지는 아버지이니 제발 일 년에 단 한 번이라도 시골집에 와서 함께 지내자고 하는 애타는 사연들이었다. 제일 참기 힘든 것은 인경 어미가 병들어 몹시 앓고 있다는 소식이었다. 딱 한 번 와서 어머니를 만나고 가라고 전보도 치고 야단을 했으나 김씨는 끝까지 꿋꿋하게 참아냈다. 병원비를 넉넉하게 부쳐주기도 했지만 옛정을 끊기 위해 행동에 조심했다.

　이런 아버지를 저주한다는 사춘기 딸 인경의 편지도 있었으나 그저 기도만 하면서 참아냈다. 성경을 읽어보니 여기저기에 참으라고 했다. 인내하라고 하는 말씀이 사방에 널려 있었다. 단지 그 애들을 위해서 기도만 할 뿐이었다.

　아들이 장성하면서 자기 어머니를 첩이라고 버린 아버지를 향해 칼을 치켜들고 함께 죽자고 난동을 부렸다. 술이 잔뜩 취한 터라 야단칠 수도 없었다.

　"네가 나를 아버지로 생각한다면 교회에 다니어라. 예수를 믿으면 아비의 마음을 이해할 수 있을 것이다. 이 아비 마음을 알게 되면 너도 그 법도를 따라 살 것이니 그리해라."

　마당 한가운데 대자를 그리면서 누워 있다가 술에서 깨어난 아들은 쑥스러운지 머쓱하게 앉아 있다가 시골로 돌아갔다. 그다음 편지에는 어머니를 모시고 여동생과 함께 시골집 근처에 있는 교회에 다니려한다는 내용이었다. 편지 말미에는 아버지를 끌고 오지 않으면 차라리 독약을 먹고 온 가족이 다 죽자고 나대는 어머니의 병을 위해 기도해달라는 간절한 부탁이 있었다. 김씨는 불쌍한 그 여자를 위해서 새벽마다 기도했다. 자신의 잘못으로 한 여자의 일생을 망친 죄를 털어놓고 그녀가 병에서 놓여나게 해달라고 몸부림쳤다.

그 기도 덕분인지 인경 어미가 교회에 다닌 지 일 년 뒤에 이런 편지가 왔다.

'당신은 참으로 좋은 사람이오. 교회에 가서 온전하게 치료를 받았으니 걱정 마시오. 자식들과 죄 많은 여인을 버리지 않고 생활비와 학비를 다 대주고 살 집도 주었으니 감읍할 뿐이오. 당신의 이런 심성이 바로 하나님을 믿는 예수쟁이의 마음이란 걸 깨닫고 감사한 마음을 금할 수 없어서 그저 눈물만……'

마부 창식이

농사꾼의 아들로 황해도 생금리에서 태어난 창식은 무단가출을 결심했다. 일생을 좁은 농터에 갇혀 사는 것이 답답하고, 자고 깨면 날마다 반복하는 일에 진저리가 났다. 구렁이처럼 길게 누워있는 앞산을 밤낮으로 바라보는 일도 신물이 난 탓인지 토방에서 알찐거리면서 재롱을 떠는 누렁이도 그의 마음을 달래주지 못했다. 게다가 스물한 살이 되니 장가들라는 부모님의 성화가 대단하다. 하지만 그는 장가들기 전에 넓은 세상에 나가 하늘과 땅이 맞닿은 데까지 가보고 싶다는 욕망을 누를 수가 없었다.

2년간 기른 소는 논밭은 갈아엎는 농번기에 값이 엄청 비싸게 마련이다. 장날 아버지가 술이 거나하게 취해 소판 돈을 뒤주 속에 깊이 넣어두는 걸 곁눈질해보았다. 그밤에 창식은 잠을 이룰 수가 없었다. 돈을 훔쳐가지고 도망쳐야 한다는 마음이 너무 간절해서 얼굴이 붉어지고 가슴이 뛰었다. 옆 동네로 장가간 형이 마침 자전거를 타고 집에 와서 잠들어있었다. 그걸 훔쳐 타고 간다면 아주 멀리 도망갈 수 있는 좋은 기회가 된다. 열다섯 살에 이곳을 빠져나갔어야 했다. 그때 나갔더라면, 하는 후회가 막급했다.

열한 살에 서당에 다니면서 한문을 오 년간 배웠으나 그것으로는 갈증을 해소할 수 없었다. 더 큰 도시로 나가 무언가 큰 것을 잡아야 한다는 막연한 욕망이 있었다. 아버지나 할아버지처럼 이 시골구석에서 썩을 수는 없다는 마음이 자꾸 그를 괴롭혔다.

자정을 넘긴 시간, 그는 슬그머니 일어나 잠겨있는 뒤주의 자물쇠를 부수고 소 판 돈을 꺼냈다. 그리고 형의 자전거를 훔쳐타고 어둠 속을 달려 나갔다. 문전옥답과 채마밭을 지나 동네 한가운데로 흐르는 개울을 건너 산허리를 돌아섰다. 새벽 달빛에 어스름히 보이던 생금리의 초가지붕들이 시야에서 완전히 사라지자 그는 숨을 헐떡거리면서 자전거에서 내렸다. 자갈길이라, 타고 가는 것보다 걷는 편이 훨씬 수월했기 때문이다.

이렇게 그의 방랑생활은 시작되었다. 무조건 동쪽으로 향했다. 개성을 거쳐 동해안으로 갔을 때는 완전한 자유를 느낄 수 있었다. 아버지나 형들도 그를 찾을 수 없을 것이란 안도감에 바닷가 모래사장에 네 활개를 펴고 누웠다. 두둥실 수평선 근처에서 피어오르는 구름을 타고 몸이 부유(浮遊)하는 듯했다. 그가 태어나서 자란 곳의 바다는 중국 땅에서 흘러오는 황톳물로 인해 누런색을 띠었는데 이곳 동해는 너무나 맑아서 물속에서 헤엄치는 물고기의 눈까지 똑똑히 볼 수 있었다.

훔쳐가지고 나온 돈이 떨어지자 자전거를 팔아 연명했다. 잠은 헛간이나 산골 화전민 집에서 자고, 주막에 들러 술을 얻어 마시기도 하고 주막집 부엌에 빌붙어 물을 길어 주고 심부름도 해주면서 끼니를 때웠다. 어느 한 곳에 묶이기 싫어하는 그는 장돌뱅이들을 따라다니면서 말을 모는 마부(馬夫)가 되었다. 그 생활이 그의 적성에 잘 맞았다.

봄철에 메밀꽃이 흐드러지게 필 무렵이면 강원도 일대를 무대 삼아 뛰어다녔다. 고장마다 김치 맛도 다르고 된장 맛도 달랐다. 하지만 얼마 못 가 결국 이 짓도 진저리가 났다. 서른을 앞둔 나이에 이르렀지만 그는 노총각을 면하지 못했다. 나그네요 마부, 방랑아인 그에게 딸을 주겠다는 사람이 없었기 때문이다. 함께 말을 몰고 다니던 노인이 딸을 주겠다는 바람에 그저 감지덕지 받아들이기로 했다. 그러나 조건이 있었다.

"내 딸을 시골에서 데리고 살지 말고 서울로 가서 장사를 하든 무엇을 하든 고생시키지 않겠다는 조건이야."

"저도 강원도나 경상도 같은 곳이 아니라 팔도의 사람

들이 다 모여 사는 서울에서 살 마음을 가지고 있습니다."

창식은 스물아홉에 얻은 아내를 데리고 무조건 서울로 향했다. 괴나리 보따리를 지고 아내의 손을 잡고 서울에 첫발을 내딛었을 때 사람들이 옹기종기 모여서 수군거리는 것이 보였다. 타고나길 호기심 많고 의협심이 강한 창식은 아내를 돌담 가에 앉혀놓고 부리나케 그들 사이로 비집고 들어갔다.

"눈이 하늘처럼 파란 것은 사람을 너무 많이 잡아먹어서 그렇게 되었다는군 그래."

"눈만 그런가? 머리카락이 누런 호박색이야. 아마 발가 벗겨 놓으면 배꼽도 노랗고 발톱도 호박색일 거야."

"왜 머리랑 눈 색깔이 우리하고 다르지?"

"인육을 너무 많이 먹어서 그렇다고 하더군. 늙은 것들은 질기다고 먹질 않고 어린애들, 그것도 갓난아기 고기가 제일 연하고 맛이 있어서 고런 것들을 주로 잡아간대요."

"호랑이처럼 인육을 먹는다고? 그렇다면 범은 손바닥 뼈하고 해골을, 자기가 먹었다고 사람들에게 알리기 위해 바위 위에 놓아서 보게 하는데 서양귀신들은 어떻게 하나 모르겠네."

"내가 듣기로는 갓난아기를 삶아서 먹고 눈은 뽑아서 약으로 쓰거나 사진을 찍는 데 사용한다는 소문이야. 아기의 눈이 본 것을 그대로 솔직하게 종이 위에 그려놓은 그림이 사진이돼."

"아이쿠! 우리, 어서 집으로 가서 문을 걸어 잠그고 밖에 나오지 말아야겠네. 소문에는 늙은이는 잡아다 말(馬) 먹이로 쓰고 젊은이는 솥에 쪄서 개를 먹이거나 부드러운 부분은 먹기도 한 대."

"그뿐만이 아니야. 사내아이는 잡아다가 자기들이 살았던 바다 건너로 보내 종살이를 시킨다고 하더군. 급살 맞을 사람들이야……."

"우리, 이러고 가만히 당할 수는 없잖은가. 우리가 어떤 사람들인가. 대동강으로 들어온 서양 배도 불태우고 거기 탄 서양 놈들도 잡아 죽인 조선 사람들이 아닌가."

"맞다, 맞아. 도망가거나 집에 틀어박힐 일이 아닐세. 서양 놈들이 모여 사는 정동으로 가자. 저들을 몽땅 불태워 죽여버려. 남의 땅에 들어온 것들이 우리 조선 사람들을 잡아먹고 있어. 모두 힘을 합쳐 식인종을 몰아내자!"

가자, 가자, 사람들의 목소리가 높아졌다. 집에 있는 식칼을 들고 나오기도 하고 도끼, 곡괭이, 삽, 장도리 등등 손에 잡히는 것은 다 들고 큰길로 사람들이 쏟아져 나왔다.

세상에 이럴 수가! 서울에 들어선 창식은 그가 여태 살아왔던 어떤 지역에서도 볼 수 없었던, 사람 잡아먹는 도시에 들어온 셈이다. 이 소동의 불길은 점점 거세졌다. 포졸들이 나와서 진압을 하다가 못하니 곧 러시아. 프랑스 군대가 상륙하여 서울시내를 돌기 시작했다. 총을 메고 제복을 입은 외국 군인들은 입은 옷에서부터 무섬증을 안겨주었다. 무리를 지어 수군덕거리면서 의분에 떨던 군중들은 저들의 위력에 눌려서 흩어지기 시작했다.

팔도를 돌면서 구경을 했던 창식에게 이런 볼거리는 호기심을 자극했다. 도대체 서양 사람들은 왜 사람을 잡아먹는 것일까. 외국 군대까지 동원해서 야단치는 걸 보면 무엇인가 구린 것이 뒤에 깊숙이 숨겨있을 것이란 확신이 왔다.

마부가 되어 장돌뱅이들을 따라 돌아다니던 시절 만났던 친구, 무영을 우연히 동대문 근처에서 만났다.

"야, 너 언제 서울에 왔어?"

"오늘 막 들어오는 참이야. 장인이 딸을 주면서 서울로 가서 살아야 한다는 조건을 내세워 오긴 했는데 밥벌이가 막막해."

"그렇다면 잘 되었다. 내가 일자리를 소개해주마."

"어떤 자리인가?"

"서양 선교사 집에 들어가서 사환으로 일하면 어떨까?"

"무어라고? 사람을 잡아먹는 양놈에게 가서 일하라고?"

"그건 다 헛소문이야. 난 그들이 세운 배재학당에 다니고 있는데, 눈이 탁 뜨여서 세상을 다 볼 수 있을 지경이

고 놀라운 일은 죽은 뒤에 갈 곳까지 환하게 보여주는 사
람들이야."

"그래? 그것 참 기이하고 군침이 도는 이야기군."

불 같은 호기심이 일었다. 그들의 집에 들어간다면 어
떻게 사람을 죽여 요리해 먹는지 알아내서 만천하에 알릴
수 있는 좋은 기회를 얻을 수 있다. 가기로 하자. 돈도 벌
고 서양 놈들의 숨은 비밀을 포착하여 공개할 수 있는 좋
은 기회를 왜 놓칠 것인가.

무영의 소개로 그는 서양 선교사의 문지기로 일하게 되
었다. 들어오고 나가는 사람들에게 문을 열어주고 걸어
잠그는 일이었다. 어려운 일은 아니었다. 그가 여태 접해
온 그런 부류의 사람들이 아니고, 모두 많이 배웠고 입성
도 깨끗하고 거동도 거룩해 보였다. 그를 대하는 말씨나
태도도 예절이 바르고, 문지기인 그를 종으로 하대하는
게 아니라 사람으로 대해주었다. 인육을 먹는 기색은 전
혀 없었다.

한번은 서양 사람들끼리 모여서 울기도 하고 수군덕거
려서 문틈으로 살짝 보았더니 붉은 술을 조금씩 마시고
떡을 떼면서 흐느끼는 것이 아닌가. 죽은 사람도 없는데
말이다. 그 분위기가 너무 무거워서 인육을 먹는가 싶어
상 위를 아무리 살펴도 그런 것은 없었다.

하루는 서양 선교사가 그에게 말했다.

"창식이! 오늘부터 부엌일을 거드는 것이 어떨까?"

"아궁이에 불을 때고 물 긷는 일은 할 수 있습니다."

"서양음식을 만드는 법도 배우면 좋을 거야."

얼씨구나, 이제 전격적으로 인육 요리하는 법을 가르치려나 보다 하는 생각으로 흥분하기 시작했다. 밥과 김치, 찌개가 아닌 빵을 먹었고 닭고기나 쇠고기에 야채를 먹었다. 그래도 창식은 저들을 감시하는 걸 게을리 하지 않았다.

하루는 서양 선교사가 아주 은밀하게 그를 불렀다. 가슴이 철렁했다. 드디어 때가 온 것이다. 사람을 잡아서 죽이는 장소로 인도하려는 모양이다 하고 그는 바짝 긴장했다.

"창식이! 내가 자네를 오랫동안 지켜보았는데, 아주 성실하고 착해서 마음에 들어요. 이제 당신을 사람을 낚는 어부로 만들려고 해요."

"에엣! 사람을 낚아요?"

드디어 걸려들었구나 하는 생각에 얼굴이 붉어지고 가슴이 후드득 뛰었다. 선교사는 그의 두 손을 맞잡고 기도하기 시작했다. 그의 뜨거운 눈물이 손등에 후드득 떨어졌다. 얼마나 막중한 일이면 이렇게 덩치가 큰 사내가 울기까지 하는 걸까. 인육이 필요한 모양이구나. 너무 긴장해서 가슴이 울렁거리고 토할 것 같았다. 선교사는 마태복음 한 권을 주면서 읽어보고 또 만나자고 했다.

그 밤에 창식은 마태복음을 읽기 시작했다. 세상에! 얼마나 재미있는지! 날이 새는지도 모르고 읽고 또 읽었다. 이틀 동안 세 번이나 읽고 나니 그 속에 나오는 예수라는 인물에 감동하기 시작했다. 낮에 부엌에 들른 선교사가 물었다.

"책은 다 보았소?"

"네, 다 읽었습니다. 감동했어요. 예수라는 인물이 참으로 멋있어요."

그의 말에 입이 찢어지도록 웃음을 보인 선교사는 성경 초등문답이란 책을 주고 한 달이 지난 뒤에는 선교사 부인이 그에게 말씀을 강론하기 시작했다. 그 밤에 창식은 무릎을 꿇고 앉자 갑자기 가슴이 뜨겁게 달아오르더니 눈물이 쏟아졌다. 눈물에 씻긴 마음이 환한 빛을 뿜었다.

이름 없이 죽은 여성 순교자

아버지의 임종을 알리는 아내의 다급한 전화를 받은 김
장호 기자는 기사마감 시간 때문에 한 시간을 지체한 뒤
에야 병원으로 향했다. 아들 둘과 딸 다섯을 불러놓고 아
버지는 숨을 몰아쉬고 있었다. 희미한 의식을 가다듬고
장남인 장호를 기다리면서 숨줄을 잡고 있었다.

"아버님! 아범이 왔어요."

아내의 다급한 외침에 아버지는 희끄무레하게 흩어진
희미한 눈을 뜨려고 애를 썼다. 장호는 울먹이면서 아버
지의 오른손을 두 손으로 휘감아 잡았다.

"아버지! 제가 왔어요. 아버지의 장남 장호가 왔어요."

"그래. 널 보고 가려고 아직 못가고 있다. 내가 부탁한
대로 나를 묻어다오. 알겠지? 절대로 다른 사람들의 말을
듣지 마라. 이름도 없이 죽은 네 할머니 옆에……."

둘러선 자식들이 다 들을 수 있는 또렷한 목소리로 유언을 남기고 아버지는 마지막 숨을 내쉬었다.

여동생들과 남동생은 장례절차에 따라 수의를 얼마짜리 사느냐고 의견이 분분했다.

"수의는 살 필요 없다."

"아니, 그럼 맨몸으로 묻어요?"

장호보다 열 살이 어린 남동생이 퉁명스럽게 내뱉었다. 여동생들도 무슨 소리를 하느냐고 와글와글 야단이다.

"아버지는 돌아가시기 두 달 전에 나를 불러놓고 유언을 하셨어. 주일에 입으셨던 까만 양복에 겨울용 장로 가운을 그 위에 입혀 묻어달라고 말이다. 그리고 여름에 입는 흰 가운은 가슴에 안겨달라고 하셨고."

"정신이 오락가락하는 상태에서 한 아버지의 말을 옳다고 믿니? 그건 있을 수 없는 일이야. 우선 시신이 썩을 때 문제가 된다. 삼베로 지은 전통적인 수의를 입히는 데는 이유가 있어. 그걸 입어야 육신이 썩어도 다 깨끗이 흡수되어 없어지는데, 양복이나 가운은 모두 합성섬유라 썩지도 않을 터인데 시신이 땅 속에서 어떻게 되리라고 생각하니. 상상해봐라."

제일 나이가 많은 누나가 이렇게 거세게 항의했다. 교회에서 수없이 많은 입관을 지켜보았고 이장하는 것도 본 경험을 늘어놓았다. 차마 눈 뜨고 못 볼 것은 합성섬유에 싼 시신으로, 썩은 물이 홍건히 고여 있었다는 것이었다.

"아버지의 유언을 따르도록 해. 합성섬유 옷이 삼베처럼 금방 썩지는 않겠지만 많은 세월이 흐르면 어차피 이 세상에서 사라지겠지. 아버지는 일생 꿈이, 이름도 없이 죽은 할머니에게 장로 가운 입은 모습을 보여주는 것이셨어. 그렇게 입고 묻혀야 바로 천국으로 직행해서 보여드릴 수 있다고 말이야."

장호의 말에 모두 입을 다물었다.

'이름도 없이 죽은 내 어머니, 너희들에게는 할머니가 되겠구나. 그분처럼 신앙생활을 해라.'

이 말은 모든 자녀들이 귀가 따갑도록 들어온 아버지의 가훈이었기 때문이다.

'너희들 모두 장로가 되어라. 딸들도 가능하면 장로가 되든지 장로의 아내가 되어라. 목사의 아내가 되어도 좋고, 목사가 되면 더욱 좋지. 너희들이 그런 직분을 가지고 천국에 가면 이름도 없이 죽은 할머니가 엄청 기뻐하실 거다.'

이건 아버지 일생의 가훈으로 늘 입에 달고 살았던 훈계였고 앉으나 서나, 심지어 식탁에서도 귀에 못이 박히도록 들은 말이었다. 결국 아버지의 시신은 유언대로 눈이 시리도록 흰 와이셔츠에 그토록 좋아하셨던 진달래색 넥타이를 매고 주일에만 입으셨던 검정 양복 위에 장로로 강단에서 기도하실 적이나 성례식에 입으셨던 장로 가운을 입혔다. 장지는 충북 영동이라 서울에서 가자면 먼 길이었다. 검은 상복을 입은 식구들이 장례버스에 타고 지친 듯 눈을 감고 있었다. 더 이상 울거나 울부짖는 사람은 없었다. 워낙 오랫동안 병석에서 앓았고 이미 죽음을 예상하고 있던 터라 저들은 꼭 치러야 할 절차를 수행하고 있는 듯 체념한 얼굴들이었다.

가을 햇살이 찬란하게 산야를 뒤덮고 있었다. 아버지의 과거를 아는 가족은 없다. 장호 자신만 아버지가 돌아가시기 전 단둘이 병실에 있을 적에 들려줘서 알고 있을 뿐이다.

석양을 안고 아버지와 장남 장호는 물끄러미 밖을 내다보고 있었다. 아버지는 이미 위암으로 다섯 해를 투병한 터라 이제 전신에 전이된 암으로 인해 죽음을 기다리고 있었다.

"네 할머니는 내 가슴 속에 아직도 스물두 살 어린 여자로 남아있다. 여든 나이에 천국에 가면 나를 알아보실지 모르겠다. 어머니가 돌아가실 적에 난 겨우 여섯 살이었거든."

"할머니는 병으로 돌아가셨나요?"

그 대목에서 아버지는 눈을 감았다. 눈꼬리를 타고 눈물이 주르르 흘러내렸다. 흐느낌을 참느라고 아버지는 입술을 깨물었다. 얼마간 그렇게 속으로 울음을 삼키다가 입을 열었다.

"이건 네 어머니에게도 숨겼던 일이다. 내가 여섯 살에 네 살 난 남동생과 갓 태어난 여동생을 두고 할머니는 숨을 거두었지. 갓난아이는 젖동냥과 병치레를 하다가 가버렸어. 아마 나의 어머니가 불러 데려갔을 거라고 난 생각해."

"스물두 살이면 아주 젊은 나이인데 할머니는 무슨 병으로 세상을 뜨셨나요? 설마 할머님도 아버지처럼……."

"암이 아니야. 맞아 죽었어. 할아버지가 때려죽였어."

아버지의 얼굴이 분노로 일그러졌다.

"아니, 할아버지가 왜 할머니를 때려죽였단 말인가요?"

"예배당에 다닌다는 이유로 너무 맞아서 일 년 가까운 세월을 누워 지내다 가셨어."

"그럼 장살독으로 돌아가셨단 말인가요?"

"할아버지가 내친 몽둥이에 허리뼈를 다쳤는지 거동을 못하고 누워만 계셨어. 내가 그 옆에서 모든 시중을 다 들었지. 할머니는 너무 아파서 눈물을 흘리면서도 두 손을 맞잡고 늘 기도하셨어. 두고 가는 불쌍한 자식들을 위해서 말이야."

"한의사라도 데려다가 보여주면 방법이 있었을 터인데 단지 예수를 믿는다는 그 한 가지 일로 그냥 돌아가시게 됐어요?"

"어머니의 등에 등창이 나서 거기서 흘러내리는 고름으로 방안은 악취가 가득했고 구더기까지 옴실거렸어."

이 대목에서 아버지는 통곡했다.

"내 마음속에 묻고 가려고 했는데 이름도 없이 죽은 할머니의 신앙 뿌리를 너에게만은 들려주고 싶다."

아버지는 한참 동안 흐느껴 우셨다. 아마도 그 시절 집안 식구들 앞에서 참고 의연히 서 있어야 했던 서러운 앙금이 70여 년이 지난 이제야 모두 끓어오르는 모양이다.

"어머니는 구더기가 우물거리는 그런 허리를 손바닥으로 문지르면서 이렇게 내게 당부하셨다."

'엄마가 먼저 천국에 가 있으마. 내 대신 하나님이 널 지켜주실 것이다. 예수님의 손을 꼭 붙잡고 일생을 살아라. 네 아버지를 미워하지 마라. 그분도 불쌍한 사람이다. 우상숭배에 빠지면 하나님이 보이지 않는 법이다.'

"나는 어머니의 손을 붙들고 약속했다. 장로가 되어서 어머니 앞에 서겠다고 새끼손가락을 걸었다. 그러니 내가 죽으면 수의를 입히지 말고 장로복장 그대로 묻어다오."

차마 가족들 앞에서 구더기가 오물거렸다는 할머니의 등창을 말할 수가 없었다. 예수를 믿는다고 두들겨 맞아 가련하게 죽은 할머니를 저들이 어떻게 받아들일 것인지 몰라서였다.

박자전리 산골짜기는 가파른 산이다. 흙은 좋지만 충청북도 지역이라 산의 경사가 성깔이 서려있다. 아버지의 유언대로, 이름도 없이 죽은 할머니 옆에 모셨다. 70여 년 세월이 흐르는 동안 그 앞에 세워놓은 비석의 글씨도 마멸되어서 전혀 읽을 수가 없었다. 무덤 뒤쪽을 보니 새

비석이 있었다. 거기에는 이렇게 쓰여 있었다.

'이름도 없이 죽은 우리 어머니가 주신 말씀 : 내 자녀들아, 하나님을 잘 믿어라. 앞으로 태어날 모든 자손들이 대를 이어 예수님을 따라 살아라. 이것이 너희들이 갈 길이다.'

가을 햇살이 어찌나 따가운지 모두 손바닥이나 신문으로 햇살을 가리고 묵묵히 산역꾼들이 하는 일을 바라보았다.

그러고 보니 아버지의 자녀들 일곱은 모두 예수를 잘 믿는 가정을 이루었다. 아버지의 무덤 아래쪽에는 작은 아버지가 누워있다. 그분의 비석에는 '어머니의 유언을 따라 선교사로 먼 이국땅에서 숨지'란 문구가 새겨져있었다. 스물두 살 어머니의 믿음이 네 살 난 아들을 선교사로 만들어 순교하게 했으니 얼마나 엄청난 역사인가!

아버지를 묻고 비석의 문구를 어떻게 새길지 가족들의 의견이 분분했다. 나중에는 아버님이 그렇게도 사랑했던 큰 손자 주영이 신학교에 다니고 있으니 그가 비문을 작성하기로 의견을 모았다. 신학교 졸업반인 주영은 사실 법관의 길을 걷겠다고 고집했었다. 공부도 전교에서 수석이었으니 그런 꿈을 가질 만도 했다. 그러나 그런 자식을 꼭 목사로 만들겠다는 할아버지의 고집을 꺾을 수가 없었다.

"이름도 없이 죽은 할머니의 소원이다. 손자 주영은 목사를 만들어야 한다."

"공부를 잘 하는 아이니 법관을 만들고 다음 아이를 목사로 만들지요."

자식의 문제이니 부모가 처리하겠다고 장호가 맞섰다.

"언제나 첫 열매를 하나님께 바치는 법이다. 장남인 내가 목사가 되려고 했는데 작은아버지를 신학교에 보낸 것은 나보다 머리가 더 좋았기 때문이고, 나는 돈을 벌어 뒷바라지를 하느라고 그렇게 한 것뿐이다. 그러니 영특한 내 손자요, 첫 열매인 주영이를 신학교에 보내 목사로 만들어야 천국에 가서 이름도 없이 죽은 네 할머니를 기쁘게 해드릴 수가 있다. 이건 변함없는 내 소원이다."

할아버지의 고집으로 손자, 주영은 대학을 졸업한 뒤에 신학교에 갔다. 처음에는 툴툴거렸지만 지금은 신학 하기를 잘했다고 진심으로 고백하게 되었다.

할아버지의 장례식을 끝내고 장호는 아들 주영과 단둘이 마지막 손질을 하고 있는 산역꾼들 옆에 남았다.

"우리 할아버지, 아이처럼 순진하시고 참 멋있다. 장로님 직분을 얼마나 좋아하셨으면 장로 가운을 입고 천국에 가셨을까."

"위에 묻힌 증조할머니 더 멋진 분이시다. 20대 젊은 나이에 이름 없이 빛도 없이 일찍 가셨지만 그분의 기도가 우리 가족을 이 자리까지 이끌었단다. 예수를 믿는다고 핍박을 받아 순교하신 분이다."

"이름이 무엇이었나요? 순교자 명단에서 찾아볼게요."

"이름도 없이 죽은 할머니다. 여기 말고 천국의 순교자 명단에 있을 터이니 천국에 가야 그 이름을 찾아볼 수 있을 게야."

산새의 조잘거림이 솔바람을 타고 은은하게 귓가를 스쳤다.

사랑을 실천한 개성댁

　개성댁은 아기를 좋아하지만, 결혼한 지 2년이 지나도록 아기가 생기지 않았다. 시집온 첫해는 아기를 기다리는 시댁 식구들의 친절함으로 십대의 어린 나이지만 시집살이의 서먹함을 이길 수 있었다. 김씨 집안의 장손인 남편도 개성댁의 갸름하고 예쁜 얼굴에 취해서 무척 아끼고 다정하게 대해주었다.

　불행은 아기로 인해 시작되었다. 해가 거듭할수록 임신 못하는 며느리를 향한 시댁 식구들의 눈초리에 찬바람이 불었다.

　"우리 집안을 망칠 년이구나. 어쩌자고 이 집안의 대를 끊어놓는 것이냐, 어이쿠! 억장이 무너지네."

　시어머니의 왁자지껄 떠들어대는 음성에 이미 이력이 난 터라 개성댁은 슬그머니 뒤란으로 숨어들었다. 흙담 밑에 줄줄이 열린 빨간 꽈리가 등불을 켠 것처럼 탐스럽다. 제일 큼직한 것을 하나 따서 꼭지를 따낸 뒤에 살살 겉살이 터지지 않도록 응어리를 달래기 시작했다. 작은 구멍으로 응어리를 잘 빼낸 뒤에야 꽈리를 불 수가 있다. 개성댁은 시댁식구들의 구시렁거림을 뒤로 하고 꽈리 응어리를 풀어내면서 자신의 가슴에 앙금으로 가라앉아 있는 응어리도 함께 짓이겨버렸다. 빨갛게 익은 꽈리를 두 개나 터뜨렸다가 세 번째는 성공하자 그걸 혀 위에 올려놓고 꽉꽉 불기 시작했다.

'시어머니, 당신도 여자인데 나를 이렇게 구박할 수 있어? 이렇게 당신을 깨물고 싶어'하고 꽉 불었다. 자기보다 세 살 어린 시누이를 향한 고까움과 미움도 꽈리를 꽉 불면서 깨물어주었다. 가슴 속의 응어리가 조금은 풀리는 것 같았으나 진짜 앙금은 누룽지처럼 가슴 바닥에 눌어붙었다. 그 시대를 살았던 여느 여인네들처럼 말이다.

그래도 의지하고 싶은 사람은 남편이었다. 하지만 이런 아내의 마음도 헤아릴 줄 모르는 남편은 구박받는 아내 편을 들어주기는커녕 곤드레만드레 술에 취해 들어와서는 개성댁을 향해 행패를 부렸다. 시집올 때 가져온 원앙 문양이 새겨진 경대도 마구 내던져서 빗과 빗솔, 빗치개가 방바닥에 나동그라졌다. 아아! 아기를 낳지 못하는 여인은 이 집안에서 살 수가 없구나. 하지만 어디로 갈 것이냐. 시집살이를 못하고 친정으로 쫓겨 오는 날엔 친정 동네 입구에 개들이 멍멍 짖어 대서 쫓아버릴 것이고 무논의 개구리들이 동네가 떠나갈 정도로 울어댈 것이니, 죽어서 시댁 대문을 나서야지 살아서는 나오지 못한다고 못을 박던 친정어머니의 준엄하고도 서글펐던 얼굴이 눈앞에서 알찐거렸다.

항아리를 이고 물을 길으러 가니 우물가에 아낙들이 둘러서서 수군덕거렸다. 개성 언저리를 뒤덮은 인삼밭의 한 귀퉁이 농막에 서양 사람이 기거하면서 학교를 운영한다는 소문이었다. 눈이 파랗고 머리가 노란 낯선 서양 사람을 보려고 개성 사람들이 떼를 지어 몰려갔다. 아기를 낳지 못해 구박덩어리요, 천덕꾸러기가 된 개성댁도 인파에 섞여 인삼 농막으로 향했다.

그 뒤부터 하루도 빠지지 않고 단골처럼 농막을 찾던 개성댁은 차츰 그들이 좋아지기 시작했다. 개성에 교회가 세워지자 거기도 단골로 찾아가서 예배를 드렸다. 처음에는 호기심에 들떠서, 흙담 밑에 붉게 익은 꽈리의 응어리를 달래서 빼내듯이, 그렇게 마음의 안정을 찾아 드나들다가 차츰 굳건한 믿음을 갖게 되었다. 교회에 가면 눈물이 앞을 가려 실컷 울고 나면 호박엿처럼 들러붙었던 한(限) 덩어리들이 눈물을 타고 다 빠져나왔다. 어깨죽지에 날개가 달린 것처럼 하늘 높이 훨훨 날아다니는 것 같았다. 하지만 개성댁이 진짜 교인이 되어 교회를 드나들게 되자 시댁 식구들은 무섭게 날뛰기 시작했다.

"미친년! 집안의 대를 끊어놓은 년이 이제 집안 망신을 시키려고 작정을 했군 그래. 너 당장 혀를 깨물고 칵 죽어버려라. 아예 짐을 싸 들고 이 집을 나가든지."

시어머니의 명령은 이 집안의 법이기도 했다. 시어머니 곁에서 아내를 무섭게 노려보던 남편은 살아오면서 생전 들어보지 못했던 험한 욕설을 마구 뱉어냈다. 견디지 못한 개성댁은 시댁을 나올 결심을 하고 전도부인을 찾아갔다.

"저는 김씨 집안의 누렁이만도 못한 여자입니다. 벌레만도 못한 취급을 받고 있습니다. 예수님은 나를 사랑한다고 하니 예배당에 다니면서 걸식하는 거지가 되는 편이 낫지 이 집안에 있다가는 맞아 죽을 것입니다. 저는 사람이 되고 싶습니다."

전도부인은 개성댁의 말을 듣고 이렇게 물었다.

"남편을 위해서 기도한 적이 있소?"

"아니오, 미운 사람을 위해 어떻게 기도가 나옵니까."

"남편을 위해 기도하는 법을 제가 종이에 써 줄 터이니 그렇게 해보세요. 그리고 집안일을 평소보다 더 열심히 하세요. 집안 구석구석을 아주 깨끗이 하고 시댁 어른들을 공손하고 친절하게 최선을 다해 섬기시기 바랍니다. 그러나 딱 한 가지만은 양보하지 마세요. 사람이라는 걸 느낄 수 있는 예배당에 오는 것은 잊지 마세요. 성수주일은 교인이 꼭 지켜야 할 의무니까요. 교회 종소리를 신호

삼아 예배에 꼭 참석하시기 바랍니다."

"도대체 얼마 동안이나요?"

"주님의 계획표에 따라 이뤄질 거예요."

개성댁은 전도부인이 가르쳐 준 대로 했다. 남편을 위한 기도를 시작한 지 반년이 되어가면서 점점 남편을 더 사랑하게 되었고 예수를 믿지 않고 자기 아내를 사람 대우하지 못하는 남편이 그렇게 불쌍할 수가 없었다. 군소리 없이 시댁 식구들의 손발이 되어 집 안팎을 돌보고 몸 바쳐 일하니 온 집안이 반들반들 윤이 돌기 시작했다. 갈퀴손이 되어 지문이 지워질 정도로 채마밭을 일구고 시부모의 밥상을 진심으로 정성스럽게 올렸다. 그녀의 사랑이 통했는지, 말없이 집안 식구들을 위해 몸 바쳐 일하는 개성댁을 놓고 점점 지청구가 잦아들기 시작했다.

저들에게 딱 한 가지 속상한 것은, 교회 종소리만 들리면 어김없이 수건으로 머리를 감싸고 교회로 향하는 것이 문제였다. 예배가 끝나면 사람들과 몰려다니지도 않고 곧바로 집으로 와서 상냥한 얼굴로 가사를 돌보고 농사를 지으니 나무랄 수가 없었다. 너무나 완벽하게 살림을 하고 반듯하게 살아가는 며느리를 놓고 식구들은 모두 머리를 갸웃거렸다.

교회에 간 아내는 거기서 도대체 무얼 하는 것일까? 교회로 가는 사람들은 남녀가 함께 몰려가니 저들이 한 방에 보여서 무슨 짓을 하고 있단 말인가. 남녀가 함께 모이면 생기는 일은 뻔한 일이 아닌가. 남녀칠세부동석(男女七歲不同席)이란 유교의 법도를 어기고 저렇게 와글와글 몰려가는 것은 남녀 간에 상상을 초월한 어떤 재미가 있을 것이란 확신이 개성댁의 남편을 들뜨게 했다.

눈이 하얗게 내린 동지섣달 그믐에 남편은 개성댁의 뒤를 밟고 싶은 유혹을 뿌리칠 수가 없었다. 호기심이 발동한 남편 김씨는 아내의 뒤를 미행하기 시작했다. 교회에 이르니 남자들은 서쪽 문으로, 여자들은 동쪽 끝에 난 문으로 들어가는 것이 아닌가. 덩치가 큰 남편은 울타리 뒤에 몸을 숨기고 수수깡 울타리 틈바구니에 눈을 바짝 대고 교회 쪽을 정신없이 정탐하기 시작했다. 이걸 본 어떤 남자 성도가 그의 팔을 잡아끌고 교회 안으로 들어갔다. 그 남자의 팔심이 어찌나 센지 거역하지도 못하고 질질 끌려서 예배당 안으로 들어갔다. 아뿔싸! 어찌 이런 일이. 글쎄 남녀가 함께 모여 음탕한 짓을 하고 있을 거란 상상을 뒤엎고 방 한가운데 큰 휘장이 두껍게 쳐있지 아니한가. 그 휘장을 사이에 두고 남녀가 따로 앉아있었다. 그 순간 후유! 안도의 숨을 내쉬었다. 내심 아내가 간통하는 현장을 목격하려고 미행했는데 교회 안은 성스러울 정도로 정숙한 기운이 감돌았고, 남녀가 서로 얼굴을 볼 수 없을 정도로 단단하게 휘장이 한가운데를 막고 있었다. 그것도 서로 손을 잡을 수 없을 정도로 휘장 사이사이를 삼베 줄로 꽁꽁 묶어놓고 있었다. 앞쪽 휘장 끝에 조그

마한 강대상이 있고 거기서 말씀을 전하는 남자의 음성이 휘장 양쪽으로 우렁차게 퍼져나갔다. 깊은숨을 들이마셨다. 아내가 나쁜 사교에 빠져들었다고 때리고 욕하고 난리를 쳤는데 실제로 교회 안에 들어오니 소문과는 판이했다.

그다음부터는 주일이 오면 아내가 교회로 가는 걸 드러내 놓고 따라가지는 못하고 멀찍이 서서 보다가 아내가 동쪽 문으로 들어가는 걸 확인하고 자기는 서쪽 문으로 들어갔다. 제일 뒤에 앉았다가 예배가 파하면 재빨리 먼저 뛰어나와 아무 일도 없는 것처럼 집으로 달려와서 안방에 누워 있었다.

아무 것도 모르는 개성댁은 최근 남편이 행패를 부리지 않고 잠잠한 것이 고마웠다. 그녀가 매일 새벽마다 드리는 기도를 하나님이 들으시고 그 나쁜 성깔을 바꾸어 주신 것이 아닌가 하는 감사함으로 눈물이 펑펑 쏟아졌다.

한편 교회에 가는 날이면 반드시 내외가 함께 없어지는 걸 알아챈 집안이 발칵 뒤집혔다. 결국 저들이 교회로 향하는 것을 목격한 식구들의 반발로 인해 이 사실이 개성댁의 귀에까지 들어갔다.

"당신, 나를 미행하여 예배당에 다니고 있어요?"

"그래, 왜, 이상한가?"

"그런데 한두 번 미행하고 그만 두시지 어쩌자고 매번 따라다녀서 이렇게 집안이 시끄러워요?"

"……."

"이제 충분히 봤으니 그만 따라오시지 그래요?"

개성댁이 은근슬쩍 물어보자 남편이 대답했다.

"음……, 실은……, 나도 당신 따라 교회에 다녀야겠어."

"뭐, 뭐라고요?"

"당신을 구박한 것 미안해. 내가 교회에 가서 다 회개했어."

남편의 입에서 회개란 말이 튀어나오자 개성댁은 눈물을 감출 수가 없었다. 좋으신 하나님은 이미 큰 역사를 일으킨 것이다. 그녀의 기도가 이뤄진 셈이다.

아들까지 며느리를 따라 교회에 나가자 호기심을 금할 수 없었던 사람은 개성댁의 시어머니였다. 그녀를 자극한 것은 다른 것이 아니라 아들의 언행이 변했다는 점이다. 술도 먹지 않고 유순해져서 집안이 조용했다. 며느리가 교회에 다니면서 변한 것도 신기했는데 성격이 불같아서 늘 근심거리였던 아들까지 순하고 평안해 보였다. 맹수가 변하여 순해 터진 누렁이가 된 것처럼 완전히 바뀐 아들이 참으로 믿을 수가 없었다.

"나도 그 예배당이라는 델 한 번 가보자꾸나."

하루는 시어머니까지 개성댁을 따라나서는 것이 아닌가.

그해 봄 부활절에, 개성댁과 시어머니는 나란히 앉아 세례를 받았다. 개성댁은 나오미란 이름을 받았고 시어머니는 한나란 이름을 얻었다. 남편은 3년 뒤에 전도인이 되어서 선교사를 따라 선교여행도 다녔고 쪽복음을 지고 시골 구석구석을 찾아다니는 매서인이 되었다.

위대한 유산

팔순을 넘긴 아버지의 장례식은 10미터가 넘게 늘어선 화환들로 인해 복 받은 영감이란 수군거림이 조객들 사이에 무성했다. 하긴 그분이 살아온 인생에 비해 기름기가 잘잘 흐르는 상류층의 문상객들 때문에 나온 말일 게다.

아버지의 장례식은 인생길에서 자식 된 도리로 꼭 치러야 할 강제성을 띤 과정이다. 억지춘향 격의 떨떠름한 기분으로 장례식을 치른 김종국 장로는 큰 짐을 내려놓은 듯 사뭇 가뿐한 기분까지 들었다.

솔직히 고백하자면 아버지는 그의 인생길의 걸림돌이었다. 어머니의 젖꼭지를 물고 있을 적부터 귀에 못이 박히도록 들어온 바, 아버지란 사람은 어머니와 외가의 미움덩어리였다. 아버지는 작은마누라를 얻어서 따로 살림을 냈고 갓 태어난 아들과 아내를 전혀 돌보지 않았기 때문이다. 어머니는 혼자 손으로 그를 대학까지 가르친 후 과로로 인해 일찍 세상을 떴다. 어머니의 장례식에도 아버지는 코빼기도 내밀지 않았다.

그런 못된 아버지가 아들인 김종국 장로의 장립식에 뜬금없이 불쑥 나타나 아버지 행세를 하면서 그의 삶에 끼어들기 시작했다. 그것도 성한 몸에 재산이 있어 넉넉한 노인으로 나타난 것이 아니다. 중풍으로 쓰러져 몸 반쪽을 쓰지 못하는 병자로 휠체어를 타고 그의 눈앞에서 알찐거리니 문제였다. 어머니를 일생동안 그토록 밤마다 울게 만든 장본인인 첩어머니도, 전처의 아들도 자식이니 효도를 받아야겠다는 태세로 목에 힘을 주고 있으니 속이 울컥 뒤집힐 지경이었다.

문제는 김 장로의 아내였다. 목사의 가정에 태어나 가정교육을 잘 받아 사람 차별을 안 하는 아내는 미움덩어리 시아버지를 정성스레 떠받들고 지극한 효성으로 대해서 그의 마음을 불편하게 했다.

"어머니와 내 인생이 얼마나 비참했는지 알아? 이제 아버지가 눈곱만큼도 필요 없는데 갑자기 앞에 나타나 사람 속을 뒤집어놓고 있어. 그러니 당신도 모른 척하라고."

"육신의 아버지를 모른 척하면 당신이나 우리 아이들이 이 땅에서 잘 되고 장수할 수 없어요. 과거는 어떻든 자식된 도리를 해야 하는 법입니다."

성경말씀을 인용해가면서 말하니, 이치로 따지면 옳지

만 감정적으로는 죽을 지경이었다. 남편의 마음을 완전히 나 몰라라 하지는 않았지만 아내는 매달 생활비도 드리고 철따라 음식도 해 날랐다. 가을에는 김장까지 해서 김치 냉장고에 잔뜩 채워주고 오는 아내 앞에서 김 장로는 그 야말로 벌레를 씹는 기분이었다.

"나란 사람에겐 아버지가 없어. 제발 그 집하고 관계를 갖지 말자고. 내게 아버지가 필요할 때는 외면하고 도망가버렸다가 이제 내가 사회적으로 지위가 높아지고 돈이 있으니까 덤벼드신 분이야. 돌아가신 어머니를 봐서라도 제발 그 사람들 멀리해줘."

그래도 아내는 빙그레 웃을 뿐이었다. 또박또박 일정액의 월급을 받아오는 김 장로에 비해, 활달하게 이곳저곳을 뛰면서 의류사업을 하는 아내는 남편보다 열 배도 넘는 수입이 있으니 그 돈 가지고 효도하겠다는데 막을 수가 없었다. 백화점에 명품점을 열고 손수 디자인한 여성 옷을 만드는 아내는 이 지역에서 알려진 명사였고 돈이 물밀 듯이 들어왔다.

시아버지의 장례식에도 아내 쪽의 조문객이 어찌나 많은지! 들어온 조의금만도 상당했다. 주로 아내가 만든 옷을 사 입는 고객들이고 의류시장의 상인들이니 이해관계가 있는 사람들이었다.

아무튼 장례식을 아주 성대하고 엄숙하게 치르고 귀가한 김 장로는 따끈한 물에 몸을 담그고 눈을 감았다. 눈꼬리를 타고 눈물이 줄줄 흘렀다. 어머니의 장례식 장면이 떠올랐기 때문이다. 남편에게 버림받고 손의 지문이 지워질 정도로 갈퀴손이 되어 살아온 어머니는 대학을 갓 졸업한 아들이 몇 평이나마 묘지를 살 능력도 없던 시기에 저세상으로 갔다. 어쩔 수 없이 화장하여 어머니를 강물에 뿌리면서 얼마나 울었는지! 그때의 아픔이 가슴을 에는 통증이 되어 그의 몸을 휘감았다.

"아내 때문에 성대하게 장례식을 치렀지만 이제 그와 나와의 관계는 영원히 끝난 거야. 첩어머니를 다시 볼 필요도 없고 거기서 태어난 이복동생들도 만나야 할 이유가 없어."

그가 이런 결심을 하고 있는 판에 아내가 욕실 문 앞에서 그를 향해 큰 소리로 말했다.

"여보! 어서 목욕 끝내고 나오세요. 어머님이 오셨어요."

어머니라. 내게 어머니는 가엾게 살다 간 한 분 어머니밖에 없는데 무슨 어머니가 또 있다고 그래. 김 장로는 일부러 시간을 더 끌어가면서 몸의 구석구석 때까지 밀고 한껏 시간을 보내다가 나왔다. 거실에는 칠순 중반을 넘긴 나이에도 한껏 모양을 낸 첩어머니가 하얀 드레스를 입고 머리에 흰 나비 모양의 리본을 꽂은 채 그를 기다리고 있었다. 김 장로는 일부러 시선을 다른 곳에 두고 인사를 하는 등 마는 등 하고는 이층 서재로 올라갔다. 아내가 뒤따라 들어왔다.

"당신 왜 이래요. 아버지를 하늘나라로 보낸 어머니의 마음도 헤아려드려야지요."

아내의 말에 토라진 김 장로의 음성이 거실까지 새나갔다.

"누가 내 어머니야. 내 어머니는 단 한 분, 삼십오 년 전에 돌아가신 어머니뿐이라고!"

"어린애처럼 왜 이래요. 아버님이 당신 앞으로 남긴 유물을 가지고 오셨어요. 어서 나와서 정중하게 받으세요."

아내의 채근이 어찌나 심한지 그는 어쩔 수 없이 떠밀려 거실로 나왔다. 첩어머니는 떨떠름한 얼굴에 못마땅한 표정을 짓고 있는 김 장로의 눈치를 보면서 청홍색 보자기에 싼 사육배판 크기의 유물을 그의 앞으로 밀어놓았다.

"이게 뭐예요?"

"모르겠네. 이게 자네에게 그분이 남긴 유일한 유물이니까."

아버지는 중풍으로 쓰러진 뒤 20년이 넘도록 거동이 불편하셨다고 한다. 그간 가지고 있던 재산을 병원비로 다 털어먹고 나중에는 궁여지책으로 전처소생인 김 장로를 찾은 터라 자식들에게 줄 유산이 있을 리 없다. 다섯이나 되는 자식들도 모두 부모를 피해 오가지도 않는다고 했다.

"왜 그러고 있어요. 어서 어머니 앞에서 풀어보세요."

아내가 따끈한 홍차를 내놓으면서 다그친다. 빨리 이런 거북살스러운 분위기에서 벗어나고자 그는 청홍색 보자기를 풀었다. 네 귀퉁이에 매달린 새빨간 술들이 오랜 세월의 더께로 인해 나긋나긋 바래서 손끝이 닿을 적마다 먼지가 풀썩거렸다. 어찌나 매듭도 단단하게 묶었는지 진땀을 빼고서야 간신히 보자기를 풀어낼 수 있었다. 아랫목에 얼마나 오랫동안 보관했는지 화덕의 누린내와 노인 특유의 구린내가 물씬 풍겼다. 모두의 시선이 그의 손끝에 모아졌다.

속에서 나온 것은 1950년대에 출판된, 아래로 내려쓴 성경책이었다. 모두 실망하는 눈빛이었다. 김 장로는 그 성경책의 한가운데를 펼쳤다. 페이지마다 군데군데 붉은 연필로 그어졌고 얼마나 많이 읽었는지 책장 가장자리가 닳고 닳아서 먼지가 잔뜩 고여 있었다.

"어머나, 세상에! 이 성경책을 자네에게 주었군."

첩어머니의 입에서 놀랍다는 감탄사가 터졌다.

"왜 이 성경책에 사연이라도 있습니까?"

아내가 시어머니를 향해 호기심 어린 질문을 던졌다.

"이건 그분이 일생 옆에 두고 읽었던 것이고, 특히 중풍으로 누워 지내면서 저 책을 끼고 살았는데……."

김 장로는 책장을 넘길 적마다 풀썩거리면서 피어오르는 먼지에 상을 찌푸리고 코끝을 씰룩거렸다. 그런데 맨 뒤 페이지에서 봉투가 툭 탁자 위로 떨어졌다. 그는 무엇인가 해서 집어 들었다. 모두의 시선이 그리로 쏠렸다. 그는 마음이 상한 것을 감추지 못하고 눈살까지 찌푸리고 절반으로 접힌 편지지를 펴들었다. 편지를 읽어 내려가던 김 장로의 눈에 눈물이 그렁하게 고이기 시작했다. 첩어머니도 아내도 심상치 않은 그의 표정에 모두 숨을 죽였다. 묵직한 분위기가 한참 계속되었다.

얼마가 지났을까. 갑자기 김 장로가 흐느껴 울기 시작했다. 엉엉 소리를 내더니 나중에는 통곡으로 이어져서 모두의 눈이 휘둥그레졌다. 터져 나오는 격렬한 울음을 삼키려고 그는 입술을 사려 물기도 했다. 참다못한 아내가 그의 손에서 종이를 빼앗았다. 재빨리 눈물로 얼룩진 편지를 훑어보았다. 오른쪽이 마비된 시아버지는 왼손으로 글을 썼기 때문인지 글자가 누르스름한 종이 위에서 삐뚤삐뚤 춤을 추었다. 더구나 시아버지가 글을 쓰면서 흘린 눈물과 남편의 눈물이 범벅이 되어서 글자는 갓 글씨를 배운 코흘리개의 글씨처럼 사방으로 번져 제멋대로 춤을 추었다. 아내에게 아버지의 편지를 빼앗긴 김 장로는 식구들에게 눈물을 보이지 않으려고 급히 이층 계단의 층계참으로 몸을 피해 거기서 눈물을 닦으면서 마음을 달래고 있었다.

아버지의 편지는 이러했다.

'아들아 보아라, 너를 키우고 교육시키지 못한 못난 아비가 너에게 속죄하는 마음으로 이 편지를 쓴다. 네 어머니가 죽던 날 나는 병실 밖을 얼마나 배회했는지 모른다. 다 성장한 너의 모습을 보면서도 선뜻 네 앞에 나설 수가 없었다. 내가 지은 죄가 너무 컸기 때문이다. 네 엄마와 교회에서 결혼식을 올린 내가 하나님 앞에서 서약한 것을 어겼기 때문이다.

사업에 실패하고 가난해지자 생활고에 시달리면서 이게 전부 너희 모자를 버린 죗값을 치르는 거라고 깨닫게 되었다. 중풍으로 쓰러진 지난 20년간 통회의 눈물로, 하나님 앞에 기도하면서 성경을 읽었다. 내가 이 성경책을 100독을 할 터이니 하나님이 내 아들, 김종국을 장로로 세워달라고 말이다. 우연인지 기도의 응답인지 100독을 하던 날 너는 장로 장립식을 했다. 하나님이 이 못난 아비의 기도를 들어주셨다고 나는 믿는다. 바로 이 성경으로 100독을 했단다. 너무 기뻐서 너의 장로 장립을 내 눈으로 직접 확인하려고 용기를 내어 휠체어를 타고 교회에 갔던 것이다. 내 기도를 들어주신 하나님께 영광을 돌리기 위해서였다. 우리 좋으신 하나님은 보잘 것 없는 죄인인 내 기도에 응답하시고 좋은 며느리까지 만나게 해주셨다. 노후의 생활도 네가 매달 보내주는 돈으로 편안하게 살면서 행복하게 저 세상으로 갈 준비를 했단다.

이 성경책을 너에게 유산으로 남긴다. 돈도 사랑도 주지 못한 못난 아비의 선물이다. 내 아들아! 미안하다. 그

러나 사랑한다. 이 성경책의 구석구석에서 너를 위해 기
도하며 읽어 내려간 구절을 만날 터이니 너도 이 성경을
읽으면서 그걸 공유하길 바란다. 못난 아버지가 사랑하는
내 아들, 김종국 장로에게.'

정원에 주렁주렁 매달린 늦가을의 농익은 모과 냄새를
맡기 위해 김 장로는 이층으로 올라가 창문을 활짝 열었
다. 북데기 꼴이 된 머릿속이 차츰 맑아 오면서 아버지의
냄새가 모과의 싱그러운 냄새와 어우러져 코밑을 스쳤다.
아릿한 통증이 가슴을 스치고 지나가면서 김 장로는 가슴
이 탁 트이는 숨을 내쉬었다.

빈부귀천을 따지지 않은 장로투표

전라북도 김제군 금산리 용화마을 삼거리는 교통의 요지다. 전주로 가는 길목이요, 정읍과 김제읍을 연결하는 고리가 되는 지역이다. 게다가 유명한 사찰인 금산사로 가는 길목이기도 하다. 해서 사계절 언제나 길손들로 붐비게 마련이다.

그 시절의 유일한 교통수단인 말을 타고 가다가 날이 저물거나 지치면 으레 마구간 설비가 갖춰진 주막집 마방(馬房)에 말을 넣고 객들도 하루 쉬어가는 곳이 바로 용화마을 삼거리였다. 짐을 가득 실은 말을 끌고 가다 잠시 여독을 풀고 가는 곳이요, 마바리꾼들이 모여서 정보를 교환하고 정을 통하는 장소이기도 하다.

당시 이 지역의 지주요 거부인 조덕삼은 마방을 운영하면서 조정에서 일어나는 일이나 배고픈 농민들의 슬픈 사연을 마바리꾼들이나 봇짐을 진 길손에게서 귀동냥으로 들었다. 저들이 전해준 소식은 한 마디로 어수선했다. 나라가 어떻게 되려고 그러는지 어지러울 지경이었다.

고부에서 시작된 농민들의 동학란이 전국을 들끓게 하더니 그걸 진압한다고 일본군과 청국군이 남의 땅에 와서 싸우는 곤혹을 치르고 있는 탓에 민심은 한껏 뒤숭숭했다.

이 나라가 살길은 과연 무엇일까? 마방 주인 조덕삼은 고민하기 시작했다. 일본도, 중국도 아닌 새로운 바람이 불어야 한다고 내심 고심하고 있던 터에 마방의 손님으로 가끔 묵어가는 서양인 선교사를 떠올렸다.

대대로 유교를 믿은 양반 보수 가문에서 태어난 조덕삼은 그 시대에 드물게 보는 돈 많은 부자였다. 그러나 이 많은 재물이 다 무엇이란 말인가? 사는 것이 너무 허무하다는 생각으로 인해 막막한 세월을 보내던 터에 문득 그의 마방에 자주 들르는 서양 사람을 떠올렸던 것이다. 그 사람을 만나면 무엇인가 새 바람이 불어올 것 같은 기대감으로 안달이 났다. 마방이 삼거리에 위치하여 세상의 흐름을 넘나드는 곳에 살고 있는 탓에 서양 선교사에 대하여는 숱하게 들어왔으나 그저 담 너머로 멀리 구경하듯 보아왔는데 갑자기 호기심이 발동했다.

마방의 손님인 최의덕(L.B.Tate)* 선교사는 그의 괴로운 심정을 다 듣고 난 뒤에 예수를 믿으라고 권했다. 서학인

기독교로 개종하는 것이 상당히 위험한 때였다.

하지만 예수가 누구인지 소개받고 믿기 시작하면서 그의 마음이 불타오르기 시작했다. 자신이 부리고 있는 마부와 함께 세례를 받고 집사가 되고 영수까지 나란히 된 뒤에, 드디어 두 사람을 놓고 장로 투표를 하는 날이 다가왔다. 팟정리 교회의 역사를 여는 날이 내일로 다가오고 있었다.

처음 그의 사랑채에 모여 최의덕 선교사를 모시고 예배를 드리던 때가 떠올랐다. 사랑채에 와보라고 인근 마을인 청도리, 신기리에 사는 사람들까지 극성스럽게 모두 불러 모아 예배를 드리기 시작한 일이 어제 같은데 벌써 3년 세월이 흘렀다. 사랑채가 비좁도록 사람들이 꾸역꾸역 모여들자 그의 과수원에 다섯 칸짜리 교회를 짓고 예배를 드리고 있는 터였다.

아내의 걱정이 태산 같았다.

"여보, 우리 집에서 부리는 종인 마부와 당신이 나란히 장로 투표를 한다니, 만에 하나 당신이 떨어지고 그 사람이 된다면 창피해서 어떻게 얼굴을 들고 다녀요."

"별 걱정을 다 하는군."

"달구지나 몰고 다니지 어쩌자고 주인하고 나란히 어깨를 겨누는지 눈꼴이 사나워 죽겠네. 당신이 농한기에 이 마부가 모는 달구지에 사람들을 태우고 전주까지 가서 함께 성경공부를 한다고 다니면서 허파에 바람이 들었다니까요. 솔직히 말해서 마부 주제에 어떻게 주인하고 함께 공부를 해요."

조덕삼은 이 지역의 알려진 지주요 부자요 지식인이다. 곰곰이 생각해보면 아내의 말이 틀린 것도 아니다.

늦가을의 스산한 바람에 우물곁에 서 있는 100년 된 감나무 잎이 너불대며 떨어져내린다. 까치 두 마리가 둥지를 튼 곁가지에 앉아 잔망스럽게 부리로 감을 쪼아댄다. 가을햇살이 한여름의 힘찬 열기를 잃어버리고 처연하게 내려앉았다가 힘없이 우물가로 떨어져내린다. 내일 있을 장로 투표 탓일까. 늦가을의 햇살도 그의 마음을 설레게 했다.

지금은 그의 집에서 마부로 일하면서 달구지를 몰고 다니지만, 처음 그의 집 대문 앞에 쪼그리고 앉았던 모습이 떠올랐다. 그 당시 그는 더벅머리에 꾀죄죄한 누더기를 걸쳤으나 눈에는 형형한 빛이 서려있었다.

"무슨 일이나 시키는 건 다 할 수 있습니다. 배가 고파요. 밥만 배부르게 먹을 수 있으면 좋겠어요."

"부모가 안 계신가?"

"제가 여섯 살 되던 해에 모두 돌아가시고 친척집에서 크다가 배가 너무 고파서 바다를 건너왔어요. 육지에 나오면 배불리 먹을 수 있다고 하더군요."

경상도에 속한 남해도에서 태어난 소년은 늘 바다 건너 멀리 뵈는 육지로 가면 배불리 먹을 수 있다는 꿈을 꾸었

다. 17세가 되는 해에 용감하게 하동으로 가는 배를 얻어
탈 수 있었다. 비럭질을 하면서 배를 채우던 그에게 사람
들이 북쪽으로 가면 넓은 들이 나오는데 거기가 김제라는
곳으로 농사를 많이 짓기 때문에 배곯는 일은 없을 것이
라고 말해주었다. 전주를 지나 청도리 쪽으로 계속 걸었
다. 모악산 밑에 자리 잡은 솟을대문 앞에 섰다. 섬에서
자란 그의 눈에 대궐처럼 큰 집은 그저 놀라울 뿐이었다.
대문 앞에 쪼그리고 앉아 있다가 해거름에 지주인 조덕삼
을 만난 것이 인연이 되어 이 집에 들어와 살게 되었다.

　농사를 짓고 마방까지 운영하자니 일손이 많이 필요한
터였다. 조덕삼은 우선 비렁뱅이를 마부로 부리면서 잡일
을 시켜보았다. 제법 일을 마음에 들만큼 잘했다. 머리가
총명해서 다른 장정들보다 두세 배가 넘게 맡긴 일을 거
뜬히 감당했다. 부지런하고 정직한 데다 몸을 아끼지 않
았고 지혜가 있으니 시간이 흐를수록 집안의 대소사를 다
맡길 수 있었다.

　큰아들이 훈장을 모셔다가 한문공부를 하는 걸 곁에서
지켜보고 아들보다 더 빨리 배우는 것이 신통해서 함께
한문을 배우도록 했더니 어찌나 좋아하는지! 아들도 집
에서 종으로 부리는 마부에게 지지 않으려고 더 열심히
공부하니 일거양득이었다.

　그것만이 아니었다. 용화마을에서 전주까지 동네 사람
들을 달구지에 태우고 성경공부를 하러 다니면서 영특함

이 드러났다. 찬송가를 우렁차게 부르고 가사를 완벽하게 외우는 것도 특출했다. 게다가 성경을 늘 손에 들고 다니면서 줄줄 암송하는 게 아닌가. 암기력이 뛰어나고 머리가 비상한 걸 알고는 그런 사람을 집에 데리고 일을 시키는 것이 자랑스럽기도 했다.

드디어 장로 투표 날이 왔다. 모두 숨을 죽이고 표를 계수하는 것을 지켜보았다. 아뿔싸! 세상에 어떻게 이런 일이! 주인을 밀치고 종의 신분인 마부가 장로로 선출되었다. 순간 아찔했다. 마치 우주 속에 붕 떠올라 부유하는 듯 윙 하니 귀 울음만 세차게 조덕삼 영수의 귓가를 스쳤다.

순간 호흡을 깊이 들이마시고 기도했다. 자신도 모르게 성령이 입을 열게 했다.

"우리 팟정리교회 교인들은 참으로 훌륭한 일을 해냈습니다. 예수 그리스도 안에서는 빈부귀천이 없습니다. 모두가 어울려 사는 신앙의 공동체입니다. 저희 집에서 일하고 있는 이자익 영수는 솔직히 말해서 저보다 똑똑해서 성경도 많이 암송하고 믿음도 좋습니다. 그는 하나님을 무척 사랑하고 말씀을 공부하고 기도하는 열의가 하늘을 찌릅니다."

마음을 졸이면서 근심하며 숨죽이고 있던 교인들은 크게 박수를 치면서 기뻐했다. 그리고 수군거렸다.

"역시 우리 동네 지주요 부자인 영수님은 인물이야."

"집에서 부리는 마부가 주인을 제치고 장로가 되었는데도 저렇게 훌륭하게 말하니 너무 멋있다."

"다음 번 투표에는 꼭 조덕삼 영수님을 찍자."

주인을 누르고 장로로 당선된 마부도 마음이 편치가 않았다. 그런데 얼굴에 웃음을 가득 담고 옆에 가만히 다가온 주인어른이 옆구리를 쿡 찌르며 이렇게 말하는 것이 아닌가.

"축하해. 자네는 장로 직분을 잘 감당할 거야. 하나님 앞에서 모든 사람은 평등하니까 조금도 부담 갖지 말게. 이번 투표는 하나님이 하신 거야. 자네가 나보다 훨씬 믿음이 좋은 걸 하나님도 바르게 보신 거라고."

집에 돌아오니 아내가 울고 있었다. 어떻게 이런 일이 일어날 수 있느냐고 구시렁거리다가 화를 내기도 했다. 창피해서 어떻게 밖에 나가느냐고 입을 삐죽거렸다.

조덕삼 영수도 가슴이 타들어갔다. 솔직히 말해 자존심이 상하는 건 사실이었다. 하지만 그간 선교사를 통해 들은 말씀이 그의 귀에 메아리쳤다.

"서울 승동교회에서는 백정 출신인 박성춘이 장로가 되었다고 양반들이 교회를 이탈하여 안국동에 안동교회를 설립했답니다. 모든 사람은 하나님 앞에서 평등하게 창조되었습니다. 남자고 여자고 하나님 앞에서는 모두 똑같이 평등합니다. 양반이니 상반이니 하는 것은 사람이 만든 것이지 하나님의 뜻이 아닙니다. 그러므로 예수를 믿는 사람은 이런 기본자세를 갖추고 있어야 합니다."

선교사 말이 맞다. 예수를 믿는다는 양반들이 천민이 장로가 되었다고 교회를 뛰어나가 양반끼리 모이는 교회를 세웠다는 것은 하나님 앞에 설 수 없는 부끄러운 일이다.

연동교회에는 갓바치들이 모여들었는데, 갓바치 고찬익이 장로로 선출되니 양반들이 반대를 하면서 교회를 박차고 나가 근방에 묘동교회를 설립했다는 소문도 나돌았다. 모두 부끄러운 일이었다.

이런 일들을 놓고 볼 적에 조덕삼 영수는 이번에 그가 부리는 마부가 주인을 제치고 장로가 된 것에 대해 진심으로 기뻐해야 한다. 이것이 예수를 믿는 사람의 마음 밭이다.

목사가 귀했던 시절이라 장로가 된 마부는 주일이나 수요일에 강단에 서서 설교를 했다. 성경구절을 줄줄 외우며 설교를 하기 때문에 모든 사람들을 감동시켰다. 자신이 마부였기 때문에 누구나 알아들을 수 있도록 쉽게 말씀을 전했다.

*테이트(L.B. Tate): 한국이름 최의덕, 미국남장로교 선교사. ㄱ자 교회인 김제 금산교회 설립을 도움.

평양의 백(白) 과부

조선갑부 박흥식이 4층짜리 화신백화점을 종로 네거리에 지었을 적보다 더한 술렁거림이 평양을 휩쓸었다. 민족의 지도자 조만식 오윤선 두 사람에게 공회당 건축의 시급성을 듣고는 총공사비를 내겠다는 여인이 나왔기 때문이다. 때는 1928년, 청상과부가 3층짜리 공회당을 지으라고 거금을 기부했다는 소식에 모두 입을 딱 벌렸다. 쌀 한 가마에 5원 하는 시절에 그녀가 내놓은 돈은 무려 2,800원이나 되었다.

3.1운동 이후 일본의 심한 박해로 인해 기가 푹 죽어있던 민중들은 왜놈들의 콧대를 눌러준 과부의 기부금 소식에 손뼉을 쳤다. 마치 한여름 복더위에 얼음물을 마신 것처럼 모두의 속을 시원하게 해주는 사건이었다.

"홀아비는 이가 서 말이고 홀어미는 은(銀)이 서 말이라더니 그 말이 맞구나. 어떻게 그런 큰돈을 여자 혼자 몸으로 모았을까?

"돼지를 기른다고 20여 리 떨어진 시장까지 가서 음식 찌꺼기를 동이에 이어 나르던 과부가 바로 그 여자라는 군. 전신에 음식 구정물을 뒤집어쓰고 다녀서 코를 틀어막을 정도로 오물냄새가 몸에서 진동했던 여자가 어떻게 그 많은 큰돈을 벌었을까."

남정네들도 모두 귀를 곤두세우고 그녀에 대한 소문을 들으려고 안달이었다.

남편의 산소까지 오가는 길에 허술한 다리가 홍수가 나면 넘쳐서 불편을 겪자 선뜻 거금을 내놓아 솔매다리를 놓은 일로 인해 이미 평양 사람들의 입에 자주 오르내렸던 여자였다. 이 다리를 일명 '백 과부 다리'라고 사람들이 부르는 이유도 여기에 있었다.

아무튼 평양의 남자들은 모두 혼자 된 여자가 어떻게 그 큰돈을 벌었는지 관심을 쏟았고 좍 퍼진 입소문은 이러했다.

"백 과부가 믿는 하나님이 도운 것이라네. 우리 옛말에 부자는 하늘이 낸다고 하지 않았어? 그 말이 맞아."

"그럼 우리도 예수를 믿으면 그런 부자가 될 수 있을까?"

"부자 되는 게 목표인가. 아니면 예수 믿는 게 목표인가? 아무튼 그건 그렇고, 평양부자 중엔 재산을 일본 사람들에게 바치면서 아부하는 나쁜 놈들이 많은 판에 힘들게 번 돈을 잘 쓰고 있다는 점이 그 과부의 장점이지."

"그 여자가 인생의 목표로 삼고 있다는 세 가지 신조가 그 여자를 유명하게 만든 뿌리였다고 하더군."

"나도 그 과부처럼 그런 신조를 갖고 싶다. 그게 뭐야?"

"첫째 남들이 먹기 싫어하는 것을 먹고, 둘째 남들이 입기 싫어하는 옷을 입고, 셋째 남들이 하기 싫어하는 일을 하는 것이라고 하더군. 그런 자세로 일생을 산 여자라는 소문이야."

"에이! 이 사람아, 어떻게 그렇게 하고 살아."

"우리가 흉내도 못 낼 정도로 판이한 점이 있었으니 그 여자가 믿는 하나님이 그 대가로 재산을 축복해준 것이 아니겠어?"

평양 백 과부에 대한 소문은 조선 팔도에 알싸한 향내처럼 풍기기도 하고 강한 회오리바람처럼 사람들의 마음을 뒤흔들기도 했다.

"백 과부는 진짜로 참 못생겼더라. 그런 외모 탓에 일찍 과부가 된 것인가 봐. 치마를 둘렀으니 여자지, 사내대장부같이 생겼어."

남자들은 물론 여자들도 숨어서 백 과부의 외모를 놓고 이러쿵저러쿵 소곤거렸다. 누가 봐도 그녀는 외모가 아름다운 여인은 아니었다. 키는 장대처럼 크고 어깨가 장정처럼 떡 벌어진데다가 광대뼈가 우악스럽게 튀어나와서 잠자다가 부스스 몸을 털고 일어서는 사자의 얼굴이었다.

해서 남자들도 그 앞에 서면 기가 죽는다고들 했다.

그녀는 14세에 수원 안(安)씨 성을 가진 남자에게 시집 갔으나 2년을 살고 16세에 아기도 낳아보지 못하고 혼자 가 되었다. 그런 연유로 이웃들이 그녀를 아기과부라고 불렀다. 친정으로 돌아온 아기과부는 친정어머니를 모시 고 간장 장사를 시작하였다. 그뿐인가. 홍화(紅花)를 길러 직접 염료를 만들어 시장에 내다팔기도 했다. 봉숭아를 텃밭에 심어 씨를 받아서는 오일장에 들고 나가 파는 극 성도 부렸다. 3월 한식과 8월 추석에 남편 성묘를 하는 일 말고는 돈 버는 일에 빠져살았다. 심지어 음식도 남이 먹다 남긴 찌꺼기를 씻어서 다시 끓여먹을 정도로 근검절 약하는 여자였다. 한 푼 두 푼 돈이 생기면 버선목에 찌르 거나 허리춤에 넣어놓고 더 많아지면 이불을 뜯고 솜 속 에 넣거나 삿자리를 들추고 밑에 깔기도 했다.

들어온 돈이 단 한 푼도 새어나가길 못해 뭉칫돈이 되 자 그녀는 토지를 사겠다고 복덕방을 찾았다. 아무 땅이 나 훗날 조용하게 혼자 살 수 있는 땅을 찾고 있다는 백과 부의 말에 토지중개업자들이 꼬여들었다. 어떤 협잡꾼이 백 과부의 재산을 노리고 사동탄광이라고 알려진 쓸모없 는 땅을 소개했다. 그 땅은 강동군 만달면 승호리에 위치 한 들판으로 만달산을 등에 업고 있는 황무지였다. 돈만 벌었지 세상물정을 전혀 모르는 백 과부는 그저 값이 싸 다는 말에 한 평에 3전도 되지 않는 땅을 열 배나 더 주고 평당 30전에 사버렸다. 논도 밭도 아닌 황무지라 사람들은 드디어 백 과부가 망했다고 모두 혀를 차면서 불쌍하다고 입을 모았다. 그러나 정작 장본인인 백 과부는 태연했다. 하나님께 기도하고 산 것이니 쓰다 달다 말 한 마디 없이 태평하게 지냈다.

결국 하나님은 만달산(晩達山)의 기적을 일으키셨다.

1920년까지 우리나라에서는 시멘트가 전혀 생산되지 않은 연고로 시멘트 전량을 일본에서 들여왔다. 점점 시멘트 소비량이 늘어나자 시멘트 공장을 세울 계획으로 일본인 대 기업가 오노다(小野田)가 조선에 왔다. 그가 둘러본 결과 시멘트의 원료가 되는 가장 좋은 재료가 백 과부가 사들인 만달산의 모래였다. 오노다는 만달산 앞에 있는 백 과부의 땅을 사서 대규모의 시멘트 공장을 짓고 사택도 세울 계획을 내심 치밀하게 세웠다.

토지중개업자들이 백 과부에게 몰려갔다.

"한 평에 30전을 주고 산 땅을 3원을 줄 터이니 파시오."

백 과부는 머리를 흔들었다. 그리고 속으로 생각했다.

'땅을 산 지 겨우 3년밖에 되지 않았는데 그렇게 비싸게 판다는 것은 하나님 앞에 죄를 짓는 것이니 그렇게 팔 순 없다.'

그러자 모든 청사진을 다 짜놓고 일을 진행하던 오노다는 마음이 다급해졌다.

"아무래도 백 과부가 땅값이 싸서 팔지 않는 모양이다. 두 배로 늘려서 평당 6원에 팔라고 해봐라."

"그래도 팔지 않겠다고 합니다."

"그래? 그 과부가, 보기보다는 무척 욕심쟁이로구나."

"아무래도 다른 땅을 알아봐야겠어요. 모래벌이 여기만 있습니까? 사방에 널린 것이 모래밭인데 꼭 여기를 사야할 이유는 없습니다. 저렇게 고집을 부리는 과부를 무슨 수로 꺾습니까."

오노다는 부하직원들의 말에 머리를 강하게 흔들었다.

"모르는 소리. 이 모래가 시멘트 원료성분이 다분히 함유된 것이라 다른 데 이만한 것이 없어. 내가 벌써 다 조사를 한 것이니 어쩔 수 없다. 평당 20원씩에 팔라고 해보아라."

점점 액수가 올라가자 백 과부는 더 세차게 도리질을 했다. 결국 평당 30원까지 올라갔다. 너무 비싸게 팔수가 없어서 거절한 것인데 가만히 있어도 값은 자꾸 뛰었다. 하도 이상해서 기도하기 시작했다. 그때 마음속에 큰 결심이 섰다. 이 돈은 내 것이 아니다. 분명히 하나님의 뜻이 있는 돈이니 주는 대로 받아서 이 나라와 민족을 위해 써야겠다는 소망의 빛이 그녀의 가슴에 섬광처럼 강하게 파고들었다.

평당 30전에 사들인 황무지를 3년 만에 백배의 가격인 30원에 팔면서 백 과부는 평남 일대의 굴지의 갑부로 탄

생했다. 하나님이 그의 도구로 이 여인을 들어서 사용하신 것이라 할 수 있었다. 가엾지만 성실하고 충성스럽게 살아낸 백 과부에게 전화위복의 은혜를 베푸신 것이리라.

돈에는 항상 삼난(三難)이 따르게 마련이다. 모으기도 어렵지만 지키기도 힘들고 쓰기도 험난한 것이 바로 돈이다. 백 과부는 돈을 모았으나 어떻게 그 돈을 지킬 것이며 어디에 쓸 것인가 고민하는 중에 60세의 고개를 넘으면서 중병으로 쓰러졌다. 너무 일만하고 조악한 음식을 먹은 탓이었다. 아예 거동도 못하고 자리를 보존하고 누워 있었다. 재산을 탐낸 친척들이 산해진미를 들고 와 위문을 하면서 백 과부의 마음을 사려고 야단이었다. 유산 때문이었다. 저들이 해오는 음식은 병든 몸으로 도저히 먹을 수 없는 것이었다.

그 와중에 한 청년이 눈에 들어왔다. 그녀의 집에 드나들던 최경렴이란 청년은 성실하게 좁쌀미음을 앙그러지게 끓여서 놋주발에 담아 날랐다. 날이 추우면 품속에 껴안고 오기도 했다. 하루 이틀 이렇게 하는 것이 아니었다. 긴병에 효자 없다고 했는데 청년은 하루 세 때를 긴 세월 동안 변함없이 좁쌀죽을 날랐다.

그 죽을 먹은 덕에 병이 호전되자 청년을 불렀다.

"네가 날마다 정성스럽게 쑤어다준 좁쌀미음이 내 생명을 건졌다. 정말 고맙구나."

청년은 무릎을 꿇고 앉아 머리만 조아렸다.

"내 집에서 나와 함께 살자. 내 재산을 잘 관리해줄 사람은 너밖에 없다는 점을 긴 병을 앓으면서 알게 되었다."

그 청년을 비서요, 지배인이요, 수양아들처럼 데리고 있게 된 것이 백 과부를 지켜주었다. 인사가 만사라고 하나님의 은혜로 좋은 사람을 곁에 두었기 때문에 그녀의 재산이 더 잘 선용될 수 있었다.

민족교육을 뒷받침하려는 의도로 광성(光成)소학교에는 350석지기 논을 희사했고 청덕소학교에는 300석지기, 숭연여학교에도 26,000평의 토지를 기부했다.

최경렴은 백 과부가 죽은 뒤에도 충성스러운 청지기가 되어 모든 재산을 잘 처리했다. 마지막 그가 한 일은 백 과부의 장례식을 조선 최초의 여류사회장으로 치르고 난 뒤 민족의 지도자 조만식과 오윤선 두 사람을 청하여 자기 말고는 아무도 모르는 백 과부 생전의 비상금 처리문제를 의논한 것이었다. 두 사람이 지켜보는 앞에서 최경렴은 현금 일만 원을 비장하여 봉해둔 벽에서 꺼내어 저들의 손에 쥐어주었다. 그 돈은 정조(正租) 백석거리를 추수할 수 있는 논을 살 만한 돈이었다고 한다.

빈손으로 왔다가 빈손으로 가는 인생, 하나님은 무식하고 가여운 아기과부를 택하여 부자로 만들어 돈을 지키게 하고 귀하게 쓰도록 역사하셨다.

부활한 연인들

김 진사의 아들 성하는 숨을 헐떡이면서 대문을 걸어찼다. 이른 봄에 내리는 눈발이 제법 거세서 짙은 안개가 낀 듯 희뿌연 안마당을 한달음에 내달려 김 진사가 거하는 사랑방 문을 벌컥 열어젖혔다.

"어허, 경망스럽기가 꼭 여자 같구나. 사내대장부가 무슨 일로 그렇게 나대는가. 부모님이 돌아가시기라도 했단 말이냐."

"아버님, 글쎄 오늘 아침, 화개장터에서 죽은 성희를 보았어요. 내 두 눈으로 똑똑히 보았다니까요."

"으흠! 이제 정신까지 오락가락하는 모양이구나. 죽어 땅에 묻힌 지가 벌써 10년 세월이 흘렀으면 백골이 진토 되어버렸을 여동생을 보았다니, 그게 무슨 소리냐. 너 요즘 몸이 허한 모양이구나. 옹기마을에 가서 보약이라도 지어 와야겠다."

"아버님. 그게 글쎄, 정말이라니까요. 저도 처음에는 귀신을 보는 줄 알고 등골이 오싹하고 숨이 턱 막혔어요. 그런데 성희의 왼 손등을 보는 순간 너무 놀라 땅바닥에 털썩 주저앉아버렸어요."

그건 성하가 죽어도 잊지 못할 상처다. 다섯 살 난 동생 성희를 데리고 이른 봄에 메 뿌리를 캐러 나갔다가 괭이날로 찍은 자국이기 때문이다.

"더구나 성희 옆에 서 있는 남자는……."

"저런, 입을 닥치지 못할까!"

고고하게 꾸짖고는 감정의 동요를 조금도 내보이지 않던 김 진사는 윗목의 재떨이 위에 놓인 설대(煙道)가 긴 장죽을 잡아당겼다. 대통에 잘게 썬 담배를 재어 넣는 두 손이 걷잡을 수 없을 지경으로 와들와들 떨려서 장죽을 놓아버렸다. 아버지 앞에 무릎을 꿇고 앉아있던 성하가 얼른 대통에 담배를 재어 엄지로 꼭꼭 눌러서 불을 붙여 김 진사 앞으로 내밀었다. 떨리는 손을 진정시키려고 김 진사는 물부리를 두 손으로 꼭 잡고 담배연기를 들이 마신 뒤 천장을 향해 길게 내뿜었다. 설대가 긴 장죽은 연기가 식어 맛이 좋은 법인데 김 진사는 그 맛을 전혀 느낄 수가 없었다. 어느 정도 마음이 진정된 김 진사가 성하에게 물었다.

"말을 계속해라. 성희 옆에 누가 있었다고?"

"우리 집에서 머슴살이 하다가 사라진 만석이가 있더라고요. 아주 의젓해졌어요. 입성도 깨끗하고 품위도 있더라고요. 누가 그 사람을 우리 집에서 머슴살이 했던 사람이라고 하겠어요. 더욱 놀라운 건 옆에 열 살이 채 되지 않았을 여아의 얼굴이 성희 어렸을 적 모습을 그대로 빼닮았더라고요."

"만물이 윤회하여 돌다 보니 살아있는 사람 속에 죽은 이들의 모습이 담기는 법이니라. 아마도 네가 죽은 성희를 그리워하니 엇비슷한 얼굴을 한 여인을 만나게 된 모양이구나. 잊어버려라. 이 세상 어딘가에 죽은 혼이 다시 태어나서 잘 살고 있겠지."

김 진사의 목소리도 차츰 평정을 찾아서 장죽에서 피워 올리는 담배연기가 천천히 평안하게 원을 그리면서 방안을 감돌았다. 그래도 놀란 가슴을 진정하지 못한 성하가 아무래도 다시 한 번 거기에 가봐야겠다고 웅얼거리자 김 진사의 쇳소리 같은 목소리가 사랑채를 잡아 흔들었다.

"저렇게 사내대장부가 마음이 약해서 어쩌겠느냐. 진심으로 원하면 그대로 보이는 법이니 잊어버려라. 쯧쯧······. 저러니 큰일을 못하지. 죽은 여동생을 닮은 사람을 보고도 저렇게 허둥대는 병신자식이라니······."

뒤통수를 긁적거리면서 뒷걸음을 하여 사랑방 문을 나선 성하는 사실은 김 진사에게 나중에 있었던 일을 숨겼다. 그날 여인들을 모아놓고 사경회를 인도하고 있는 성희는 야무지고 또랑또랑한 목소리로 성경을 가르치고 있었다. 두 시간을 사람들 틈에 끼어 몸을 숨기고 기다린 끝에 틈을 타서 성희에게 다가갔다. 두 사람의 눈이 마주쳤다.

"너, 성희 맞지? 내 동생 성희 맞지?"

성하의 눈에서 눈을 떼지 못하던 여자의 눈에 눈물이 서서히 차올랐다. 갑자기 머슴 만석이가 성희의 손을 우악스럽게 잡아끌고 뛰기 시작했다. 그 뒤를 엄마, 아빠를 부르며 계집아이가 따라 붙었다.

사랑방에 혼자 남은 김 진사는 10년 전 일을 떠올렸다. 하나뿐인 딸이 사주를 받아놓고 미처 혼례도 올리기 전에 신랑이 병으로 덜컥 죽고 말았다. 금이야 옥이야 기른 딸의 팔자가 하루아침에 처량하게 되었다. 딸 성희의 슬픔도 컸지만 그걸 곁에서 지켜봐야 하는 부모의 마음도 기가 막혔다. 어린 나이에 소복을 하고 지내는 애절한 딸을 볼 적마다 가슴이 미어지지만 세상의 법도가 그러니 어쩔 수가 없었다.

가만히 보니 이런 딸의 곁을 맴도는 만석이가 눈에 띄었다. 신체가 우람하고 성품도 우직하고 얼굴도 귀골로 생긴 것이, 신분이 종놈이어서 그렇지 선대(先代)에 좋은 가문이었을 거란 소문도 있던 터였다. 순간 김 진사의 머리에 번개처럼 천둥소리가 스쳤다. 며칠 전 화계장터를 지난 적에 만났던 서양 사람의 말이었다.

"주 예수를 믿으면 모두 하나님 앞에서 평등합니다. 상놈도 없고 양반도 없습니다. 모두 한 성령과 사랑의 줄로 묶여진 형제자매가 됩니다. 그러니 예수를 믿고 온 가족이 구원을 받으시오."

그날부터 김 진사의 계획이 착착 진행되었다. 한밤중 사랑채에 소복을 입은 딸과 만석을 불러들였다.

"너희들은 이 땅에서 죽어 없어진 사람들이다. 그러니 둘이 멀리 도망가서 살아라. 산 속으로 들어가 화전민이 되지 말고 서양 사람들이 전파하는 종교를 믿어라. 나는 예수가 누군지 모르지만 서양 사람들의 말을 들으니 그들이 믿는 신(神)은 천민과 양반을 구별하지 않는다니 너희들을 두고 한 말인가 보다. 그 사람들을 따라다니면서 그들 틈에 끼어 아들딸 많이 낳고 행복하게 살아라. 절대로 이 근처에는 오지 말고 서양 사람들이 믿는 종교집단에 몸을 숨기고 살아라."

두 사람은 나란히 김 진사 앞에 절을 올리고 그 밤에 마을을 떠났다. 조용히 흐느끼던 딸의 애잔한 울음소리가 세월의 흐름 속으로 잦아들지 않고 귓가를 맴돌았다. 밤마다 뼛속이 저미도록 보고 싶었던 딸이다. 지금까지 살아있다니 고맙고 신통했다.

그들을 떠나보낸 다음날, 혼례도 치르지 못하고 혼자가 된 소녀과부가 슬픔을 이기 못하여 목숨을 끊었다는 소문이 돌면서 동네 사람들이 진사댁의 대문가에 모여들었다. 가엾어 어떻게 보내느냐고 훌쩍이는 여인들의 흐느낌에 싸여 쓸쓸하게 한 채의 상여가 대문을 빠져나갔다. 수의는 타인의 손을 빌리지 않고 어머니가 직접 입혔다고 했다. 그 즈음 머슴 만석이도 멀리 가버렸다

아버지 김 진사가 아무리 야단을 쳐도 여동생이 보고픈 성하는 다시 사경회의 현장으로 숨어들었다. 성희의 오른 쪽 귓불에는 검은 콩처럼 생긴 점이 있었는데, 늦은 저녁 호롱불에 드러난 귓불의 점은 분명 성희임을 증명했다. 사경회는 사흘 동안 계속되었는데, 성하는 문간에 자리를 잡고 동생을 바라보았다. 이런 오라비의 마음을 알았는지 처음에는 얼굴을 붉히면서 애써 문간에 앉아있는 성하의 눈길을 피해 천장에 시선을 돌리던 성희가 이제는 상긋상 긋 웃어가면서 성경을 가르쳤다.

마지막 날, 모두 흩어진 시간까지 남았던 성하는 성희 에게 성큼 다가갔다.

"애야, 성희야. 나 오라비다."

말없이 가만히 성희가 눈인사를 하면서 아는 체를 했다.

"너 어떻게 살아있니? 넌 분명히 죽어서 상여를 타고 나갔는데 어떻게 다시 살아났어?"

"보시는 것처럼 새 사람이 되었습니다."

"새 사람이라니?"

"옛사람이 죽고 새 사람으로 부활했습니다."

"부활이 무엇이냐?"

"죽었다가 다시 살아나는 것입니다."

그러자 성하의 얼굴이 머쓱해졌다. 그럼 무덤에서 흙을 파헤치고 관 속에서 벌떡 일어났단 말인가. 혹시 종놈 만석이가 숨이 덜 끊어진 동생을 묻는 걸 보고 무덤을 파헤쳐 시신을 업고 도망쳤단 말인가. 오만 가지 잡생각이 성하의 머릿속을 오갔다. 한 가지 확실한 것은 너무 무서웠다. 죽었다가 다시 무덤을 파헤치고 나왔다는 말을 아버지 김 진사에게 해야 하는 것인지 머리가 얼얼했다.

사랑채로 뛰어들어간 성하는 김 진사 앞에 꿇어앉았다.

"큰일 났습니다. 성희가 무덤을 파헤치고 살아났습니다. 죽었다가 다시 살아났다니까요. 게다가 만석이란 놈이 성희를 무덤에서 파내서 함께 살고 있습니다. 제 추측이 맞을 것입니다."

김 진사는 크음크음 하면서 장죽을 잡아당겨 대통에 담배를 재었다. 이번에는 손이 조금도 떨리지 않았다. 아들 성하를 향해 김 진사가 조용히 낮은 음성으로 물었다.

"살기는 어렵지 않아 보이더냐?"

"얼굴은 검게 탔지만 건강하고 행복해 보였습니다. 입성도 그만하면 나쁘지 않았고요. 우리 집에서처럼 고운 비단 옷을 입지는 않았지만 아주 당당하고 의젓해 보였습니다."

"그럼 잘 되었다."

"제가 단도직입적으로 물었더니 부활했다고 했습니다."

"부활했다고? 으하하…… 죽은 다음에 다른 사람으로 태어나는 윤회보다야 당대에 똑같은 모습으로 살아나는 것이 더 좋구나. 나도 이제 예수를 믿어 부활하고 싶다. 너도 나와 함께 교회에 나가자."

성하는 김 진사 앞을 물러나오면서 중얼거렸다.

"부활한다고? 죽었다가 다시 살아난다고? 무덤에 들어 갔다가 흙을 파헤치고 기어 나온다는 거야. 아이쿠! 무서워. 난 무덤에 묻히지 않고 부활할 거야. 수의를 입은 채 귀신처럼 무덤에서 나오는 것은 정말 싫다."

죽어 무덤에 묻히지 않고 부활하는 방법을 알고 싶어 안달이 난 성하는 잠을 이룰 수가 없었다. 날이 밝을 때까 지 기다릴 수가 없었다. 동생 성희처럼 상여에 실려 식구 들의 애통해하는 곡을 들으면서 땅에 묻히지 않고 부활할 비방을 받으려고, 컴컴한 밤중에 일어나, 몰래 뒤를 밟아 서 알아놓았던 동생 성희의 집으로 향했다.

야! 죽음을 이렇게 해결하는 방법도 있구나, 하는 생각 에 성하는 하늘을 나는 것처럼 몸이 둥둥 떠다니는 기분 이었다.

척서리 냇가의 앉은뱅이

구월산 계곡에서 흘러내린 물이 황해도 신천읍에 이르러 두라면 저수지 초입에 닿으면 깊은 물이 되어 소리 없이 흐른다. 척서리 개울이라 부르는 이 일대는 사시사철 맑은 물이 흐르고 나무숲이 좋아서 사람들이 많이 찾아드는 명소다. 이 개울에 놓인 돌다리 초입에 둥지를 튼 까치처럼 언제나 자리를 잡고 앉아있는 비렁뱅이가 있었다. 눈이 오나 비가 오나 항상 붙박이 장식품처럼 한 자리에 앉아있는 앉은뱅이 거지를 황해도 신천 인근에서 모르는 사람은 아무도 없었다.

돌다리를 건너다니는 사람들 중에 기골이 장대한 한 남자가 거지의 눈길을 끌었다. 검은 테 안경을 쓰고 콧수염을 살짝 기름 중년의 남자는 언제나 머리를 숙이고 무엇인가를 골똘하게 생각하면서 척서리 돌다리를 오갔다. 그 사람은 단 한 번도 그냥 지나치는 일 없이 앉은뱅이 거지의 손에 돈을 쥐어주기 때문에 인자한 분으로 거지의 마음에 다가왔다. 돈을 줄 뿐만 아니라 어느 때는 연민의 정이 가득한 눈으로 앉은뱅이 비렁뱅이를 얼마간 응시하다가 한숨을 삼키면서 돌아서기도 했다.

가을비가 추적추적 내리는 바람에 개울가의 나뭇잎이 하늘거리면서 떨어져내려 돌다리를 수북하게 덮고 있는 저녁나절이었다. 겨울을 앞둔 스산한 날씨 탓인지 척서리 돌다리는 평상시와 달리 오가는 사람이 아무도 없었다. 그때 그 중년의 남자가 멈칫거리면서 앉은뱅이에게 다가왔다. 무엇이 두려운지 연신 사방을 휘둘러보는 모양새가 무슨 큰일을 저지르기 직전처럼 긴장감이 감돌았다.

"당신, 일어나서 걷고 싶소?"

"그걸 말이라고 합니까? 걷고 싶어도 다리가 이 꼴이니……."

"내가 믿는 예수님이 당신을 일으켜 걷게 할 것이오."

"예수가 누구요?"

"천지만물을 지으신 하나님의 아들이요."

"피! 웃기지 마시오. 걷게 해달라고 성황당에 며칠 밤을 새우면서 울어댄 적도 있지만 다 소용없는 일이오. 절에 전 재산을 다 털어 바쳐가면서 부모님께 빌었지만 그것도 부질없는 짓이었소. 그러니 적선이나 하고 어서 가시오. 아이쿠! 이런 날씨엔 뼛속까지 떨린다니까."

거지는 두 손을 머리 위로 치켜들고는 어서 돈이나 주고 가라는 몸짓을 했다. 순간 중년사내는 천둥처럼 고함을 내질렀다.

"내 얼굴을 똑바로 보시오."

돈은 주지 않고 호령하는 사내를 앉은뱅이 거지는 팅팅 불어 고름처럼 매달린 눈곱 낀 흐린 눈을 들어 바라보았다.

"은과 금은 내게 없으나 내게 있는 것으로 네게 주노니 곧 나사렛 예수 그리스도의 이름으로 일어나 걸으라."

순간 앉은뱅이의 몸이 번쩍 위로 들려 올라갔다.

"아니, 왜 이러시오? 당신 미친 것 아니오? 앉은뱅이 병신을 어쩌려고 이 사람이……. 아쿠쿠! 나 죽는다."

순간 거지의 몸이 바닥에 뚝 떨어졌다. 바짝 말라서 뼈만 앙상한 거지의 몸은 부스러질 듯 돌다리 위에 나동그라졌다. 얼마나 아픈지 앉은뱅이는 잠시 숨이 멎은 듯 휑한 눈을 들어 사내를 노려보다가 척서리 계곡이 떠나갈 듯 비명을 내질렀다.

"아이쿠! 사람 죽이네. 아이쿠! 아파라. 그나마 붙어있던 뼈가 다 부서졌구나. 엉엉……. 사람 죽는다. 이 나쁜 놈이 사람을 죽여."

척서리 돌다리 주변에는 이 시간에 오가는 사람이 아무도 없었다. 겁을 잔뜩 먹은 중년의 사내는 주위를 힐끔거리면서 둘러보고 거지의 숨넘어갈 듯한 신음소리를 뒤로 하고 줄행랑을 치기 시작했다.

7일 뒤에 다시 콧수염의 사내가 앉은뱅이 거지에게 다가왔다. 그의 얼굴을 알아본 거지는 손을 내두르면서 애걸했다.

"적선하지 않아도 좋으니 제발 내게 다가오지 마시오."

그래도 아랑곳하지 않고 다가서자 거지는 파리 손을 하고 싹싹 빌다가 몸을 좌우로 흔들어가면서 격렬하게 울먹였다.

"적선하지 않아도 돼요. 제발 저리 가버려요. 날 또 들었다가 내팽개치려고 이러시오? 이번에 또 그러면 난 앉지도 못해요."

사내는 앉은뱅이 거지의 말을 듣는 둥 마는 둥 그를 번쩍 들어 안고는 더벅더벅 걷기 시작했다.

"아이쿠! 사람 살려. 또 날 팽개쳐 죽이려고 이러시오? 날 어디로 데려가는 거요. 이 앉은뱅이 거지가 동냥한 돈이 탐나는 거요?"

그러자 사내는 품에 안은 거지를 내려다보면서 펑펑 울기 시작했다. 점잖은 중년의 사내가 우는 것도 희한한 일이지만 서럽게 울면서 중얼거리는 말에 거지는 몸을 그의 팔에 내맡겨버렸다.

"보잘것 없는 개나 돼지 심지어는 닭도 걸을 수 있는데 당신은 어쩌자고 이렇게 앉은뱅이가 되었소. 당신이 너무 불쌍해서 내가 일주일간 금식을 했소. 좋으신 예수님께 당신을 고쳐달라고 매달렸단 말이오. 오늘 밤이 기도를 작정한 마지막 밤이니 당신도 나와 함께 기도합시다."

사내의 눈물에 가슴이 뭉클해진 앉은뱅이는 엉엉 울기 시작했다. 그간 한(恨)덩어리로 가슴을 메웠던 아픔이 숨이 턱턱 막힐 정도로 목줄기를 타고 끼룩끼룩 흘러나왔다. 사내가 앉은뱅이 거지를 데리고 간 곳은 신천 서부교회였다. 최근에 새로 지은 큰 교회당엔 산뜻한 흙냄새와 나무냄새가 물씬 고여 있었다. 집회가 없는 교회는 휑뎅그렁 비어 적막했다. 그래도 척서리 돌다리보다는 훨씬 아늑했다. 성전 안에 들어오니 너무 아늑해서, 음산한 가을 날씨의 오스스함으로 얼어붙었던 거지의 몸이 스르르 풀리는 듯했다.

"나는 목사요. 내가 믿는 하나님은 당신의 다리를 쭉 펴고 걷게 하실 것이오. 하나님은 천지만물을 창조하시고 인간의 생사화복을 주관하시는 분이오. 죽은 자도 살리시고 문둥이도 깨끗하게 고치는 분이란 말이오. 그러니 다만 그분을 믿으시오. 그분의 손을 꼭 잡고 죽기 살기로 매달리란 말이오. 일생 앉은뱅이로 살지 않으려면 목숨을 걸고 그분께 딱 달라붙으란 말이오. 나와 함께 기도합시다."

목사라는 사내는 소리 높여 기도하기 시작했다. 눈물이 두 눈에서 펑펑 흘러내리고 땀이 비 오듯 흘러내려 전신을 적셨다. 목사의 몸에서 뿜어 나오는 펄펄 끓는 열기로

이건숙 문학전집 4 민초들의 이야기

인해 앉은뱅이 거지의 몸도 뜨거워지기 시작했다.

'이 남자는 나와 아무 관계도 없는 사람인데 나를 위해 7일이나 굶었고 이렇게 몸을 내던져 몸부림치면서 울어 대는구나. 내가 정말로 그럴 가치가 있는 사람인가.'

순간 앉은뱅이 거지의 입에서 생각도 못한 말들이 쏟아져 나왔다.

"하나님! 믿습니다. 이 죄 많은 사람을 용서해주시고 걷게 해주십시오. 당신을 믿습니다. 저를 불쌍하게 여겨 주세요."

목사가 외치는 것을 따라 '주여! 주여!'를 외치면서 성전 바닥에 누워 뒹굴기 시작했다.

'개 돼지도, 닭이나 새도, 심지어 미물인 개미도 모두 걸어 다니는데 왜 나는 걸을 수 없습니까!'

이 대목에 이르러서는 전신에 뜨거운 물을 끼얹는 듯 숨 막히는 울음이 터져 나왔다. 해질녘에 성전에 들어왔는데 새벽미명의 햇살이 성전을 파고들었다. 두 사람은 서로 부둥켜안고 울면서 밤을 지새우며 기도한 셈이다.

갑자기 앉은뱅이가 벌떡 일어서더니 한 걸음 두 걸음씩 발을 내딛으면서 걷기 시작했다. 나중에는 예배당 안을 경중경중 뛰어다니더니 미친 듯이 외치기 시작했다.

"감사합니다. 감사합니다. 하나님! 내가 이렇게 걸을 수 있습니다. 개 돼지나 새처럼 걸을 수 있습니다. 감사합니다. 엉엉……. 내가 걸을 수 있어요."

두 손을 번쩍 치켜들고 고함을 치면서 앉은뱅이였던 거지가 춤을 추기 시작했다. 마침 새벽기도를 드리러 온 사람들이 하나 둘 모여들면서 성전 안은 이런 기적에 놀라고 감사함으로 웃고 울면서 떠드는 소리에 물이 끓듯 술렁댔다.

"다시는 죄를 짓지 마시오. 하나님을 믿고 새 사람이 되시오."

금식으로 인해 수척해진 목사는 기쁨이 가득한 눈을 거지의 눈에 맞추고 다정하게 손을 잡고 말했다.

"목사님이 나를 고쳐주셨습니다. 감사합니다."

"내가 고쳐준 것이 아니고 좋으신 우리 주님이 하신 기적입니다. 그분이 당신을 무척 사랑합니다."

앉은뱅이였던 거지는 문을 박차고 밖으로 뛰어나갔다. 광활하게 펼쳐진 들판을 향해 내닫기 시작했다. 두 손을 번쩍 들고 세상을 감빛으로 물들이면서 떠오르는 태양을 향해 목이 터져라 외쳤다.

"나도 걸을 수 있다! 나는 사람이다! 걸을 수 있는 사람이다!"

미친 듯이 달려서 척서리 돌다리로 갔다. 일생 동안 앉아서 구걸하던 자리에 섰다. 눈물이 뺨을 타고 철철 흘러내렸다. 사람들이 모여들었다.

"아니, 이 사람이 걸을 수 있다니. 우리처럼 뛰면서 걸을 수 있다니 믿을 수가 없군."

"맞아요. 난 여기서 일생 적선을 구하면서 앉아있던 비렁뱅이 거지였습니다. 앉은뱅이였습니다."

"누가 이렇게 일으켰단 말이오? 누가 당신의 다리를 치료했단 말인가요. 우리에게 그 이름을 대주시오. 우리 아들도 앉은뱅이인데 거길 가보게."

"앉은뱅이를 고쳤다면 꼽추도 고칠 것이 아닌가. 장님의 눈도 뜨게 할 수 있는 분이 아니겠는가. 어서 그 유명한 의사가 사는 곳을 알려주시오."

집집마다 숨겨진 병자들이 얼마나 많은지! 병자를 업고 지게에 지고 장터처럼 그의 주위에 모여들었다. 앉은뱅이가 일어섰다는 소문은 입에서 입을 타고 신천읍만이 아니라 길을 따라 전국으로 퍼져나가기 시작했다.

앉은뱅이였던 거지는 깨끗한 옷을 입고 교회에 다니면서 입을 다물지 못했다. 척서리 냇가의 돌다리에 다시 까치처럼 둥지를 틀고 목이 쉬어라 외쳤다.

"주 예수를 믿으시오. 그분은 진짜 살아계신 분이오."

좋으신 하나님이 자신을 치료했다는 간증을 앓으나 서나 해대니 그는 일약 신천의 유명인사가 되었다.

*여기 나오는 중년의 사내는 기독교 역사에서 신유의 은사를 받아 많은 병자를 치료한 김익두 목사를 말한다.

닥터 홀의 통역관 노씨

아무리 생각해도 노씨는 이해할 수 없었다. 그냥 서울에 있지 무엇하러 평양까지 와서 이 고생을 하는지 기가 찰 노릇이었다. 닥터 홀의 한국어 선생을 하면서 그의 고난도 시작되었다. 서울에서 평양까지 걸어서 일주일이 걸린다. 다행히 배를 타고 와서 고생은 덜 했지만 갈수록 태산이라고 오늘 아침 일어난 일은 그를 극도의 불안으로 몰고 갔다.

"너도 조선 사람인 걸 잊지 마라. 대동문에 걸려있는 양놈 배의 닻과 쇠사슬을 보았지? 우리가 너희들도 그렇게 만들 것이다."

1894년 정월, 압록강의 찬바람과 대동강의 바람이 마주쳐서 몸살기가 돌 만큼 추운 판에 동리통수인 통장 김낙구라는 자가 와서 으름장을 놓았다.

1866년 미국의 장삿배인 제너널셔먼 호가 대동강에 들어왔다가 평양 사람들이 불태워버린 사건에 대하여 이미 소상하게 알고 있었다. 그 당시 한문성경을 들고 왔던 토마스* 목사가 대동강 변에서 순교한 것도 닥터 홀을 통해 익히 들었다. 토마스 목사가 준 성경을 낱장으로 찢어서 벽을 도배한 집에 짐을 풀고 있던 터라, 김낙구의 으름장은 등골을 오싹하게 만들었다.

"우리 주인은 하나님을 믿기 때문에 당신들이 믿는 신과는 아무 상관이 없으니 우물 제사 비용은 댈 수가 없다고 합니다. 주인 말로는 당신들도 하나님을 믿으라고 합니다."

"그게 말이 되나. 음력 정월이면 평양에 사는 사람은 누구나 형편에 따라 평양을 대대로 지켜주고 있는 신(神)에게 공양하는 법인데 그걸 거절해? 어디 두고 보자."

노씨는 저들이 돌아가자 안도의 숨을 내쉬었다. 하지만 몇 시간 뒤에 저들은 벌떼처럼 몰려왔다. 며칠 전부터 예수를 믿겠다고 찾아온 14살 난 소년을 무조건 끌어내더니 옷을 찢고 때리기 시작했다. 노씨는 물불 가리지 않고 저돌적으로 그들에게 달려들어 소년을 안으려고 했다.

"너도 맞아봐라. 감히 양놈 편을 들고 우리에게 거역을 하다니."

노씨의 머리와 등과 배에 저들의 주먹질과 발길질이 시작되었다. 곧 죽을 것처럼 숨을 쉴 수가 없을 지경이었다.

상투를 바투 잡아 쥐고 목을 누를 적에는 눈앞에서 빛이 번쩍했다. 아파서 신음하고 있는 조선 사람들을 돕겠다고 바다를 건너온 서양 의사를 도와서 통역해주고 있는 그를 이렇게 마구 다루는 것이 너무나 억울했다.

"이렇게 나를 때리는 것은 불법이오. 평양감사 명령이 있었다면 모를까 이렇게 당할 수만은 없단 말이오."

그러자 김낙구란 자가 입에 거품을 물면서 고함쳤다.

"우리가 불법으로 너를 이렇게 때리는 것이 아니다. 평양감사 민병석이, 양놈을 잡을 수가 없으니 그를 따라다니는 조선인들만 잡아서 죽도록 치라고 했다."

민병석은 왕비의 친척이라 그 세도가 하늘을 찌른다는 말을 익히 듣고 있던 터라 이제 죽었구나 생각하고 가슴이 철렁했다.

"너를 때리는 이유는 우리가 믿는 조상신이 서양귀신 앞잡이를 때리라고 해서 그런 것이다. 서양귀신 앞잡이에게 가서 어서 비용을 내라고 말해라."

간신히 무서운 무리들의 몰매에서 벗어난 노씨는 피를 흘리면서 닥터 홀 앞에 섰다.

"당신을 따라다니다가는 내 몸뚱이가 성치 못할 것이니 난 한양으로 돌아가겠습니다."

닥터 홀이 그의 손을 잡고 애걸했다.

"사도 바울이 얼마나 많이 매를 맞으면서도 복음을 전했는지 어제 가르쳐주었지요. 우리가 그 핍박에 참여하고 있습니다."

"사도 바울하고 나하고 무슨 상관이요. 내가 죽은 뒤에 아무리 좋은 데 간다 한들 살아서 이런 고통을 당하는 것이 싫소."

노씨는 강하게 머리를 흔들면서 등을 돌렸다. 그러자 닥터 홀의 손이 그의 몸을 잡아끌어 꼭 껴안았다.

"형제여, 우리 같이 기도합시다."

"분이 나서 죽을 지경인데 어찌 기도할 수 있겠습니까."

"사랑과 인내로 기다립시다. 좋으신 예수님이 크게 역사할 것입니다. 비록 우리가 핍박을 받다 죽는다 해도 하늘에서 상급이 큽니다. 그러니 형제여, 참고 기다립시다."

"글쎄 전 싫다니까요. 살려고 모두 일을 하는 것인데 죽은 뒤의 일이 무슨 소용이 있습니까. 죽은 뒤에 받을 상급은 필요 없습니다."

그때 함께 매를 맞았던 소년이 사람들의 부축을 받으면서 닥터 홀 앞에 섰다. 그는 소년을 정성을 다해 치료해주고는 옷값까지 주고 아프냐고 물으면서 흐느껴 울었다. 파란 눈에서 굵은 눈물이 흘러내리는 것이 신기했다. 노씨는 문 쪽으로 몸을 틀고 얼굴만 돌리고는 닥터 홀의 눈에서 흘러내리는 '닭의 똥'처럼 굵은 눈물을 보았다. 순간 마음이 뭉클해서 그 자리에 주저앉았다.

이것이 평양 기독교 박해의 신호탄이었다.

몇 달 뒤에 더 큰 사건이 터졌다. 닥터 홀의 부인이 이제 겨우 태어난 지 6개월 된 아들을 데리고 평양에 온 것이 탈이었다. 이 일이 이곳 높은 사람들의 심기를 상하게 했기 때문이다. 평양감사는 외국인이 아내와 자식까지 데리고 온 걸 보면 평양에 상주하려는 의도이니 이건 처음부터 강하게 반대해야 한다고 벼르고 있는 판에 평양시민들은 서양여자와 아기를 보겠다고 길이 미어질 정도로 몰려들었다. 노씨는 저들의 말을 닥터 홀에게 옮기느라고 진땀을 흘려다.

"여보, 저들이 당신과 아기를 보기를 원하는데 어쩌지?"

"우리가 흑암 위에 앉아 있는 저들을 사랑해서 복음을 전해주려고 예까지 왔는데 그 사람들에게 우리의 참모습을 보여주어야지요. 동물원의 원숭이도 자꾸 보면 귀엽잖아요. 이게 그들과 우리가 서로 익숙해지는 방법이 되겠네요."

점심시간 뒤에 열 사람씩 묶어서 엄마와 아기가 있는 방에 들어와서 구경하고 나가기로 했다. 처음에는 질서를 잘 지켜 10명씩 세 번 들어온 뒤에 혼란이 일기 시작했다. 먼저 보겠다고 나중에 온 사람들이 밀어대는 바람에 초가집이 인파로 인해 흔들려서 무너져 내릴 지경에 이르렀다. 어쩔 수 없이 닥터 홀의 부인은 아들을 안고 마당으로 나갔다. 그날 마당에 들어와서 평양 최초의 서양여자와 아기를 보고 간 사람이 무려 1,500명이 넘을 정도였다. 오후 4시가 넘자 불안해진 아기의 아빠, 닥터 홀은 군중을 정리할 필요가 있다고 느끼기 시작했다.

군중들은 집안의 장식품이나 옷에는 관심이 없고 오직 아기와 서양여자만을 응시했다. 그리고는 웃어댔다.

"아기의 코가 너무 날카롭다. 어머나! 저 귀 좀 봐라. 저렇게 귀가 크다니."

"아기가 꼭 개같이 생겼다."

개가 파란 눈을 가졌기 때문이다.

"어머머! 머리털이 노랗구나. 노란 머리를 보는 것은 처음이야. 얼굴이 꼭 부처님처럼 너부죽하게 생겼으니 성품이 좋겠다."

사람들은 아기를 만지려고 너도나도 손을 내밀었다. 군중들의 극성에 아기는 울음을 터뜨렸다. 아기가 우는 것이 귀엽다고 사람들은 하늘이 출렁거릴 정도로 웃어댔다. 오월의 평양은 꽃들이 한참 피어나서 산천이 온통 갖가지 색깔로 물든 때라 사람들의 마음도 산야처럼 해사해져서 웃음이 헤펐다.

평양 사람들이 이처럼 서양 모자(母子)에게 정신이 쏠려 있는 것이 불쾌해진 평양감사는 닥터 홀의 오른팔인 김창식과 마펫 선교사의 주변 사람 8명을 잡아 가두었다. 저들을 석방하려면 엄청난 액수의 돈을 내놓으라고 하니 큰일이 벌어진 셈이다. 조용했던 평양시가 구경꾼들로 인해 소란스러워지고 혼란하게 되었으니, 그 원인이 된 서양인을 절대로 그냥 둘 수가 없다는 것이 평양감사 민병석의 결론이었다. 환자들을 치료해준다니 병든 자만 그들에게 가게하고 다른 사람들은 노씨나 닥터 홀에게 접근하는 걸 막았다.

감사는 이렇게 외쳤다.

"천주교와 기독교는 해악이 되므로 누구를 막론하고 절대로 그들이 하는 설교를 듣지 말라."

특히 닥터 홀이 귀히 쓰고 있는 김창식은 잡혀간 뒤에 칼을 쓰고 족쇄를 차고 어찌나 매를 심하게 맞았는지 이런 식으로 그냥 놔두면 죽을지도 모른다는 소문이 파다했다. 노씨는 감옥과 닥터 홀 사이를 오가면서 어떻게 해서든지 김창식을 구하려고 몸부림을 쳤다. 노씨와 함께 감옥에 가서 김창식을 보고 오는 날이면 닥터 홀의 얼굴은 수심과 아픔으로 일그러졌다. 어린아이처럼 엉엉 울어대서 노씨는 그런 닥터 홀 옆에서 가슴이 저몄다.

시간이 흐를수록 교인 김창식에게 죽음이 다가왔다. 절도범 감방에서 사형수 감방으로 옮겨져 모든 기독교신자들을 오늘 다 참형에 처하라는 감사의 명령을 기다리고 있다는 소문으로 평양 시내가 술렁거렸다. 이 급박한 상황에 서울에서 마펫 선교사가 보낸 전보를 받아든 노씨는 주인에게 전해주기 전에 살짝 훔쳐보았다. 거기에는 이렇게 적혀있었다.

'여호수아 1장9절 말씀을 고통당하는 조선 사람들에게

전해주시오. 내가 네게 명령한 것이 아니냐. 강하고 담대해라. 두려워하지 말며 놀라지 말라. 네가 어디로 가든지 네 하나님 여호와가 너와 함께 하느니라.'

이런 성경구절이 사람을 구하겠는가. 노씨는 속이 상해서 가슴을 쳤다. 안타까운 것은 김창식의 태도였다. 그것도 노씨에겐 무척 속이 상했다.

관리들이 이렇게 물었다고 한다.

"예수를 전하지 않겠다고 하면 지금 당장 석방해주마."

그러나 김창식은 단호하게 머릴 흔들었다나.

"석방되어도 계속 예수를 전하겠다."

노씨는 아무리 생각해도 기가 찼다. 거짓으로라도 그러겠다고 말하고 풀려나서 도망치면 되련만 끝까지 예수를 믿겠다니 이게 말이 되는가. 사태는 시간이 흐를수록 심각해져서 예수를 전하는 죄로 김창식과 또 다른 한 사람이 오늘 사형을 당하게 되었다는 소문이 계속 나돌았다.

다행히 서울에서 보낸 전보가 도착하면서 김창식은 저녁에 풀려났다. 감옥에서 나온 김창식은 닥터 홀의 집에까지 걸어오는 동안 사람들이 줄곧 던져대는 돌에 맞아 얼굴과 머리에서 피가 줄줄 흘러내렸다. 대문에 들어서는 순간 그는 노씨의 가슴에 몸을 던지고 혼절했으나 다행히 가늘게 코끝에 호흡이 살아있었다.

갑자기 노씨의 가슴 속으로 뜨거운 덩어리가 지나갔다. 그가 믿는 예수는 정말 살아있구나. 사람들이 기독교가 나쁜 종교라고 말하지만 참종교이기 때문에 이렇게 목숨을 내놓고 투쟁하는 것이 아니겠는가. 노씨도 이제부터는 속에서 뭉클대는 힘을 의지하여 싸우리라 다짐하면서 김창식을 힘껏 껴안았다.

---

*토마스(Robert Jermain Thomas): 1840~1866, 영국 선교사, 1866년 제너럴 셔먼호 사건으로 대동강변에서 순교.

피로 쓴 사도신경

때는 1907년, 함경남도 풍산군 노은리에서 농사를 짓고 사는 독실한 불교가정의 열한 살 난 아들 불암(佛岩)이 첫서리가 내리는 새벽부터 이상한 병을 앓기 시작했다. 섬뜩할 정도로 붉은 빛이 두 눈에 고이면서 일체 말이 없어졌다. 혼자 산야를 헤매고 다니고, 온몸에 피멍이 들어서야 집에 겨우 기어들어와 잠을 자는 것이 일과였다. 다니던 서당도 집어치우고 갑자기 괴력을 지닌 짐승처럼 나댔다.

부모의 걱정이 절정에 이른 어느 해 겨울 이슥한 밤에 불암이 느닷없이 오지등잔과 등잔바탕을, 눈이 소복이 내리고 있는 마당에 집어던지면서 광기를 드러내기 시작했다. 외풍이 심한 탓에 방에 들여놓은 질그릇 화로에는 참나무 군불을 때고 나온 시뻘건 숯불이 담뿍 담겨 이글거렸다. 그걸 함박눈이 내리고 있는 마당에 내던지니 눈 위로 숯불이 지지직 요란한 소리를 냈다. 그 소리에 안방에서 막 잠을 청하던 아버지가 맨발로 뛰어나왔다.

불암 아버지의 고함이 집안을 잡아 흔들었다.

"저 녀석이 왜 저래? 이젠 완전히 미쳐버렸구나."

연이어 어머니의 기어들어가는 목소리에 힘이 없다.

"저녁 식사도 잘 했는데 어쩐 일이지?"

흘러내린 머리를 얼레빗으로 대강 추스르고 남편의 뒤를 이어 뛰어나온 원산댁이 아들 방으로 들어가서 불암의 손을 붙잡고 늘어졌다. 시뻘건 눈으로 마당에 내던질 물건을 찾느라고 두리번거리는 불암은 윗목에 놓인 반닫이에 번득이는 눈길을 꽂았다. 아들의 허리를 붙잡고 늘어지는 어머니에게서 벗어나려고 용을 쓸 적마다 반닫이의 거멍쇠 장식 위 서랍 놋쇠 고리가 찰랑댔다.

"너 왜 이러니? 무슨 일이냐?"

불암은 하얗게 질린 얼굴로 고개를 외로 꼬고는 몸을 부들부들 떨었다.

"왜 이래? 서당에서 친구들하고 싸운 일로 속이 상해 이러는 거냐? 아니면 서당 훈장님의 지청구라도 들었냐?"

"아뇨. 근육이 울퉁불퉁 튀어나온 빨간 사람들이 군대처럼 밀려와서 날 잡아 죽이려고 해요. 아이쿠! 무서워. 살려주세요. 저 밖을 보세요. 모두 벌거벗은 사람들이에요."

"어떻게 생긴 사람들인지 말을 해봐라."

아무리 살펴봐도 밖에는 점점 탐스러워지는 눈발이, 거센 바람에 아예 옆으로 누워서 내리고 있을 뿐이다.

불암은 손바닥으로 얼굴을 쓰윽 훔치고는 다시 눈 내리는 밖을 응시하다가 공포로 일그러진 입을 열었다.

"온 몸이 새빨갛고, 곧추선 고추를 내놓은 천둥벌거숭이 남자들입니다. 입을 딱 벌리고 고함쳐대는 수백 명의 사내들이 저를 향해 일제히 달려들어요! 저것 좀 보세요. 방안으로 들어오려고 아우성입니다. 아이쿠! 무서워."

"이 애가 홍동지를 말하는 것 아냐. 남사당패들이 꼭두각시놀음에 쓰는 나무인형 말이야. 야! 이 자식아. 그게 무엇이 무섭다고 그래. 사람이 만든 나무인형일 뿐이야. 네가 헛것을 보는 게다."

불암의 어머니가 아들을 껴안고 정신을 차리고 똑똑히 보라고 애걸했으나 아들은 아니라고 몸을 비틀면서 벌벌 떨었다. 너무 무서워 숨이 막히는지 밖을 향해 손가락질을 하고 손사래를 치다가 어미의 품안에 얼굴을 박았다. 문 밖에서 아들의 말을 듣고 서 있던 아버지는 두엄치기 전용 연장인 거름대를 가져다가 아들의 손에 쥐어주었다.

"이걸로 나쁜 놈들이 밀려오면 푹푹 찔러라. 방안의 기물을 내던지면 우리가 손해 보는 것이 아니냐."

불암은 엉거주춤 아버지가 방안으로 디밀어 넣은 거름대를 받아 양손에 단단히 거머쥐었다. 아직도 얼굴은 질려서 관자놀이에 파란 빛이 서렸다. 쇠스랑 대신 거름대를 넣어준 것은 아들을 보호하기 위해서였다. 노간주나무 대 끝에 세 가닥 가지가 뻗은 거름대는 쇠스랑보다 훨씬 덜 위험했기 때문이다. 깨어진 화로와 등잔받이를 마당 귀퉁이에 치워놓고 불암의 부모는 한숨을 삼키면서 안방으로 들어갔지만, 피차 잠을 이루지 못하고 뒤척였다. 먼저 입을 연 쪽은 남편이었다.

"여보 아무래도 불암이 몸이 쇠약해 저런 모양이오. 내일 새벽에 일찍 재 넘어 한의원에 가서 보약을 지어와야겠소. 그걸 달여 먹이면서 치성을 드리는 수밖에 없겠소."

하지만 보약을 먹여도 증세는 조금도 차도가 없었다. 날이 갈수록 불암의 병은 더 심해졌다. 막판에는 뒷산으로 뛰어올라가 골짜기를 헤집고 다녀서 전신에 성한 곳이 없었다. 허벅지나 팔뚝은 물론 얼굴에서도 피가 줄줄 흘러내렸다. '행여 깊은 산속으로 갔다가 곰이나 호랑이를 만나는 날이면 제 명에 죽지 못할 터인데 이를 어쩌나' 하는 부모의 근심은 아랑곳하지 않고, 한 번씩 무엇인가 내심에서 발동하면 미친 듯이 산꼭대기로 뛰어올랐다. 동네 청년들이 뒤를 쫓았으나 아무도 불암을 잡을 수 없었다. 그건 가히 괴력에 가까웠다. 아무리 봐도 사람이 아니었다. 산비탈을 뛰어 오르는 노루보다 빠르니 어느 누가 뒤따를 수 있겠는가.

보다 못한 원산댁은 남편의 허락을 받고 명산의 이름난

절을 모두 찾아 나섰다. 영험이 있다는 절이면 마다하지 않고 불공을 드리러 갔다. 북청의 관음사, 내금강의 유험사, 외금강의 신계사, 이원의 정광사 등을 두루 다녔으나 백약이 무효였고 백방이 허사였다.

그럭저럭 무심한 세월은 흘러서 불암이 스무 살 고개를 넘었다. 폐인이 되어 방구석에 쓰러져있는 꼴을 보다 못한 원산댁이 결심을 하고 아들 앞에서 단호하게 말했다.

"이렇게 살다 죽을 바엔 무엇이든 다 해보자. 뭐 원하는 것이 없느냐? 죽기 전에 소원을 다 들어주마."

"제 귀에 날마다 아우성치는 놈들의 괴성만 없애준다면 전 무엇이나 할 것입니다. 허락하실 것이지요?"

"자식을 살린다는데 무엇인들 못하겠느냐."

"부처님, 산신령, 무당, 점쟁이, 심지어 조상신도 다 못하니 마지막으로 풍문에 들던 예수란 분을 찾아가고 싶습니다."

원산댁은 잠시 멈칫했다. 대대로 내려오는 제사는 어쩌고 조상들이 믿어오던 부처님과 조상신을 어떻게 하고 서양귀신에게 가겠다는 건가. 더구나 종갓집인데, 친척들의 입방아를 어쩌란 말인가. 그러나 아들의 마지막 소원을 들어주고픈 것이 어미의 마음이었다. 죽어가는 아들의 소원을 어찌 윽박지르겠는가.

"예수를 부처님 자리에 앉혀놓으면 네 병이 낫겠느냐?"

"어쩔 수 없잖아요. 아무도 제 병을 고치지 못해서 날마다 아우성치는 괴성을 듣고 살아야 하니 이 방법밖에 없습니다. 제발 제 소원을 들어주세요. 죽기 전 마지막 소원입니다."

어쩔 수 없이 근처에 있는 풍산군 안산면 백자동교회의 전도사와 장로를 초청했다. 그들 앞에서 불암은 예수를 믿겠노라고 결심을 표했다. 병을 고쳐달라고 울어대면서 말이다. 그 밤으로 불암은 교회로 옮겨져서 온 교인들의 기도를 받기 시작했다. 전교인이 새벽부터 밤낮으로 울부짖으면서 불암의 귀에 붙은 마귀 떼를 몰아내달라고 매달렸다. 그러나 몇 달이 지나도 차도가 없었다. 밤마다 발가벗은 홍동지가 고추를 덜렁거리면서 수백 명씩 떼를 지어 나타나서 더 기세당당하게 그를 향해 고함쳤다. 어서 낫으로 목을 쳐서 죽으라고 말이다. 교인들도 불암도 열심히 기도했으나 좀처럼 차도가 없으니 매일 죽을 지경이었다. 이따금 부모나 친척들이 호기심 어린 눈을 하고 교회 안을 기웃거렸으나 조금도 상태가 호전되지 않는 걸 보고는 머리를 흔들었다.

"쯧쯧……. 서양귀신도 별 수 없군. 홍동지 같은 목각 인형의 소리도 물리치지 못하니 우리 부처님이나 산신령님하고 무엇이 달라. 하긴 우리 조상신이 못하는 걸 서양 신이 어찌 하겠어."

몸을 앞뒤로 흔들면서 그를 위해 울어대는 기도소리를 들으면서 불암도 울었다. 진정 예수님을 위해 일하고 저들처럼 이웃을 위해 눈물의 기도를 하는 사람이 되겠으니 병을 고쳐달라고 몸부림치면서 뒹굴었으나, 그의 귀에 달라붙은 홍동지 귀신들의 소리는 꿈쩍도 하지 않았다.

한 놈이 아니고 군대로 밀려오는 귀신을 없애는 방법이 정말 없단 말인가. 어떻게 해야 이 귀신들을 쫓아낼 수 있단 말인가. 불암은 깜깜한 밤에 무릎을 꿇고 기도하면서 고심했다. 순간 퍼뜩 머리에 번개처럼 한 생각이 스쳤다. 그렇다. 그 방법밖에 없다. 전도사님이 가르쳐준 사도신경을 열심히 외우자. 그냥 외우는 것이 아니다. 글로 쓰자. 불암은 벌떡 일어섰다. 호롱불을 밝혔다. 가물거리는 등잔불에 어둠이 물러가면서 혼자 자고 있던 방 안이 또렷하게 눈에 들어왔다. 사방을 둘러보았다. 머리맡에 성경이 놓여 있고 그 옆에 창호지가 두르르 말려있었다. 문틈으로 들어오는 바람에 코끝이 시리다고 했더니 전도사님이 5일장에서 사다 준 문풍지로 쓸 한지였다.

낮에는 한글을 배우는 아이들이 이 방을 썼기 때문에 먹, 붓, 종이와 벼루가 방 한구석에 놓여있었다. 아직도 벼루에는 먹물이 가득했다. 그걸로 사도신경을 써볼까 하는데 자꾸 눈앞에 피가 어른거렸다. 우리를 위해 십자가 위에서 못 박혀 돌아가신 예수님을 바라보라고 말하던 전도사님의 말씀이 떠오르면서, 먹물이 아닌 피로 써야겠다는 생각이 들었다.

그래, 맞다. 사도신경을 창호지 위에 피로 쓰면, 내 병이 나을 것이다. 귀신들이 피를 보면 무서워 천리만리 도망갈 것이다. 그래야 한다는 확신이 왔다. 생각이 이에 이르자 불암은 방안을 두루 살폈다. 선반에 새끼줄로 싸놓은 자귀가 눈에 들어왔다. 전신에 한기가 흐르면서 섬뜩했다.

'내 나름대로의 회개의식을 치르리라.'

선반에서 자귀를 내려 새끼줄을 풀어냈다. 호롱불에 날카로운 날이 퍼런 빛을 뿜어냈다. 전신에 소름이 쫙 깔렸다. 오른손에 자귀의 자루를 단단히 잡고 왼손의 중지 첫마디를 찍었다. 좁은 방 벽이 피로 벌겋게 물들었다.

붓에 피를 찍어서 한 자 한 자 정성을 다해 써내려갔다. 나름대로의 회개의식을 거행하면서 지은 죄가 너무 더러워 병이 낫지 않는 것을 안다고, 울면서 하나님께 고백했다. 어려서부터 지은 죄를 하나하나 토설하면서 어깨를 들먹이며 어찌나 울었는지 글씨가 삐뚤빼뚤 제멋대로였다. 사도신경의 맨 마지막 구절 '죄를 사하여주시는 것과 몸이 다시 사는 것과 영원히 사는 것을 믿사옵나이다. 아멘'을 쓴 뒤에 피를 멎게 하려고 횃대에 걸린 명주 목도리를 잡아당겼다. 명주로 꽁꽁 싸맸으나 여전히 피로 흥건히 젖어오는 가운뎃손가락을 오른손으로 꼭 잡고는 정신을 가다듬고 문틈으로 새들어오는 바람에 펄럭이는 호롱불을 응시했다.

그 순간 갑자기 귓속에서 난리를 쳤던 홍동지들의 아우

성이 서서히 사라지면서 잠잠해지는 것이 아닌가. 10년 간 그렇게도 괴롭혔던 소리를 들어보려고 불암은 귀를 기울였으나 사위가 죽은 듯 고요했다. 이따금 밖에서 낑낑거리는 청삽사리의 부스럭거림만이 간간이 귓가를 스쳤다.

심심산골 할머니가 믿는 하나님

봄가을에 딱 두 번 들어오는 전도부인이 이번에는 세례를 주기 위해 목사님을 모시고 보름 뒤에 온다고, 이웃에 사는 금례를 통해 연락이 왔다. 목사님은 바다를 건너오신 선교사로 머리가 노랗고 눈이 새파란 분이라고 했다. 금례는 예서 백리가 넘는 큰 마을에 요즘 새로 세워진 공장에서 일을 하는, 육촌 언니의 딸이다. 토요일에 들어와서 하루를 자고 다시 일요일에 내려가는 그녀는 이 산골 마을의 집배원이나 다름없다.

이런 깊은 산골에 사는 할머니는 전도부인이 5년 전에 여길 찾아와서 전해준 예수를 믿게 된 분인데, 이 한 사람의 교인을 위해 일 년에 두 번씩 전도부인이 찾아와서 성경을 가르치고 예배를 드려주고 있는 터였다. 교회를 세울 수 없는 것은 산골마을 사람들이 다 모여도 몇 명 되지 않으니 어쩔 수 없는 노릇이다. 해마다 잊지 않고 일 년에 두 번씩 찾아주는 전도부인이 그저 고마울 뿐이다.

할머니는 금례에게서 서양 목사님이 커피를 좋아하니 그걸 끓여 내놓으라는 말을 해주었다. 커피가 무엇인지 모르는 할머니는 금례를 찾아갔다.

"그 커피라는 것이 무엇인지 넌 아니?"

"서양 사람들이 마시는 숭늉 같은 것인데 사람들이 즐겨 마시고 있어요. 목사님은 커피를 너무 좋아해서 모두 그걸로 대접을 한다고 들었어요."

이 심심산골에서 어떻게 커피를 구한단 말인가.

"커피라는 것이 어떤 맛이냐?"

"탕약처럼 검은 것이 씁쓰레해요. 할머니가 이해하지 쉽게 말하자면 십전대보탕 같은 맛이라고 할까요."

가만히 생각해보니 남편이 한양에 다녀와서 하던 말이 퍼뜩 머리를 스쳤다. 서양 사람들이 먹는 양탕국이라고 들었던 기억이 생생하다. 그걸 마시고 고종황제의 아들, 순종이 큰일을 당했다는 소식을 들은 기억이 났다.

"그 커피라는 걸 좀 구할 수 없을까?"

"돈만 주세요. 제가 한 봉지 사다드릴게요."

보름 동안 할머니는 할 일이 많았다. 우선 집안 청소를 해야 하고 사월이니 지천으로 피기 시작하는 배꽃 밭에 널린 쑥도 뜯어야 했다. 쑥개떡을 만들려면 지금부터 준비를 해야 한다. 두릅이 이제 아가 잠지 만하게 자랐으니 며칠만 더 기다려 따면 쌉싸래한 맛이 제격일 것이다. 그걸 따서 시원한 바람이 통하는 그늘진 뒤란에 보관해야 한다.

처음 보는 서양 목사님을 대하자면, 얼마나 하나님을 잘 믿고 있나 보여주기 위해 절에서 부처에게 하듯 방안에 하나님의 실체를 눈으로 볼 수 있도록 꾸며야 하는 것이 아닐까. 할아버지처럼 생겼을 하나님의 형체를 만들 자신이 없다. 그 어떤 것의 형상도 만들면 안 된다는 하나님의 명령을 아직 모르는 할머니는 그것이 안타까워 죽을 지경이었다. 그 앞에 촛불도 켜야 하고 불공을 드리듯 매일 엎드려 절하는 모습도 보여줘야 한다.

우선 큰 상을 벽 앞에 놓고 방석을 놓아두었다. 생각 끝에 정화수가 나을 듯해서 하얀 사발에 물을 한 그릇 떠놓기로 했다. 하나님의 형상을 만들 수 없으니 죽은 영감이 입었던 동저고리를 걸어놓았다. 산골 남자였던 영감은 언제나 맨상투에 동저고리 바람으로 살았으니 그의 모습이 그녀에겐 하나님의 모습으로 다가왔기 때문이다. 산골이라 황촉 불을 구하지 못하는 것이 안타까웠으나 다행히 영감이 세상을 떴을 적에 썼던 향이 몇 낱 남아있어 그걸 피우면 제격일 듯했다.

겨울을 나는 동안 아끼고 아꼈던 쌀 두어 줌에, 맷돌에 갈아놓은 굵은 강냉이를 듬뿍 넣고 밥을 지을 것이다. 산야에 한창 잎새를 터뜨리고 있는 홀잎나물을 데쳐서 고소하게 들기름을 넣어 정성들여 무칠 것이다. 원추리나물은 식초를 넣은 고추장에 새콤하게 무쳐놓고 이제 거의 사라지고 있는 냉이와 꽃다지를 캐다가 참기름을 넣어 무칠 것이다. 더덕을 캐다가 고기처럼 저며서 맛있게 양념장에 재어두었다가 번철에 구워내면……. 할머니의 입에 군침이 그득 고였다. 매일 밤 할머니는 상을 차릴 계획으로 잠을 설쳤다.

목사님과 전도부인이 오신다는 날, 할머니는 발에 불이 날 지경이었다. 상 위에는 산야의 채소로 가득했다. 상 한가운데에 오늘의 특식인 커피를 질뚝배기에 담아내야 하는데 처음 하는 요리라 걱정이 많았다. 진작 금례에게 물어볼 걸 안타까웠다. 그냥 끓이라고 했으니 쉽게 생각을 해서 물을 넣고 끓여보니 새까만 물만 놓기가 황송했다. 맛을 보니 향기는 좋았지만 쓰디쓴 한약이었다.

목사님과 전도부인이 올 시간은 다가오고 가슴은 두방망이질을 했다. 벽에 영감의 동저고리는 어깻죽지에 못을 박아 펴놓았고 대접에는 어둑새벽에 떠온 물을 그득 채워놓았다. 향 몇 낱엔 목사님이 방에 들어오는 순간 불을 댕기면 된다.

할머니는 영감의 동저고리를 향해 세 번 절을 올렸더니 땀이 이마에 홍건하게 고였다. 영감이 한여름에 죽은 데다 객지에 나간 장남을 기다리느라고 오일장을 치르는 동안 향냄새 속에서도 시취를 풍겼는데 하필이면 절을 하면서 그 냄새가 역하게 살아났다. 참지를 못하고 허리춤에서 북덕무명땀수건을 뽑아 쓰윽 훔치고는 나직이 속삭였다.

"영감, 이제 나는 하나님을 믿으니 그리 알아요."

눈물이 앞을 가렸다. 아랫마을에서 드난(남의 집에 임시로 붙어살며 일해 주는 것)을 살던 그녀를 아내로 맞아 지극히 사랑해주었던 추억들이 새록새록 살아났다.

"우리가 믿던 부처님은 그냥 돌덩이고 쇳덩어리라고 합디다. 아무것도 못하는 그냥 물건이래요. 부처님 자리에 하나님만 놓으면 된답디다."

눈물로 거슴츠레해진 눈으로 벽에 걸린 영감의 동저고리를 바라보니 '천촥(천주교)쟁이가 되려고 그래' 하는 영감의 음성이 들리는 듯했다.

"내가 암글(한글)을 전도부인에게 배우고 있으니 성경을 읽을 날이 곧 올 거요. 매일 영감에게 성경을 읽어주며 내 마음을 알리다."

밖에서 두런거리는 소리가 들렸다. 얼른 향에 불을 붙이고 부리나케 커피가 담긴 질뚝배기를 부엌으로 들고 나갔다. 키가 구척인 서양 목사는 "아녕하십네까"하고 허리를 깊이 숙여 인사를 했다. 어머나! 소리를 지를 정도로 서양 목사의 눈이 이웃집에서 기르는 누렁이의 눈을 닮았다. 전도부인이 안으로 드시라고 해서 목사님이 먼저 안방으로 들어갔다.

할머니는 열심히 마늘을 다지기 시작했다. 파도 종종 썰고 작년 가을에 말려두었던 빨간 고추도 칼등으로 짓이겼다. 맛을 내려고 이제 뾰족한 머리를 귀엽게 내밀고 있는 채마밭의 부추도 몇 잎 따서 썰었다. 이 계절에 호박이 없는 것이 안타까웠다. 커피가 담긴 질뚝배기가 끓기 시작하자 준비한 모든 것을 넣고 맛을 보니 간이 맞질 않았다. 소금으로 간을 하고 정성을 다해 들고 들어갔다. 목사님과 전도부인은 부글부글 끓고 있는 질뚝배기를 상 한가운데 잘 놓을 수 있도록 거들어주었다.

"할머니, 이게 무엇입니까?"

그러자 전도부인이 얼른 답했다.

"된장찌개입니다."

그러자 서양 선교사님이 고개를 갸웃거렸다.

"커피 냄새가 나는데……."

그 말에 전도부인이 대꾸했다.

"이 심심산골에 커피는 없습니다."

"아닙네다. 분명 커피냄새입니다. 내 코를 속이지 못합니다. 제가 일생 마시던 것을 어찌 모릅니까."

그러자 할머니가 얼른 무릎을 꿇고 앉아 머리를 조아리면서 말했다.

"맞습니다. 커피입니다. 윗집의 금례에게 부탁해서 힘들게 구한 것입니다. 목사님이 커피를 좋아하신다고 금례에게 들었어요. 정성을 다해 요리했으니 맛있게 드세요."

두 사람의 얼굴이 이상야릇하게 일그러졌다. 강냉이를 섞은 밥을 놓고 목사님이 기도를 시작했다.

"심심산골 커피는 서양서 마시는 커피하고 다를 것입네다. 질뚝배기에 끓였으니 양념을 다 넣어야 제 맛이 날 것입니다. 이걸 준비한 자매님에게 축복을……."

두 사람은 상 한가운데 놓인 커피찌개를 먹느라고 진땀을 흘렸다. 만족한 표정을 지으면서 할머니는 벽에 매달아 놓은 영감의 동저고리를 바라보았다. 속으로 연신 영감에게 말했다.

'여보! 당신이 도와줘서 드디어 목사님이 좋아하시는 커피를 끓였어요. 고마워요.'

목사님은 식사를 마친 뒤에 향을 끄라고 손짓을 했다. 물을 떠놓은 하얀 대접도 치우라고 했다.

"앞으로 이런 향 피우지 마시오. 심심산골 커피도 고만 끓이세요. 할머님이 이렇게 고생하는 것 싫습니다."

할머니는 내심 너무 기뻤다. 아하! 내 수고를 알고 이러시니 정말 듣기 좋은 말이구나! 커피 때문에 그간 마음 고생한 것이 보람이 있었다고 눈물이 날 정도로 기뻤다.

상을 그냥 놓은 채 그 옆에서 세례식을 거행했다. 하얀 대접에 새로 담아온 물을 가지고 세례를 받았다. 이제부터 진짜 하나님의 친딸이 된다니 너무나 좋아서 할머니는 눈물을 질질 흘렸다. 저들이 백리를 걸어 여기까지 찾아온 것이 너무나 고마워서 씨암탉을 한 마리 묶어 전도부인의 손에 쥐어주었다.

"이놈은 이틀에 한 번씩 알을 낳습니다. 마당에 풀어놓고 모이를 주는 걸 잊지 마세요."

전도부인은 싫다고 머리를 흔들었으나 기어이 암닭을 손에 쥐어주고 지게문을 나서는 그들을 배웅하는 할머니의 눈에는 기쁨이 넘쳤다. 꺼벙하게 키가 큰 서양 목사님이 뒤돌아보면서 다정한 눈길을 할머니에게 던졌다.

방안에 들어와 밥상을 보니 마늘 다져 넣고 마른 고추와 부추 그리고 파를 넣은 커피찌개가 한 방울도 남아있지 않았다. 싹싹 먹어치워 질뚝배기 안은 비어있었다. 할머니는 어찌나 기쁜지 아직도 작은 봉지에 반쯤 남아있는 커피를 아껴두었다가 이다음에 목사님하고 전도부인이 오시면 한 번 더 끓여 주리라. 그때는 꼭 호박 철에 와서 애호박을 잘게 썰어 넣으면 더 맛있는 커피찌개가 될 것이라고 생각하면서 할머니는 함박웃음을 흘렸다.

스님의 아들이 만난 예수님

어머니의 뱃속에 있을 적에 출가했다던 아버지를 만나
기 위해 스무 해 만에 돌쇠는 아내와 갓 태어난 아들을 데
리고 길을 나섰다. 얼굴도 모르는 아버지다. 하지만 어머
님이 임종할 적에 '네 아버지는 대둔산 한 자락에 위치한
태고사의 스님으로 있었으니 한 번 찾아가 만나는 것이
도리가 아니겠느냐'는 유언을 남겼다.

보통 절들은 어머니의 품에 안긴 것처럼 아늑한 위치에
자릴 잡고 있건만 유독 태고사는 가도 가도 험산준령이었
다. 한 고비를 돌면서 이제 다 왔거니 하고 숨을 돌리면,
절은 병풍처럼 첩첩이 서 있는 산 끝자락까지 자취를 감
추고 그저 안내팻말만 보였다. 해산한 지 두 달이 지났건
만 아직도 부실한 아내의 얼굴에선 땀이 비 오듯 했다.

"여보, 고만두고 내려가자. 올라갈수록 산이 험악해지

는군. 개울가를 따라 이렇게 가파르게 올라가면 다 될 줄 알았는데 다시 산속으로 파고드니 이를 어쩌지. 저 멀리 보이는 절을 올려다보라고. 절벽에 독수리가 둥지를 튼 것 같군 그래."

그래도 아내는 고개를 살래살래 흔든다. 결판을 내겠다는 의연한 기운이 전신에 넘쳐흘렀다. 돌쇠가 안은 갓난아기도 아버지의 몸에서 전해지는 열기로 인해 콧방울에 땀이 서렸다. 오월 중순이니 한여름의 더위는 아니련만 가파른 산길이 문제였다.

태고사는 고려시절부터 있던 절이라 유명했던 스님들이 모두 와서 도를 닦았다는 곳이다. 그래서인지 사람들의 접근을 피하려고 첩첩산골 험악한 위치에 독수리 둥지처럼 자리를 잡고 있었다. 깎아지른 계단을, 출렁이는 밧줄 난간을 잡고 오르면서 숨을 몰아쉬었다. 이제 다 왔나 하고 위를 올려다보니 산 정상에 자리 잡은 절 끝자락이 빠끔히 보였다. 바위로 아치(arch)를 이룬 절묘한 길을 통과하니 동자스님이 머리를 약간 수그리고 "성불하십시오." 하면서 두 손을 단정하게 모아 합장을 한다.

만약 아내가 그 뜻을 안다면 기절할 것이다. 득도하여 부처님이 된다면 남편인 돌쇠도 시아버지처럼 된다는 뜻일 터이니 말이다. 아내도 자식도 다 버리고 혼자만 살겠다고 산 속으로 들어가 얼굴도 내밀지 않을 것이란 내막을 어린 아내가 어찌 알겠는가.

문득 20년 전 일이 생생하게 떠올랐다. 다섯 살 난 아들 돌쇠를 데리고 어머니는 아버지를 만나게 해준다고 산을 오르기 시작했다. 돌부리에 채이면서 악착같이 부여잡았던 어린 아들의 손을 놓았다. 다친 발가락을 쓰다듬으면서 어머니는 적막한 산 속에 있는 새나 산짐승들까지 다 들을 수 있는 큰 목소리로 아버지를 향해 저주를 퍼붓기 시작했다.

"중놈이 되려면 왜 장가를 들었어. 어쩌자고 자식을 낳게 하고 혼자 쏙 빠져 나가 심심산골 절 구석에 틀어박혀 혼자만 극락에 가겠다고 지랄을 하고 있어. 한 여자의 일생을 요지경으로 만들어놓고 극락엘 가겠다고. 어허허, 어디 두고 보자."

다섯 살이었지만 이런 어머니의 푸념과 넋두리를 귀가 따갑도록 수없이 들어온 터라 돌쇠는 어머니의 손에서 풀려난 것만 고마워서 개울로 내려가 퉁퉁 부어오른 발을 찬물에 담갔다. 망초나물에 강냉이 가루를 넣고 끓인 죽을 조반으로 먹고 나온 터라 뱃속에선 개울물이 흘러가는 소리가 났다. 아버지를 만나는 것보다는 어서 절에 가서 절밥을 얻어먹는 것이 돌쇠가 바라는 것이었다. 절에서는 죽이 아닌 밥을 줄 것이기 때문이다.

묻지도 않고 요사(寮舍, 절에 있는 스님들이 거처하는 집)로 발길을 옮기는 것은 어머니가 이곳엘 수없이 왔었다는 뜻일 터이다.

"나 혼자 올 적에는 얼굴을 내밀지도 않았지만 아들을 데리고 왔으니 어서 나와 보라고 하시오."

어머니의 목소리에는 패기가 넘쳐흐른다. 아무리 스님이 되었다지만 자식까지 모른다고 등을 돌릴 거냐 하는 확신에 차있었다. 그러자 아버지를 모신다는 동자승이 기다려보라고 아주 점잖은 목소리로 어머니의 그악스러운 목소리를 눌렀다. 아버지가 거하는 별채로 그는 조급하지 않은 발걸음을 천천히 옮겼다.

어머니는 그저 멍청히 지시를 기다렸다. 그 성품에 억세게 나가지 못하는 것은 이곳 절간을 찍어 누르고 있는 어떤 힘에 밀려 그냥 서 있는 것일 게다. 조금 있더니 동자승이 별채에서 나와 어머니와 돌쇠 앞에 머리를 조아렸다.

"그냥 돌아가시라고 하십니다."

"뭐라고요? 제 새끼가 왔다는데 그냥 가라고? 얼굴만 한 번 보고 아들한테 아버지가 있다는 걸 알려주려고 왔는데 그냥 가라니 이거 말이 됩니까? 짐승도 자기 새끼를 알아보고 귀여워하는 법인데 중이 된다는 것은 짐승만도 못하다는 말입니까?"

불법을 모르고 알고자 하는 마음도 없는 어머니의 얼굴에 퍼런 독기가 서리서리 고여 오기 시작했다. 이런 어머니를 동자승은 조금도 흐트러짐도 없이 대한다.

"속가와의 인연을 다시 잇지 않으시겠다는 뜻입니다.

이왕 먼 길을 오셨으니 식사나 하고 하산하십시오. 우리 절 공양주 보살의 음식솜씨가 꽤 알려져 있답니다."

모자는 눈물, 콧물 섞어가면서 보살이 차려준 절간음식을 먹고 절을 등지고 내려왔다. 그들이 가엾어 보였는지 공양주 보살이 은근히 다가와서 이렇게 말했다.

"주지스님인 아버지 얼굴이 보고 싶으면 여기서 자다가 새벽 3시에 일어나서 만나보세요. 그 시간에 스님이 예불과 독경을 할 것입니다. 그때 살짝 뒤로 와서 앉아 옆얼굴이나 뒷모습을 보시고 가세요."

공양주 보살의 말에 어머니는 팽 토라져서 확 성깔난 말을 뱉어냈다.

"어쩌자고 가족은 만나주지 않고 다른 사람은 만난답니까?"

"그야 다른 사람들은 부처님 법도를 공부하거나 불자로 수행하려는 것이라 만나주는 것이지요."

"내사 더러워서 여기 다시 오지 않는다. 제 식구도 구하지 못하는 주제에 득도를 한다고? 웃기지 마라."

20년 전과 똑같이 아버지는 아들 돌쇠와 며느리, 손자를 만나기를 거절했다.

"먼 길을 오셨고, 아버지를 만나지 못하는 쓰라림이 크시겠지만 부자간의 인연은 이미 수억 겁 이전에 정해진 것입니다. 그러니 부디 아버지처럼 훌륭한 스님을 두신 걸 기쁨으로 아시고 모두 성불하십시오."

주지스님이 주었다면서 하얀 봉투를 내민다. 돌쇠는 그걸 도리질 하면서 거절하고 아버지가 있는 별채를 향해 큰소리로 외쳤다. 아들의 목소리라도 들으라는 뜻일 터이다.

"얼마나 큰 스님이 되실지 모르지만 가족도 구하지 못하는 주제에 무슨 득도를 한다고 그래요. 혼자서 잘 살아보시오."

화가 난 돌쇠는 씩씩거리면서 갓난아기를 안고 아내를 앞세우고 절문을 나섰다. 오월의 햇살이 우거진 나뭇잎사귀 사이로 파고 들어와 저들의 얼굴을 비췄다.

"다시는 이놈의 절간에 오나 봐라. 여긴 지옥이다, 지옥이야. 자식과 며느리 그리고 손자도 볼 수 없는 곳이야. 세상에서 가장 저주받은 곳이지."

돌쇠는 주절거리면서 머리를 한껏 꺾고는 나뭇잎사귀들 사이를 통해 고함을 내질렀다.

"중이 되는 놈은 자기만 생각하는 놈이다."

아들을 업은 아내를 앞세우고 그렇게도 아버지를 보고 싶어 했던 돌쇠는 화를 삭이지 못하고 손에 잡히는 나뭇잎을 마구 뜯어서 사방에 내던졌다.

하산하는 산중턱에 삼십대 장정들 다섯 명이 평평한 바위 위에 꿇어앉아 손에 손을 잡고 통곡하면서 몸을 흔들어댔다. 첫눈에 모두 미친 사람들처럼 보였다. 돌쇠네 식구는 가던 걸음을 멈추고 저들을 멀찍이서 바라보았다.

무릎을 꿇고 둘러앉아서 손에 손을 잡고 노래를 부르다가 눈물을 흘리면서 무어라 중얼대고 다시 돌아가면서 주절대고 있었다.

"쉬! 조용히 해. 서양에서 온 양이(洋夷, '서양 오랑캐'란 뜻으로 서양 사람을 업신여겨 이르는 말)들이 전한 예수교를 믿는 사람들처럼 보이네."

돌쇠의 아내가 놀라서 남편 옆으로 바짝 다가선다. 갓난아기도 놀라서 눈을 화등잔 만하게 뜨고는 숨을 죽인다.

갑자기 사위가 조용해지고 저들의 울음소리도 잦아들었다. 그러자 한 남자가 일어서더니 손을 중들이 하듯 합장하고 웅얼댔다. 그 소리가 어찌나 청아하고 청청한지 돌쇠네 식구는 숨을 죽였다. 나뭇가지 사이로 훔쳐보니 그 남자는 눈귀에 질금질금 눈물이 번질거릴 정도로 울어대고 있었다. 외치는 음성이 또렷하게 산속으로 퍼졌다.

"다섯 살 난 제 아들의 병이 아주 위중합니다. 천지만물을 창조하신 하나님께서 이 시간 아픈 부위에 손을 얹어서 고쳐주실 줄 믿습니다. 불쌍한 아들을 살려주세요. 우리 가족을 불쌍하게 보시고 이 무서운 질병에서 아들을 고쳐 주세요. 예수님의 이름으로 기도합니다. 아멘."

그러자 남자들 모두가 아멘으로 힘차게 응답했다. 스멀스멀, 돌쇠의 가슴에 감동이 밀려오기 시작했다. 아이 하나가 아프다고 저렇게 기도하고 눈물을 흘리는 것이 정상이 아닌가. 서양 사람들이 전해준 예수는 최소한 가정을 파괴하지 않는 것이 확실했다. 가정을 지켜주는 종교가 진짜가 아니겠는가. 돌쇠는 아버지가 그 잘난 부처님을 믿는다고 갓 결혼하여 임신한 아내와 가정을 버리고 혼자 잘 살아보겠다고 절간에 들어가 저러고 있으니 우습지 아니한가 하는 생각이 들었다. 그것도 20년이 지나서 혼자 외롭게 자란 아들이 자기의 첫손주를 데리고 며느리까지 대동하고 이 깊고 험한 산속 절간까지 찾아왔는데 세상과 인연을 끊었기 때문에 만날 수 없다니 그게 어디 예법이란 말인가. 돌쇠는 아내와 아들의 손을 잡고 둥글게 모여 앉아 기도하고 있는 남자들에게 다가갔다.

"여보시오. 우리 가족도 예수를 믿을 수 있을까요. 난 원래 이곳 스님의 아들인데 가족도 모른 체하게 만드는 부처님에게 상처를 받았소. 아버지가 우리 식구들 버렸으니 나도 인간의 아버지를 버리고 하나님 아버지한테 가겠소. 예수를 믿으려고 하오."

눈을 질끈 감고 눈물바다가 되어 기도하던 남자들이 일제히 눈을 뜨고 돌쇠네 식구들을 보았다. 그러자 일어서서 기도하던 남자가 돌쇠의 두 손을 와락 잡아서 가슴에 안았다.

"환영합니다. 우리 모두 한 가족입니다. 여러분을 사랑합니다. 예수님이 당신네 가족을 사랑합니다."

사랑, 사랑……. 얼마나 굶주렸던 말인가. 사랑이란 말

을 듣는 순간 돌쇠의 가슴에 불덩어리 같은 것이 들어와
서 그들 앞에 무릎을 털썩 꿇고 산이 떠나갈 것 같은 울음
을 터뜨렸다. 스님인 아버지 앞에서 울었어야 할 울음이
예수 앞에서 터져 나온 것이다.

백정의 아들이 외과의사가 되다

"닥터 박, 어서 수술실에 드셔야지요."

백 간호사의 한 옥타브 높은 음성이 그의 귓가를 스친다. 그래도 닥터 박은 꼼짝하지 않고 봄비가 추적추적 내리는 창밖을 응시하고 있었다. 아직도 백정이라는 굴레가 자신의 몸을 묶고 있다는 현실 앞에서 가늠할 수 없는 슬픔을 억제하지 못했다.

수술을 기다리고 있는 환자는 열여덟 꽃 같은 나이의 처자로, 입술이 갈라진 언청이라 혼처를 정하지 못하고 속을 끓이던 김 진사의 외동딸이다. 그녀가 갓난아기였을 적부터 그 집까지 어머니를 따라 쇠고기와 돼지고기를 지게에 져 날랐던 터라 그녀에 대하여 많이 들어 알고 있었다. 하필이면 그런 집안의 딸이 지금 수술을 기다리고 있다니! 아랫목 보료 위 안석에 의지해 장죽을 물고 비스듬히 앉아있던 김 진사의 얼굴이 선명하게 다가왔다. 조금 전 군턱진 넓적한 얼굴의 처녀 어머니가 요상한 눈으로 그를 노려보면서 지껄인 말이 가시가 되어 가슴을 찔러댔다.

"아니, 저 사람 봉출이가 아닌가. 우리 집에 고기를 날랐던 관자골 백정의 아들이 틀림없어. 머리를 서양 놈처럼 깎고 하얀 의사 가운을 입었어도 내 눈은 못 속여."

그러자 옆에 앉아있던 나이 듬직한 침모가 흐린 눈을 들어 한참 닥터 박을 응시하더니 그렇다고 고개를 주억거렸다.

'이런 상황에서 수술을 해야 하는 것일까?'

솔직히 고백하자면 집도하고 싶지 않았다. 하지만 8년 동안 의술을 공부해서 우리나라 최초의 서양의사자격증을 받고 의사가 되어 제중원(나중에 세브란스의대)에 남은 지 어언 10년 세월이 흘렀다. 외과수술을 할 적마다 에비슨 선교사를 보조해 왔고 현재 의대에서 화학과 해부학을 가르치고 있으며 간호양성소에서 강의도 하고 있는 터라, 그를 백정의 아들이라 대놓고 놀려대는 사람은 없었다. 더구나 백정이었던 아버지가 지금은 승동교회의 초대 장로가 아닌가.

참기 어려웠던 역경의 시기들이 주마등처럼 눈앞을 스쳤다. 백정인 아버지는, 전신에 쇠고기와 돼지고기기름이 잘잘 흐르는 어린 봉출의 손을 잡고, 종현에 우뚝 선 천주교학교로 데리고 갔다. 죽지 않으려고 발버둥치는 도살 직전의 소처럼 봉출은 콧물을 들이마시면서 질질 끌려갔다. 그 시절 아버지의 간절한 염원이 담긴 목소리가 아직도 그의 귓가에 생생했다.

"사람답게 살려면 배우는 길밖에 없다. 배워서 개 돼지만도 못한 우리 백정의 삶에서 벗어나야 한다."

서양에서 들어온 양이들이 세운 학교에서 버려진 고아나 가난한 집 아이들을 데려다 먹이고 공짜로 가르친다는 소문을 길에서 귀동냥하여 들은 것이 봉출의 아버지를 들뜨게 했다. 그런데 종현의 천주교 학교에서는 돈을 받는다고 하니 할 수 없이 찾아간 곳이, 미국북장로교 선교사 무어 목사가 세운 곤당골(美洞)에 자리 잡은 예수교학당이었다. 이곳에서는 무료로 가르치고 학용품도 거저 주니 너무나 좋은 곳이었다. 아버지는 봉출에게 단단히 타일렀다.

"넌 짐승을 죽이는 집안의 장남이다. 우리는 신분제도를 가르치는 유교도 믿을 수 없고 살생을 하니 부처님을 섬길 수도 없다. 넌 칠천반(七賤班)에 속한 천한 신분이다. 포졸이나 광대, 무당, 고리장, 기생과 갖바치가 네 신분에 어울리는 사람들이다. 우린 조상 대대로 무당의 힘을 믿고 살아왔으니, 예수교학당에 다닌다 해도 절대로 그들이 믿는 서양 신을 섬겨서는 안 된다."

봉출은 아버지의 손을 꼭 잡았다. 땀에 홍건하게 고인

손에 힘을 주면서 그렇게 하겠다는 다짐을 했다.

그러다 문제가 터졌다. 아버지가 청일전쟁 뒤에 창궐한 콜레라에 걸린 것이다. 하루에 300명도 넘는 사람들이 죽어서 시구문 밖에 내던져졌다. 죽지 않았어도 식구들의 전멸을 막기 위해 사대문 밖에 아직도 목숨이 붙어있는 환자를 내다버리는 소동으로 장안은 온통 북새통을 이뤘다.

이런 와중에 봉출이 서양 사람 닥터 에비슨과 무어 목사 두 사람을 데리고 관자골에 나타났다. 그것도 에비슨이라고 하는 의사는 궁중을 드나드는 분이라고 했다. 왕의 몸을 만지면서 치료하는 의사가 천민인 백정의 마을에 와서 왕을 치료하던 손으로 봉출의 아버지를 만지러 온 것이다. 이건 백정마을에서 있을 수 없는 사건이었다. 에비슨은 이틀에 한 번씩 궁중에 들어가 국왕의 건강을 점검하고 있는 시의(侍醫)다. 그런 분이, 왕이 하사한 가마를 타고 천민들이 사는 백정마을에 나타나서 봉출의 아버지를 치료하기 시작했다. 그것도 한 번 오고 끝나는 것이 아니고 치료되어 일어나기까지 드나들면서 돌봐주었다. 봉출 아버지는 인간적으로 대해주는 에비슨 의사와 무어 목사의 사랑에 깊은 감동을 받았다.

그 뒤부터 봉출은 주일학교에 다닐 수 있었다. 아버지의 손을 잡고 무어 목사가 시무하는 곤당골교회에 출석하게 된 것이다. 아버지가 세례를 받으면서 박성춘이란 이름을 가지게 되었고 봉출은 박서양이란 이름을 얻게 된 뒤가 문제였다. 백정이 이름을 가지게 된 것도 상민이나 양반들의 비위를 상하게 했는데, 감히 백정이 양반들과 나란히 앉아서 함께 예배를 드린다는 것은 도저히 상식적으로 받아들일 수 없는 처사였다. 양반들이 교회에 발길을 뚝 끊었다. 애가 탄 무어 목사는 사실 규명에 나섰다. 그러나 저들의 말을 듣고 무어 목사는 당황했다. 절대로 천민인 백정과 함께 앉을 수 없으니 따로 뒤에 천민들의 자리를 만들어줘서 양반들이 앉는 앞자리에 앉히지 말라는 요구에 무어 목사는 머리를 세차게 흔들었다.

"하나님 앞에서 모든 인간은 똑같이 창조되었습니다. 양반들이 하늘나라의 높은 자리를 보장받는 것이 아닙니다."

선교사 무어의 강경한 발언에 양반들은 모두 곤당골예배당의 문을 박차고 뛰어나가 홍문수골예배당을 세워 양반들끼리 예배를 드렸다. 20명이 되었던 교회가 썰렁했다. 한 사람 한 사람 얼마나 피땀을 흘려 전도한 사람들인가! 빈 자리를 채워야 한다. 백정 박성춘이 당면한 문제였다. 박성춘은 교회에 나와 예수를 믿자고 관자골의 백정들을 설득하기 시작했다. 많은 백정들이 곤당골교회로 몰려들었다. 고난의 물결이 지나간 3년 뒤에, 양반들이 세운 홍문수골교회와 곤당골교회가 합치면서 승동교회로 이름이 바뀌었고, 백정들의 위치가 단단해졌다. 왕손인

이재형이 백정인 박성춘과 함께 장로가 되어 나란히 당회에 참석하게 되었으니 말이다.

"수술준비가 완료되었습니다. 어서 서둘러야 합니다."
백 간호사의 신경질적인 음성이 복도에 울린다. 아무리 그래도 아직 메스를 들 기분이 아니다. 추적추적 내리던 비가 이젠 억수로 쏟아져 장대처럼 빗발이 거세졌다.

"십분만 쉬게 해줘요. 수술진에게 모든 걸 준비해놓고 기다리라고 하세요. 몸이 좋지 않아서 그래요."
급히 달려가는 간호사의 발걸음 소리가 복도에 울려 퍼진다. 순간 거적에 둘둘 말린 할머니의 시신이 지게 위에 얹혀 산으로 가던 모습이 생생하게 앞에 펼쳐졌다. 백정의 아녀자로 태어난 탓에 비단옷 한 번 입어보지 못하고 비녀도 꽂아보지 못했는데 죽어서도 상여 없이 저렇게 가느냐고, 아버지는 서럽게 땅을 치며 통곡하지 않았던가.
관자골 백정마을에서는 시집가는 신부가 가마를 타지 못하고 널빤지를 탔다. 신랑도 말을 타지 못하게 해서 소(牛)등에 탔다. 소등 장가를 들고 널빤지 시집을 간 셈이다. 백정은 사람이 아니기 때문에 호적도 없고 성도 이름도 없다. 해서 세금을 내지 않았고 병역의 의무도 없었다. 백정은 장가를 가도 상투를 틀지 못하게 했고 상민이나 양반에게 존댓말을 써야 했다. 늙은이에게는 생원님이라고 불러야 하고 젊은이에게는 서방님이라고 일컬어야 했다. 나이 어린 아이에게는 도련님이라 불어야 했다. 상민들이 사는 마을을 지나갈 적에는 허리를 구부리고 머리를 개처럼 땅을 향해 숙이고 달음질치듯 빠른 걸음으로 껑충 껑충 뛰면서 지나가야 했다. 만에 하나 머리를 곧추세우고 지나가는 날엔 돌에 맞거나 매를 맞는 곤욕을 치르기 때문이다. 닥터 박이 봉출이었던 시절 그런 걸음을 걸을 적마다 자존심이 상해 눈물을 흘렸고 마치 자신이 사람이 아닌 것 같다는 생각을 한 적도 있었다.

　문득 선교사 에비슨이 제중원에 의과를 세우고 학생을 뽑던 시절이 떠올랐다.

　"그대는 의사되기를 원하는가?"

　의사 에비슨의 목소리에 진지함이 서렸다. 그러나 응하는 쪽의 대답은 너무 거리가 멀었다.

　"의사가 되면 무엇을 하는 겁니까?"

　"죽어가는 병든 환자와 속병을 앓는 사람들을 돌봐야합니다. 양반이든 상놈이든 고통당하는 환자들에게 손을 대 고쳐주고 치료하는 일을 하는 것이 의사인데 이걸 하자면 의학의 초보를 공부해야 합니다. 그럴 수 있습니까?"

　"저는 양반이라, 천민이나 하는 일을 할 수가 없습니다."

　거의가 꽁무니를 빼고 도망가버리지 않았던가. 어쩔 수 없이 험한 일 하기를 좋아하는 사람들만 열넷을 겨우 모았으나 8년이란 긴 세월 공부하는 동안 다 떨어지고 그 절반인 일곱 명만 졸업을 하여 의사자격증을 손에 쥐게 되었다.

 그간의 고통은 참으로 대단했다. 조선말을 모르는 선교사들은 영어로 강의를 해야 했고, 학생들은 그걸 따라가기 위해 영어를 배웠고 일본어와 중국어로 쓰인 의학서적을 번역하는 고통도 감수했다. 그간 의사를 길러내기 위해 고생했던 알렌* 부부, 언더우드** 부부와 헤론*** 그리고 일시적이지만 정성을 쏟았던 스크랜턴도 떠올랐다. 그것도 매달 학생들에게 돈을 줘 가면서 공부를 시켰으니 그 공을 생각해서도 몸이 으깨지도록 환자를 돌볼 의무가 주어진 셈이다.

 또다시 재촉하는 간호사의 음성이 들렸다.

 문득 돌아가신 할아버지 생각이 났다. 생전 입거나 신어보지 못했던 탕건, 두루마기, 가죽신과 갓끈을 제청(祭廳)에 걸어두고 할아버지를 생각하며 목이 쉬도록 울던 아버지 모습도 떠올랐다. 백정이었기 때문에 이 땅에서 입어보지 못하고 신지 못했던 것들을 죽어서 저 세상에서는 맘껏 해보리라는 효성심의 표현이었을 것이다.

 순간 선명하게 떠오른 것은 제청의 상 위에 놓였던 백정의 칼이었다. 할아버지가 소나 돼지를 죽일 적에 썼던 칼로 신위를 모신 상 위에 시퍼런 빛을 발하면서 놓였던 칼이 떠오르자 닥터 박은 힘이 불끈 솟았다. 그래 나는 칼을 쓰는 백정의 자손이다. 이 칼로 동물이 아닌 양반집 처녀의 입술을 수술하는 것이다. 상대가 소나 돼지가 아니

고 사람이란 점이 다르지 내가 칼을 잡고 있다는 사실은
동일하다. 생각이 이에 미치자 그는 두 다리에 힘을 주어
수술실을 향해 힘차게 걸어갔다.

*알렌(Horace N.Allen): 미북장로회 선교사, 우리나라 최초의 병원인 광혜원을 세
   움, 초창기 선교사들의 정착을 도움.
**언더우드(H. G. Underwood): 미북장로회 선교사, 새문안교회를 설립하고 연희
   전문학교를 세움.
***헤론(John W. Heron): 미북장로회 의료선교사, 〈기독교서회〉 창설.

미친개에게 물려도 복음은 퍼졌다

1936년 5월 황해도 해주 산야는 저녁 어스름에 자욱한 이내(해질 무렵 푸르스름하고 흐릿한 기운)가 어른대는 봄의 기운으로 노곤하게 졸음 속에 가라앉아 있었다. 셔우드 홀*의 아들 윌리엄은 언더우드 가에서 얻어온 콜리 애완견을 안고 안마당에서 뒹굴었다. 처음 그 개를 안고 함박웃음을 흘리며 좋아하는 아들을 보면서 닥터 홀은 이상하게 마음이 놓이지 않았다. 강아지를 데리고 노는 세 자녀들을 볼 때면 서서히 알 수 없는 불안에 사로잡히기도 했다. 선교사 생활에 손이 많이 가는 개를 관리하기가 쉽지 않을 것이란 현실 때문만은 아니었다. 이건 이유 없이 막연한 불안감이었다.

그게 현실로 나타난 날, 닥터 홀은 무척 바빴다. 하필이면 황소의 뿔에 허리를 다친 환자로 인해 진료실이 난장 판이었다. 꽥꽥거리면서 울어대는, 환자의 장성한 다섯 아들들의 어지러운 행동과 구경하려고 기웃거리는 사람들의 소리로 정신을 차릴 수 없었다. 더구나 쇠뿔이 동맥을 스쳤는지 힘차게 뿜어 나오는 피로 인해 닥터 홀의 하얀 가운까지 피범벅이었다.

"여보, 맥(Mac)이 이상해요."

아내 메리안이 피로 물든 가운을 입고 있는 남편을 향해 울먹였다. 맥은 강아지 이름이다. 아침 이 시간대라면 아이들 공부를 시키고 있을 아내가 진료실까지 온 것은 사태가 급하다는 뜻이다.

"왜 맥이 그릇이라도 깨드렸나? 나 지금 바쁘니 조금 뒤에 와요. 이 환자, 출혈이 심해서 목숨을 잃을 정도야."

"여보, 급해요. 무서워요."

언제나 침착한 아내가 이상할 만큼 겁에 질려있었다.

"강아지까지 나 보고 진료를 해달라니 이거 바빠 죽겠네. 어서 가서 윌리엄보고 강아지를 안고 오라고 해요."

윌리엄이 안고 온 맥이 갑자기 아들의 팔을 신경질적으로 물어뜯더니 이걸 말리는 최씨의 손도 마구 할퀴었다. 연이어 진료 차례를 기다리고 있던 여섯 살 난 소년환자 돌석의 종아리를 뭉떵 물고 늘어지자, 이걸 말리려고 개를 잡는 메리안의 팔뚝도 피가 날 정도로 깨물었다. 순간 불길한 생각이 닥터 홀의 머리를 스쳤다. 그러고 보니 광견병 예방주사를 놓아주어야 하는데 맥이 너무 어려서 3

개월이 지난 뒤에 하자고 미적거리면서 미룬 생각이 났다.

"미국에서 직수입했고 아직 다른 개들하고 접촉한 적이 없으니 괜찮아. 가끔 강아지도 사람처럼 우울증이나 향수병이 걸려 야단할 적이 있으니까."

닥터 홀은 태연한 척 물린 곳을 알코올로 소독하면서 마음을 가라앉혔다.

"여보, 괜찮을까요? 난 이상하게 불안해요."

"다른 개들하고 접촉한 적이 없으니 문제는 없을 거요."

난리치는 맥을 품에 꼭 안고 있던 윌리엄이 퉁명스럽게 아버지의 말을 받아넘겼다.

"열흘 전에 맥을 데리고 문밖에 나갔었는데 지나가는 개가 갑자기 물었어요. 제가 소리를 치니까 산 속으로 도망쳤어요."

"뭐라고? 주인 없는 개가 물었다고? 이거 큰일났군."

닥터 홀은 요동치는 맥을, 꿩을 잡아다 임시로 가두어 두는 닭장에 집어넣었다. 관찰해 볼 필요가 있었기 때문이다. 맥이 자기 꼬리를 물어뜯어 피가 줄줄 흘러나왔다. 근육에 경련이 일면서 풀을 뜯어먹기 시작했다. 자세히 보니 주둥이에서 거품 섞인 침이 줄줄 흘러내렸다. 물을 넣어주니 무서워하면서 구석으로 피했다. 공수병이 아닌가 걱정했는데 그게 사실로 드러나는 순간 닥터 홀의 머릿속은 하얗게 질려왔다. 혀로 아이들을 핥았어도 공수병 바이러스 균은 무서운 독성을 발할 것이기 때문이다. 닥터 홀의 이런 근심을 알았다는 듯 맥은 목쉰 이상한 소리로 낑낑대다가 기어들어가는 소리로 컹컹 짖었다.

어찌할 줄 모르고 당황하고 있는 닥터 홀의 진료실에 맥에게 물린 돌석 아버지가 와서 맥의 털을 잘라달라고 아우성이었다.

"개털을 무엇에 쓰려고 그럽니까?"

그러잖아도 정신을 차릴 수 없어서 갈피를 잡지 못하고 있는 닥터 홀에게 소년의 아버지는 삿대질을 하면서 덤볐다.

"미친개가 문 상처에 그 개털을 놓고 쑥뜸을 뜨듯 태워야 합니다. 그래야 우리 아들이 살아납니다."

그게 무슨 소린 줄 몰라서 어리둥절해 있는 닥터 홀을 제치고 진료실에서 일을 거들어 주고 있는 김씨가 소년의 아버지를 달래면서 맥의 털을 잘라가게 했다. 가위로 뭉떵 털을 자르는 동안 놀란 맥이 이번엔 김씨의 팔뚝을 날카로운 이로 물어버려 김씨는 기함을 해서 개를 놓아버렸다. 맥이 바깥으로 뛰어나가 기다리고 있는 환자들을 다 물어버리면 이건 큰 문제였다. 김씨는 그 개를 필사적으로 안아 올리는 바람에 여기저기를 물려서 가슴팍이 피로 범벅이 되었다.

맥에게 물렸거나 맥이 핥기라도 한 사람은 누구나 모두

접종을 받아야 한다. 닥터 홀의 식구들 넷과 직원들 두 사람, 게다가 조선 소년까지 모두 7명이 접종을 받지 않으면 끔찍한 사건이 터질 것이다. 시간을 다투는 사건이었다. 닥터 홀은 급하게 서울에 전보로 7명의 환자를 치료할 특별 백신을 보내달라고 요청했다. 서울에서 온 답신은 닥터 홀을 낙담하게 했다. 재고가 전혀 조금도 없다는 것이다. 즉시 일본에 전보를 쳤다. 그러나 일본에도 재고가 없다는 답신이 왔다. 맥은 9일 만에 죽었다. 틀림없는 광견병이었다. 백신을 맞지 않으면 맥처럼 7사람의 생명이 위험했다. 닥터 홀은 미칠 지경이었다. 닥터 홀의 친구인 하아비 스토클리(Harvey Stokely)가 떠올랐다. 그는 지금 상해에 있으니 그 넓은 중국 땅에서는 백신을 구할 수 있을 것이란 확신이 왔다. 그의 예상은 적중해서 상해에서 광견병 백신이 해주에 도착했다.

의과대학 시절 딱 한번 강의를 듣고 실습해본 것을 사랑하는 아내와 세 자녀에게 투여하려고 하니 손이 떨렸다. 한두 번이 아니고 한 사람당 17번이나 주사를 놓아야 한다. 양쪽 어깨뼈 사이의 등에 주사를 놓은 며칠 동안 살갗이 거무스름하게 타고 가려워서 아이들은 몸부림을 치며 가렴증과 아픔을 호소했다. 주사약 속에 불순물이 들어갔는지 주사 놓은 자리에 생긴 종기를 제거하는 수술까지 해야 될 지경이었다.

직원 두 사람과 아내 메리안과 세 자녀는 그래도 백신

을 맞는 동안 순종하면서 닥터 홀의 말을 들었으니 문제
는 조선 소년 돌석이었다. 그의 아버지가 백신접종을 완
강하게 거부했기 때문이다.

이런 와중에 닥터 홀을 못 견디게 하는 것은 바깥에서
데모를 해대는 사람들의 아우성이었다.

"환영해서는 절대로 안 될 양놈들을 이곳에 머물게 한
해주군수가 문제다. 사고 낸 김에 결단내자."

"이상한 종교를 우리 조선 사람들에게 전하려고 환자를
고쳐주는 척 흉물스러운 짓을 해댔으니 조상신들이 노한
것이다."

"우리 조선 개가 아니고 이상하게 생긴 서양 개에게 물
렸으니 이거 큰일 났다. 불쌍한 우리 조선 사람이 셋이나
당했어."

"이 김에 저들을 아주 내쫓아버리자. 해주 땅에서 싹 밀
어내고 무당을 불러 굿을 해야 노한 조상신을 달랠 수 있
다."

"맞다, 맞아. 우리가 이러고 가만히 당할 수는 없지. 안
으로 몰려 들어가서 모두 때려 부수고 양놈들을 해주 땅
에서 싹 쓸어버리자고."

저들의 들레는 소리가 닥터 홀의 귀청을 찢었다. 게다
가 돌석의 아버지는 백신 맞기를 완강하게 거절했다. 이
러다가 소년이 죽기라도 한다면 진짜로 닥터 홀은 해주를
떠나게 되는 사태까지 갈 수도 있다. 돌석을 강제 입원시

켜서라도 접종을 해야만 한다. 김씨를 보냈으나 털레털레 낙망해서 혼자 돌아왔다. 소년의 집에서는 절대반대를 한다는 것이다. 당신네들은 서양식으로 치료하고 우리는 우리 식대로 이미 개털을 상처에 태웠으니 괜찮다는 것이었다. 그게 아닌데, 그게 아닌데…… 닥터 홀은 미칠 것만 같았다. 어쩔 수 없이 닥터 홀이 몸소 소년의 집으로 갔다.

"토끼 척추에서 만든 물을 사람의 몸속에 넣다니 이게 무슨 미친 짓이요? 아무리 생각해도 괴상하고 소름이 끼쳐 우린 싫소. 당신네는 당신네 식으로 하고 우리는 우리 식으로 할 겁니다."

"개털을 태워서 될 일이 아닙니다."

"이상한 주사를 가지고 우리 조선 사람을 고문하려고 나대다니 어림없는 소리요. 수백 년 동안 지켜온 우리의 완벽한 방법으로 우리 아들을 치료했으니 어서 돌아가시오."

"만에 하나 주사를 맞지 않아 댁의 아드님이 죽는다면 그건 전적으로 우리 책임이 아닙니다. 그걸 약속하겠습니까?"

닥터 홀의 말에 상대방은 잠시 주춤했다. 그러자 서당 훈장이 이들의 대화에 끼어들었다.

"이 서양 사람들이 우리에게만 주사를 놓은 것이 아니고 자기네 가족과 똑같은 치료를 해준다니 저 의사의 말을 따르는 게 좋겠네. 작년에 자네 형님이 미친개에게 물렸을 때 개털을 잘라다 상처 부위에 놓고 태웠는데도 죽었지 않았나."

개털을 물린 부위에 태웠는데도 죽는 사람들이 있다는 것은 맞는 말이다. 그간 반 정도는 살았지만 거의 반은 죽었다는 사실 앞에 소년의 아버지는 주춤했다.

"그럼 주사를 맞으면 우리 아들이 절대로 죽지 않는다는 보장을 할 수 있습니까?"

소년의 아버지가 누그러져서 물었다

"절대로 죽지 않습니다. 내가 보장하지요."

"인명이 재천이라는데 꼭 살려낼 수 있단 말이요?"

이번엔 서당훈장이 따지듯 물었다.

"네! 약속합니다. 만약에 소년이 주사를 맞고도 죽는다면 제가 집을 한 채 소년의 아버님께 사드리겠습니다."

그러자 군중들 속에서 이 소요를 지켜보던 나이 지긋한 동네 할아버지도 거들었다.

"우리 전래 치료법을 인정해서 미친 개털을 잘라주다가 저 의사의 머슴이 개에게 물렸으니 그 대가로 자네 아들이 주사를 맞는다고 생각하게. 빚을 갚아야 하는 것이 아닌가."

미친개 사건으로 대중들이 들고 일어날 소요사태까지 갔었으나 다행히 촌로들의 지혜로 으르렁대던 사람들을 잠재울 수 있었다. 돌석은 입원하여 17번이나 놔주는 주사를 다 맞고 퇴원한 뒤에 집안의 구박을 받으면서도 혼자서 열심히 교회를 다녔다. 두 해가 지난 후에는 아버지와 어머니, 심지어 할아버지까지 다 데리고 교회에 나오기 시작했다.

*셔우드 홀(Sherwood Hall): 1893-1991, 북미감리교회 선교사, William James Hall의 아들.

점동이의 황금시대

서른넷에 죽음을 앞둔 닥터 박은 평양의 기홀 병원에 누워 저물어가는 서쪽하늘에 눈길을 던졌다. 홀(Hall) 부인이, 눈물이 그렁거리는 파란 눈을 감추느라고 닥터 박의 손을 바투 잡아 쥐고 눈은 엉뚱하게 흰 벽을 응시했다.

"전 이제 평안합니다. 남편이 간 곳으로 가니까요. 저를 위해 미국까지 따라가 셔우드 가(家)의 농장에서 노동을 한 사람입니다. 제 학비를 벌다가 졸업식을 스무하루 앞두고 하늘나라로 간 남편을 이제 10년 만에 따라갑니다."

닥터 박은 끓어오르는 기침 때문에 뺨에 홍조를 띠고 수건으로 입을 틀어막는다. 하얀 수건에 피가 시뻘겋게 고인다. 이런 닥터 박을 홀 부인은 애처로운 눈으로 바라보다가 깨끗한 다른 수건을 손에 쥐어준다.

"미안해. 내가 에스더를 너무 심하게 부려먹었나 봐."

에스더는 닥터 박이 세례를 받고 얻은 이름이다.

"제가 태어나고 자란 조국을 위해서 일한 걸요. 홀 사모님은 남의 땅에 오셔서 남편까지 이 나라에 바쳤잖아요. 제 목숨을 이렇게 조국에 바치는 것은 당연한 일입니다."

두 사람은 와락 껴안았다. 마른 울음을 삼키느라고 서로 침을 삼켰다. 불도 켜지 않은 병실에 가파르게 서산을 넘어가는 해 그림자가 땅거미를 몰고 오자, 사방이 갑자기 깜깜해졌다.

지금 그녀 곁에서 죽음을 지켜보고 있는 홀 부인을 그 시절에는 셔우드(Sherwood)라고 불렀다. 처녀시절 닥터 셔우드는 여성전용병원인 보구여관(후에 동대문부인병원)에서 일하고 있었다. 열다섯 살의 에스더는 셔우드 여의사의 통역관으로 일을 했다. 병들어 죽어가는 한국의 여성들을 위해 의료 활동을 펴는 셔우드 의사를 지켜보면서 자신도 의료인으로 헌신하기로 결심하고 있었는데, 집안에서 결혼문제를 들고 나왔다. 당시는 모두 십대 중반을 넘기지 않고 시집을 보내던 시절이라 당연한 처사였다. 날마다 부모님의 성화에 시달리던 중 홀 박사를 돕고 있는 청년 박유산을 만났다. 모든 면에서 에스더보다 못했지만, 크리스천 남자를 만나기 어려운 시절에 박유산은 그녀에게 맞는 남편감이었다. 그를 낭군으로 맞을 결심을 하기까지 에스더는 사흘 밤낮을 뜬눈으로 기도하고 금식을 하면서 지새웠다.

에스더는 바느질도 못하고 음식도 못했다. 그 시절엔 치명적인 결점이었다. 박유산은 그런 여자를 아내로 맞아 끔찍이도 위해주었다. 그는 아내가 볼티모어 여자의과대학(존스 홉킨스 대학의 전신)에 다니는 동안 아내의 학비를 위해 열심히 일하다가, 저 세상으로 떠났다.

정동에 미국감리회가 설립한 이화학당에 에스더(그 당시 이름은 김점동)가 들어왔다. 그 당시 학생을 모집하지 못한 스크랜턴* 부인은 길거리를 헤매고 있는 버려진 여자아이나 가난한 집의 딸들을 끌어 모으러 돌아다녔다. 점동이 이화학당으로 끌려왔을 적 나이는 열 살. 어머니의 흐느낌을 뒤로 하고 아버지 손에 이끌려 이화학당에 들어가 산 지 일 년이 지나서도 가슴을 치며 늘어놓던 할머니의 넋두리가 귓가를 맴돌았다.

'여자를 울타리 밖에 내놓는 것은 기생을 만들려는 수작이다. 서양 놈들은 우리 점동이를 잡아다가 바다 건너에 팔아먹으려는 못된 생각을 갖고 있어. 어쩌자고 아범이 발 벗고 나서서 딸을 그런 데로 끌고 가는지 모르겠다. 이상한 무엇에 홀린 것이 분명하다. 차라리 나를 데리고 가라. 아이쿠! 점동아, 불쌍한 우리 점동아……'

학당에는 점동이 또래의 여자아이들 둘이 있었다. 저들은 함께 붙어 다니면서 달궈진 스토브를 보고 양인들이 자기들을 거기에 구워먹을까 봐 훌쩍이기도 했다.

그런데 놀라운 것은 외모는 조선 사람과 다르지만 인자하고 부드러운 스크랜턴 부인의 따뜻한 마음이었다. 셋 중에 가장 영특했던 점동이는 저들의 말인 영어를 배우면서 눈에서 빛이 나기 시작했다. 더구나 은은하게 울려 퍼지는 풍금을 대하면서 거기에 푹 빠져들게 되었다. 기도와 찬송을 부를 적에는 몸이 구름을 타고 둥둥 떠다니는 듯했다. 빨간 댕기를 드린 머리를 뒤로 땋아 늘어뜨리고 치마저고리를 입은 점동이는 암팡지게, 저들이 가르치는 것들을 솜처럼 흡수했다.

　　노아의 홍수를 배우던 날, 세상에 태어나서 처음 들어보는 사실에 놀랍고 무서워 벌벌 떨었다. 하필이면 그 밤에 어찌나 비가 세차게 오고 폭풍이 불어대던지, 열두 살 점동이는 공포로 숨이 멎을 것 같았다. 노아 할아버지 때처럼 모두가 물에 빠져 죽을 것 같아 제대로 숨을 쉴 수도 없어서, 잠을 이루지 못하고 방안을 뱅뱅 돌았다. 천둥이 치자 '번쩍'하는 불빛이 방안을 밝히면서 파고들더니 점동이의 가슴을 후벼 파는 듯했다. 마침 곁에서 잠자던 친구들도 잠이 깨어서 무릎을 꿇고 앉았다. 세 여자아이들이 함께 손을 잡았다. 노아처럼 방주에 올라타기 위해 저들은 그간 지은 모든 죄를 몽땅 토해내기 시작했다. 가슴이 뜨거워지고 마구 눈물이 쏟아져 통곡하고 나니 공포심이 차차 사라지고 새 힘이 생겼다. 그 엄청난 힘이 점동이에서 에스더로 이름을 바꾸고 이제 닥터 박이 된 그녀를 지금까지 버텨준 원동력이었다.

밖에는 봄비가 추적추적 내리고 있었다. 병원 건물 앞에 가건물로 지은 창고의 생철지붕 위로 쏟아지는 빗줄기 소리가, 귀가 따갑도록 병실 안으로 파고들었다.

점동이 시절 친구와 함께 손을 맞잡고 기도하던 모습이 활동사진처럼 앞에 펼쳐졌다. 창백한 닥터 박의 얼굴에 미소가 떠올랐다. 그 당시 그녀의 가슴을 채웠던 그런 뜨거운 바람이 푹신한 이불처럼 전신을 덮었다. 아아! 내 황금시절이 바로 그때였구나! 얼마나 큰 꿈에 들떠있었던가! 홀 부인이 환자들을 돌볼 적에 따라다니면서 통역하던 자신의 모습도 보였다. 미국사람과 의사소통을 할 줄 아는 그녀의 손을 잡아 주면서 찬사를 터뜨렸던 아픈 여인들의 고생에 찌든 얼굴도 다가왔다. 정화수를 떠놓고 산신령님께 비는 심정으로 그녀를 우러러보았던 불쌍한 여인들의 물기 젖은 눈동자들……. 그게 너무 안타까워서 몰래 후미진 방에 숨어 얼마나 눈물을 흘렸던가! 댕기머리를 갸우뚱거리면서 저들의 말을 듣고 홀 부인에게 옮겨주면, 그걸 토대로 치료하던 그 날랜 손길은 가히 하나님의 손이었고 신비로운 손이었다. 그 손을 사모했던 점동이 시절이 확실히 그녀의 황금시대였다.

박 에스더. 한국 최초의 여의사. 그녀가 배운 의술은 남편의 목숨과 바꾼 신비로운 기술이었다. 열일곱에 박유산과 결혼하여, 2년 뒤인 열아홉에 뉴욕의 리버티 공립학교에 입학하고, 뉴욕 유아병원에 간호사로 일을 하면서 의료실습을 했다. 처음 보는 동양여자에게 환자들은 강한 호기심을 숨기지 못하고 말을 걸어오곤 했었다.

이 모든 것들을 이제 뒤로 하고 닥터 박은 하늘나라로 가야 한다. 세상살이가 풀꽃과 같고 아침이슬과 같다더니 그녀의 34년 인생은 그야말로 아침안개처럼 반짝하면서 지나간 것처럼 보였다. 그 당시는 집안에 갇혀 살다가 쓰개치마를 쓰고서야 밖에 나갈 수 있는 양반댁 규수들이 살았던 시절이었다. 캄캄한 그 시대에 점동이는 조선 땅을 벗어나서 말과 문화, 음식까지 낯설었던 미국에서 의술을 배웠다. 하지만 의사가 되어 사랑하는 조선 여인들에게 의술을 베풀었던 세월이 겨우 8년. 하나님은 그녀를 의사가 되게 하시고는 왜 이렇게 빨리 하늘나라로 데려가는 것일까. 아직도 아픈 조선 여인들의 신음소리가 삼천리강산을 진동하고 있는데. 어쩌자고 이렇게 빨리 이생에서의 삶을 접어버리게 하는 것일까. 그게 의문이었다. 풀 수 없는 수수께끼였다.

남편인 닥터 홀을 청일전쟁 직후에 잃고 낙담한 홀 부인을 따라 점동이는 미국에 가서 의사공부를 마쳤다. 홀 부인은 남편을 조선 땅에 묻었고, 점동이는 남편 박유산을 미국 땅에 묻었다. 에스더 혼자 서울에 돌아온 때가 1900년 겨울이었다. 오자마자 보구여관에서 의료 활동을 시작하여 많은 조선의 여인들을 치료하기 시작했다.

일은 많고 사랑하는 홀 부인은 미국에 있었다. 남편 없이 혼자 살아서 돌아온 조선 땅 여기저기에 죽은 남편의 모습이 따라붙었다. 이렇게 이 남자를 사랑하고 있었다니! 온전히 아내를 위해 헌신했던 남편은 남자들 모두가 권위주의에 빠져있던 시대에 태어났건만 선구자였다. 조선천지 어디에 이렇게 아내를 위해 헌신한 남편이 있을까.

이런 아픔을 위로할 사건이 일어났다. 홀 부인이 미국에서 조선으로 돌아온 것이다. 닥터 박의 점동이 시절을 알고 있는 홀 부인은 그녀의 아픈 마음을 이해했다. 더구나 그녀도 남편을 잃은 처지라 두 과부 의사는 함께 힘을 합쳤다. 평양에 남편인 닥터 홀의 이름을 기리면서 세운 기홀 병원에 부임하여 두 과부 여의사는 용감하게 환자들을 돌보기 시작했다. 차트기록에 의하면 10개월에 3천명의 환자를 돌본 놀라운 기적의 나날이었다.

"닥터 박. 이렇게 나가다가 너 죽겠다. 옛날 점동이 시절에 하늘을 찌를 듯했던 너의 열정을 봐왔지만, 이젠 너도 나이가 서른을 넘어섰으니 건강에 조심하는 것이 좋겠다."

홀 부인의 걱정이 대단했다. 하지만 일꾼이 부족한 시절이었다. 미감리회 여선교회에서 닥터 박을 선교사로 임명했기에, 황해도와 평남지역을 순회하면서 전도도 하고, 기홀 병원 안에 홀 부인이 세운 맹인학교와 간호학교에서도 가르쳐야 했다. 너무 많은 격무에 시달리던 닥터 박은 많은 조선의 여인들이 앓던 결핵에 걸렸다. 홀 부인의 정성어린 간호도 소용없었다.

훌륭한 여인이 백세까지 해도 못할 일을 짧은 34년 동안에 해냈으니 이제는 쉬라고 하나님이 부르셨다는 확신이 왔다. 짧고 굵게 산 인생이었다. 후회는 없었다.

점동이 시절 들었던 아름다운 찬양이 오르간 선율을 타고 멀리서 흘러나왔다. 그 음률을 따라 점점이 밝은 빛이 비춰더니 남편 박유산이 활짝 웃으면서 그녀를 향해 두 손을 내밀었다.

이름이 여럿인 그녀. 김점동, 김 에스더 그리고 결혼한 뒤에는 남편의 성을 따서 박 에스더, 닥터 박. 그러나 지금 그녀를 향해 다정하게 천상에서 남편이 부르고 있는 이름은 '점동아'였다. 그립고 보고팠던 남편을 향해 닥터 박은 함박웃음을 흘리며 위로 힘차게 두 손을 뻗치고 몸을 날렸다.

*메리 스크랜턴(Mary F. Scranton): 미북감리회 한국최초의 여선교사, 이화학당 설립.

얼풍수가 성탄절 예배에 참석하다

　강원도 양양 산골에 사는 강문수란 선비는 죽어라고 공부를 많이 하고 과거시험을 치렀으나 매번 낙방했다. 아내의 고생이 말이 아니었다. 나이 삼십 중반을 넘어섰으니 이제 공부는 집어치우고 가족들 배나 곯지 않게 무엇이라도 해야겠다고 생각하니 눈앞에 놓인 책에서 곰팡내가 나서 머리가 지끈지끈 아플 지경이었다.

　휘영청 한가위 보름달이 떠오르자 앞집에서 음식 장만하는 냄새가 소슬한 가을바람을 타고 선비네까지 진동했다.

　"머슴살이하는 쇠똥이네가 고기를 굽고 야단이야."

　"머슴을 살아도 고기를 구워먹을 수가 있나 보지?"

　"소문에는 마음이 착한 쇠똥이가 가엾다고 스님이 지나가다 명당자리를 잡아주었다는군. 재 넘어 박 진사댁 상

가에 가서 그걸 말하면 먹을 것을 듬뿍 줄 거라고 해서 그
대로 했더니, 그 자리가 맹호출림(猛虎出林) 형국이라 복인
(福人)을 만났다고 먹을 것을 바리바리 실어다주었대."

그 말을 듣고 이제 다섯 살인 막내가 큰 형에게 물었다.

"그게 좋은 묏자리였나 보지?"

"그럼, 기막힌 명당이라고 하더라. 맹호출림혈(穴)이면
호랑이가 나오는 구멍인데 그 집안에서 칠삭둥이가 태어
나면 삼정승이 줄이어 나오는 자리니 앞으로 정승이 셋이
나 나올 거야."

장남이 의젓한 목소리로 동생들에게 설명을 했다.

"마침 그 집 며느리가 칠삭둥이를 낳아서 야단하던 참
이었대. 부정한 짓을 해서 남의 씨앗을 배고 시집왔다고
곡간에 가두고 굶겨죽이기 직전인데 그런 묏자리를 구했
으니 그 집안에서는 그 며느리를 안방에 모시고 잔치를
하고 난리라고 하더군."

"죽어가던 여자가 살아나서 떵떵거리게 되었구나."

쇠똥이네서 굽는 고기냄새가 바람결을 따라 우물가로
밀려오자 모두 침을 꼴깍 삼켰다. 그러자 막내가 웅얼댄
다.

"나는 이다음에 지관이 될 거야. 명풍수가 되어서 부자
로 살 거야. 두고 보라고."

"아무나 풍수가 되냐. 패철이 있어야지."

"패철이 뭐야?"

"그건 풍수 패라고 풍수들이 두루마기 고름에 묶고 다니는 것인데 그걸 사려면 10냥은 가져야 한다. 그 돈이면 지금 당장 우리 식구 굶어죽지 않게 보리라도 사다 죽을 끓여먹겠다."

자식들의 넋두리를 들으며 강 선비는 창호지를 파고드는 싸늘한 달빛을 안고 팔베개를 하고 누웠다. 삼순구식(三旬九食)조차 때울 수 없는 처지다. 말이 그렇지 서른 날에 아홉 끼니도 못 먹는 가난이니 가족들을 굶겨 죽이고 나서 과거에 붙는다 한들 모두가 환상의 허방일 것이다.

하늘과 산천을 숭배하고 산신과 지령을 숭앙하는 풍수지리 사상은 조선조 이후 평민층으로 널리 전파되어 민간신앙에 뿌리를 내리게 되었다. 신분이 상승하려면 명당자리에 부모를 모시는 것이 유일한 길로 여겨졌다.

그렇다면 강 선비도 글 읽는 일을 집어던지고 지금 당장 부모의 묏자리를 옮겨서라도 사시(巳時)에 하관하여 오시(午時)에 발복하는 명당자리를 찾아 나서는 것이 올바른 행동이 아닐까. 명당자리가 나와도 면례할 돈도 없지 아니한가. 산소를 옮길 돈이 있다면 그걸로 당장 자식들의 곯은 배를 채워서 죽음을 면해야 한다. 보름달이 중천에 불끈 떠오르자 뱃속에서는 개울물 흐르는 소리가 났다. 아아! 당장 이 자리에서 죽더라도 이밥에 고깃국을 약비나게(싫증이 날 정도로 지긋지긋하게) 먹었으면 좋겠다는 생각을 떨칠 수가 없었다. 어른인 자신이 이럴 적에 어린 자식들이야 오죽할까. 앞집 쇠똥이네처럼 명당자리를 잡아주고 자식들 고기나 실컷 먹여볼까. 일생 글을 읽었으니 무식한 앞집 머슴보다야 유식할 것이니 구산(求山)하러 가도 될 것 같았다.

다음날 아침 의관을 차려입고 나서자 아내가 의아한 눈을 하고 따라나선다.

"어딜 가시려고요?"

"지관 노릇이나 해볼까 하오."

"아무나 지관이 되나요?"

"패철을 가지고 묘지 보는 것쯤은 나도 할 수 있소."

증조부가 유물로 남긴 패철을 두루마기 고름에 묶었다. 눈금이 다 떨어지고 없었으나 그게 무슨 상관인가.

들판에는 먹을 것이 그득했다. 너무 허기져서 누렇게 익은 벼이삭을 따려고 몸을 굽혔다. 맑은 논물에 자신의 얼굴이 비쳤다. 이 도둑놈아! 남이 고생하고 기른 것을 도둑질하려느냐고 천둥치는 음성이 하늘에서 들려오는 듯해서 뒤로 물러섰다.

무턱대고 집을 나섰으나 갈 곳이 없었다. 그저 앞산을 넘어 한없이 걸었다. 해가 지고 나니 망간(望間)이라 어찌나 달이 밝은지 그의 발뒤꿈치에 기다란 그림자가 선명하게 따라붙었다. 산을 넘고 개울을 건너 기운이 진할 때까지 걸었다. 동네 어귀 자드락길에 들어서자 희붐하게 앞이 보이고 새벽안개가 이슬비처럼 내렸다. 고래 등 같은 팔작지붕을 이고 있는 집 근처에 이르니 수런거리는 소리에 이어 구슬픈 곡소리가 들렸다. 동네 개들이 컹컹 짖고 사람들이 모여들었다.

"결국 금년을 못 넘기고 돌아가셨군. 호상이야."

"누가 돌아가셨나요?"

강 선비가 옆에 선 할머니에게 문자 패철을 단 선비를 흘끔 보고는 벌써 어찌 알고 왔느냐는 표정이다.

"이 집안 할아버님이 가셨지요. 지관들이 숱하게 오겠군."

이 고을에서 제일가는 부잣집이라 곡소리보다는 음식 냄새가 골목마다 진동했다. 잘 사는 상가라 멍석이 깔리고 군데군데 모여앉아 입이 터지게 먹는 문상객들로 마당이 붐볐다. 배가 고픈 강 선비가 저들 틈에 끼어 앉자마자 대문에서 만났던 할머니가 등을 두드렸다.

"지관님은 사랑채로 드셔야지요. 사방에서 모여든 풍수들이 둘러앉아 삼정승 육판서가 나올 묏자리를 찾겠다고 야단이오."

강 선비는 들어앉은 문상객들의 우러름을 받으면서 억지로 일어나 노파가 일러준 사랑채로 갔다. 거긴 많은 지관들로 북적거렸고 상 위에 놓인 음식도 마당에 차린 것보다 훨씬 푸짐했다. 강 선비는 한구석에 앉아 그저 먹기만 했다. 모두 말을 했으나 그는 묏자리에 대하여 아는 바가 없어 할 말이 없었다.

큰상주가 몇 번을 들어와 봐도 묵묵히 저들의 말만 듣고 있는 강 선비가 제일 쓸 만한 지관인 것 같았다. 자고로 많이 아는 자는 말이 없다고 하지 않던가. 드디어 큰상주가 결정을 내렸다.

　"여기 앉아계신 이분을 지관으로 택했습니다."

　놀란 쪽은 오히려 강 선비였다. 그저 얻어먹고 떠나려던 참이었는데 이런 부잣집의 명풍수로 지목되었으니 난감했다. 그렇다고 이제 와서 도망칠 수도 없고 죽을 노릇이었다. 두루마기 고름에 패철을 달고 있으니 핑계를 댈 수도 없었다. 텅 빈 사랑방에 혼자 기거한 지 닷새가 되는 아침에 상주들이 모두 그의 앞에 무릎을 꿇었다.

　"이젠 구산(求山)하러 가셔야지요."

　"으흠, 으흠."

　어쩔 수 없이 강 선비는 차비를 하고 앞장섰다. 그의 뒤를 모두 줄줄이 서서 바짝 따라붙었다. 산을 오르기 시작했다. 강 선비는 조금씩 걸음을 빨리 해서 저들을 따돌리고 도망갈 차비를 했다. 드디어 앞길이 확 트인 비탈에 이르러서 달리기 시작했다. 군마가 따라붙듯 뒤에서 상주들이 모두 같은 속도로 뛰면서 큰 소리로 외쳤다.

　"드디어 명당자리를 찾으신 모양이구나."

　숨 가쁘게 도망치던 강 선비는 돌부리에 채여서 나동그라졌다. 그러자 상주들이 환성을 지르면서 거기에 말뚝을 박았다. 강 선비는 숨을 헐떡이면서 앞을 보았다. 질펀하게 앞에는 냇물이 흐르고 뒤로는 잘 생긴 산이 있고 양옆에도 산이 있어 여인의 가슴에 안긴 형상이었다.

"지관님, 감사합니다. 이게 무슨 혈입니까?"

"어어…… 이건 와우음수혈(蝸牛飮水穴)입니다."

"맞습니다. 쉬는 소가 물을 먹는 모습으로 정말 명당이오!"

저들이 감탄하는 소리를 들으면서 슬그머니 뒤로 빠져나온 강 선비는 있는 힘을 다해 도망쳤다. 잡히지 않으려면 멀리 가야 한다. 이젠 집에도 돌아갈 수 없다. 아무 것도 모르면서 묏자리를 구해주었으니 너무나 무모한 짓을 해서 토할 듯 가슴이 울렁거렸다.

모든 지관에게 상주가 골고루 조금씩 나눠준 노자 돈도 석 달이 지나니 다 떨어지고 겨울이 다가와서 춥기는 하고 감발한 짚신도 너덜거렸다. 걷고 걸어 도착한 강화도 벌판엔 눈이 펄펄 날리면서 산야가 하얗게 변했다. 눈발 사이로 갑자기 찬란한 연등이 나타났다. 아아! 얼어 죽을 때가 되니 헛것이 보이는구나. 절도 없는데 저 화려한 등불들이 무엇이란 말인가. 강 선비는 지팡이에 몸을 의지하고 부르튼 발을 끌면서 불빛이 찬란한 집으로 향했다. 태극등과 십자가를 새긴 등이 250개나 줄이어 걸렸고 그 안쪽으로는 푸른 솔가지로 장식한 문이 나왔다. 문의 윗부분을 무지개 모양으로 반쯤 둥글게 만든 홍예문(虹霓門) 좌우에 태극기와 십자가가 세워져있었다. 연등은 사월 초

파일에나 볼 수 있는 것인데 한겨울에 연등이라니! 문이 상하도록 사람들이 홍예문으로 모여들었다. 강 선비도 저들 틈에 끼어 얼결에 안으로 밀려들어갔다. 사람들의 온기로 인해 방안은 얼굴이 붉어질 정도로 후끈했다.

머리가 노랗고 기름한 남자 곁에 상투를 자른 청년이 나란히 함께 서서 노래를 부르고 있었다. 처음 들어보는 풍금소리는 천상에서 울려 퍼지는 소리처럼 은은하고 평안해서 정신이 아찔할 지경이었다.

"오늘은 우리를 죄에서 구원하려고 상제의 아들이 우리 인간에게 내려오신 날입니다. 하나님 아들의 생일입니다."

태극기를 꽂아놓고 고종황제와 나라를 위해 기도도 했다. 가만히 들어보니 기막히게 놀라운 소식이었다. 천상에서 우리 인간을 구원하기 위해 내려온 하나님의 아들 생신이라니!

"썩은 구습을 버리고 새 옷을 입으시오. 묘지를 잘 쓴다고 잘 사는 것이 아니요. 그건 인간이 만든 생각이오. 옛사람을 버리고 새사람을 입으시오. 하나님의 아들인 예수를 믿는다는 것은 죄의 옷을 벗고 새 옷을 입는 것이오. 묏자리나 보러 다니며, 먹을 것이 하늘에서 뚝 떨어지기를 바라는 나쁜 구습에 젖어 사는 사람이 바로 죄인이오. 의와 진리의 거룩함으로 지으심을 받은 새 옷을 입고 새사람이 되십시오."

가슴이 쿵쿵 뛰어서 강 선비는 숨을 쉴 수가 없었다. 석

달 전에 묏자리를 잡아준다고 남을 속인 걸 어떻게 알고 저러는지. 어쩔 수 없다. 이제 예수란 분을 믿고 새 옷을 입자. 서양 신이 이렇게 좋은 분인 걸 미처 몰랐구나. 강 선비는 머리를 주억거리면서 뺨 위로 후드득 흘러내리는 눈물을 주먹으로 닦았다.

여종을 양딸로 삼은 부자 과부

고희를 넘겨도 장수했다고 야단인데 강화읍의 과부 김씨는 여든 번째 생일을 맞았으니 참으로 오래 살았다. 첫날밤을 지내고 바로 죽은 남편의 명까지 덤으로 받은 모양이다. 팔십 평생 긴 세월 동안, 전염병이 돌아서 길거리에 시체가 즐비할 때도, 난리가 났을 때도 과부 김씨는 상처 하나 없이 지금까지 살아왔으니 하늘에서 내린 복을 듬뿍 받았다고 모두 칭송했다.

날이 갈수록 세월이 점점 더 험해지더니 동학란에 죄없는 천민들이 숱하게 죽었고 연이어 일어난 청일전쟁까지 겪은 터라 강화도의 민심은 뒤숭숭했다. 그 가운데를 비집고 들어온 살아있는 빛이 흑암 위에 앉아있는 강화 사람들 위에 눈부시게 비추더니 그 빛을 타고 새롭게 불어온 예수바람으로 인해 강화도는 날마다 들썩거렸다.

전도부인이 뿌리고 간 쪽복음을 암글에 까막눈인 과부 할머니는 한 자도 읽을 수가 없었으나 몸종 복섬은 줄줄 읽어 내려간다.

"너, 글씨를 어데서 배웠니?"

"이 쪽복음을 준 전도부인이 가르쳐주었어요."

"며칠을 배웠는데 그렇게도 잘 읽느냐?"

"마을 끝에 자리 잡은 석돌이네 집에 열흘이나 머물면서 마을 아낙들을 모아놓고 매일 두세 시간씩 가르쳤어요."

"그래서 새참을 먹고 내가 낮잠을 자는 사이에 그렇게 쥐방울처럼 도망갔었구나."

이따금 낮잠에서 깨어난 과부 할머니가 목이 말라서 숭늉을 달라고 부엌을 향해 목이 터지게 복섬을 불러도 대답이 없었던 이유를 이제야 알게 되었다.

자정이 넘도록 잠이 오질 않아 몸을 뒤척이든 과부 김씨가 복섬을 불렀다.

"춘향전도 좋고 심청전도 좋다. 언문으로 쓰인 책들이 사랑채 서가에 잔뜩 꽂혀있으니 가져다가 읽어다오. 도통 잠이 오질 않아서 그런다. 박씨부인전이나 흥부전도 있을 것이다."

"그것보다 제가 읽고 있는 쪽복음을 들어보세요. 목청을 높여 천천히 읽어드릴게요."

복섬은 들기름 종지에 잠긴 솜 심지를 바늘 끝으로 조

금 올려 불빛이 온 방을 환하게 비추도록 밝히고 목청을 가다듬었다. 그녀는 요한복음을 읽고 있었다. 예수님이 사마리아 여인과 대화를 나누는 장면이었다.

'내가 주는 물을 마시는 자는 영원히 목마르지 아니하리니, 내가 주는 물은 그 속에서 영생하도록 솟아나는 샘물이 되리라.'

여인의 남편이 다섯이나 되는 것을, 보지도 않고 척척 알아맞히는 예수님이란 인물에 김 과부는 점점 끌려 들어가서 강한 호감이 생겼다. 꿀단지에 빠져들 듯 처음 들어보는 기이한 이야기에 푹 안겨버렸다. 한글을 배워 여종 복섬이도 읽어내는 쪽복음을 읽어야겠다는 강한 열정을 누를 수가 없었다.

"복섬아! 너, 나에게 언문을 가르쳐줄 수 있겠니?"

"종년 주세에 제가 감히 어찌 마님에게 글을 가르칠 수 있겠습니까. 제게 한글을 가르쳐준 전도부인이 올가을에 다시 오신다니 그때 거기 가셔서 배우십시오."

"지체 높은 집안의 여인이 어찌 상것들 사이에 끼어 앉아 글을 배울 수 있겠니? 네가 날마다 조금씩 가르쳐다오."

"마님 연세를 생각해보세요. 팔순을 넘기셨는데 어떻게 글을 배우시겠다고 그러세요. 제가 매일 밤 한 시간씩 읽어드릴 테니 그냥 듣기만 하셔요."

그래도 한글을 배우고 싶다는 마음을 누를 수가 없었

다. 시집와서 아기를 단 한 번도 낳은 적도 없었고 시부모님도 남편을 따라 모두 일찍 돌아가셨기 때문에 물려받은 땅과 집을 지키면서 재산을 백배도 넘게 불려놨으나 그 재물이 다 무엇이란 말인가. 목구멍에서 냄새가 나도록 먹어도 남아도는 음식이 있지만 허망했다. 손가락에 홍보석, 녹보석, 금은보석으로 가락지를 만들어 끼어도 사는 재미가 없었다. 모든 것이 헛되고 헛되니 해 아래서 수고하는 모든 것이 기쁘지가 않았다. 재산을 모으기 위해 물레를 돌리고 머슴들에게 호령하면서 신새벽에 일어나 밤 늦게 잠을 잘 정도로 논밭을 둘러볼 적에는 느껴보지 못했던 서글픔이었다. 수레에 덧방나무를 댈 만큼 벼를 잔뜩 실어 나를 정도로 극성을 떨던 때는 조금도 감지하지 못했던 절대고독을 어떻게 해야 할지 난감했다. 곳간에 여투어둔 양식들이 조금도 위로가 되질 않았다.

마침내 어쩔 수 없이 복섬이가 마님의 선생이 되어서 머슴들이 잠든 한밤중에 쪽복음을 놓고 한글을 가르치기 시작했다.

"마님, 잘 들어보세요. 낫처럼 생긴 것이 ㄱ(기역) 자입니다. 낫을 거꾸로 놓으면 ㄴ(니은) 자가 됩니다. ㄱ에다 ㅏ를 붙이면 '가'가 되고 ㄴ에다 ㅏ를 붙이면 '나'가 됩니다."

과부 김씨는 복섬이가 가르쳐준 글씨를 아무리 외워도 자꾸만 잊어버렸다. 종년에게 지체 높은 마님이 배우면서 이럴 수는 없다고 생각한 할머니는 밤새도록 몸부림치면서 온 방을 헤맸다. 낮 모양의 기역 자를 방 한가운데에 커다랗게 그리고는 '기역!' 하면서 고함을 쳤다. 머리에 자극을 줘서 암기하기 위해서였다. 드디어 여섯 달 만에 더듬거리면서 과부 할머니는 쪽복음을 읽을 수 있었다. 이렇게 좋은 걸 모르고 죽었으면 어찌할 뻔했는가, 감탄이 절로 터져 나왔다.

요한복음을 다 읽고 난 뒤 과부 할머니는 복섬이를 따라 강화읍교회에 나가기 시작했다. 강단에서 흘러나오는 말씀을 들으니 눈으로 읽었던 것들이 전부 살아나서 이해가 빨랐다. 성경말씀은 참말로 꿀처럼 달았다.

늦은 어느 봄날, 등잔불 밑에서 마태복음을 읽고 있었는데 갑자기 천둥이 치듯 머리가 띵하더니 번쩍 번개가 눈앞을 스치면서 가슴을 치고 지나가는 말씀이 있었다. 마태복음 18장18절 말씀이었다.

'진실로 너희에게 이르노니 무엇이든지 너희가 땅에서 매면 하늘에서도 매일 것이요, 무엇이든지 땅에서 풀면 하늘에서도 풀리리라.'

그렇다면 여종 복섬이를 종으로 부리면서 데리고 있는 것은 땅에서 개처럼 매어놓고 있는 것이니 이런 큰 죄가 어디 있는가! 내가 죽어 하늘나라에 가서도 복섬이를 매어 놓고 있으면 벌을 받을 것이 분명했다. 마님은 옆에서 꾸벅꾸벅 졸고 있는 복섬이를 찬찬히 훑어보았다. 소털

색 치마에 하얀 저고리를 입은 복섬의 몸에 시척지근한 냄새가 물씬 고여 있고 피곤으로 부어터진 얼굴에 서러움이 덕지덕지 눌러 붙어있었다. 이 몰골은 그녀가 복섬을 개처럼 목을 매고 있기 때문이 아니겠는가.

다음날 과부 할머니는 성도들을 집안에 불러들여 큰 잔치를 배설했다. 보릿고개를 앞두고 헐떡이던 시기에 부자 할머니가 잔치를 한다니 전교인이 모여들었다. 동네 사람들이 전부 길어먹을 정도로 물이 풍부한 우물이 있는 마당은 가을에 타작도 하고 추석에는 동네 사람들이 모여 윷판을 벌이기도 하는 아주 넓은 장소였다. 둥근 멍석을 열 군데나 펴 놓았다. 이틀 전부터 전도 부치고 떡도 풍성하게 준비했다. 돼지도 잡아서 온 동네에 고기냄새와 전 부치는 냄새가 진동하자 교회에 다니지 않는 동네 사람들도 슬그머니 끼어 앉았다.

음식을 먹기 전 그들 앞에 머리가 백발인 과부 할머니가 손에 무엇인가 귀중한 것을 들고 사람들 앞에 섰다. 모두의 시선이 그리로 향했다. 그러자 과부 김씨는 아주 정중한 음성으로 또박또박 말했다.

"내 나이 팔순을 넘겼으니 내 정신이 가장 명징한 때에 여러분에게 할 말이 있어 이렇게 불렀소. 성경말씀에 보니 우리 상제 하나님은 이 땅에 사는 모든 사람들이 형제자매라고 했소. 우리를 창조하신 하나님 앞에서 모두가 동등하단 말입니다. 그런데 하나님을 믿는 내가 복섬이를 여종으로 데리고 있으니 이 죄가 참으로 큽니다. 복섬이를 몸종으로 데리고 있는 것은 땅에 맨 것이니 내가 어찌 하늘나라에 갈 수 있겠소. 노비문서를 이 자리에서 불태우니 여러분들이 증인이 되어주시오. 복섬이는 자유의 몸이오."

음식을 앞에 두고 먹을 것을 탐하며 침을 꼴깍거리던 사람들이 갑자기 숙연해졌다. 누군가가 손뼉을 치자 일제히 일어선 사람들이 마당과 동네가 떠나갈 지경으로 손뼉을 치면서 함성을 내질렀다. 감탄과 기쁨이 넘치는 소리가 밤하늘 깊숙이 파고들었다. 부자 과부 김씨는 손에 들고 있던 복섬이의 노비문서를 고기를 끓이고 있는 가마솥 아궁이에 쑤셔 넣어 태워버렸다.

"복섬아! 이제 넌 여종의 신분이 아니고 자유인이 되었다. 이 땅에서 풀어야 하늘에서도 풀릴 것이다."

복섬이 울부짖으면서 마님의 치맛자락에 매달렸다.

"마님 무슨 말씀을 그렇게 하십니까. 저는 마님을 떠날 수 없습니다. 이 목숨 다하도록 마님 곁에 있을 터이니 제발 절 이 집에서 나가라고 하시지만 말아주세요."

머리를 살래살래 흔들며 뒤로 물러서는 마님의 두 다리를 물에 빠진 사람이 검불을 휘어잡듯 거세게 잡고 통곡하는 복섬을 따라서 모인 사람들이 훌쩍거리기 시작했다.

"제발 저를 이 집에서 떠나라고 하지 말아주세요. 팔순을 넘긴 분이 식사는 어쩌려고 그러세요. 흑흑……. 전

마님을 떠나 갈 곳도 없습니다. 이 집에서 태어났으니 여기서 죽을 겁니다."

"네 마음은 고맙다. 그러나 너는 이제 내게 매인 종의 신분이 아니니 저 하늘을 향해 훨훨 날아가거라."

어쩔 수 없이 전도부인이 나섰다.

"로마서라고 하는 하나님의 말씀에는 이렇게 말하고 있습니다. 무릇 하나님의 영으로 인도함을 받은 사람들은 하나님의 자녀이니 다시는 무서워하는 종의 영을 받지 아니하였고 양자의 영을 받았다고 했습니다. 그러니까 우리가 모두 하나님의 양자요 양딸이 되어서 상제님을 하나님 아버지라고 부르고 있습니다. 그렇다면 복섬이가 할머니의 양딸이 되는 것이 어떻습니까?"

과부 김씨는 고개를 끄덕였다. 그 뜻이 너무 오묘해서 잘 이해가 가지 않았던 사람들의 얼굴에 서서히 웃음이 살아나기 시작했다.

"그럼 복섬이가 주인마님의 양딸이 되었단 말이오?"

옆집 아저씨가 큰 소리로 묻자 그렇다고 전도부인이 크게 머리를 주억거렸다. 그러자 함성이 온 마을에 퍼졌다.

"우와! 종의 신분이 변하여 주인의 딸이 된다니!"

그러자 나직하게 중얼거리는 소리가 들렸다.

"우리도 교회에 나가자. 종의 신분이 변하여 주인마님의 양딸이 되게 하는 하나님은 산신령보다 낫지 아니하냐."

예서제서 기쁨에 달떠서 수군거리는 소리와 맛있게 음
식 먹는 소리로 과부 할머니 댁 큰 마당은 천국잔치가 벌
어진 곳 같았다.

당나귀와 황소가 된 사람들

농사가 주업이지만 농한기가 되면 모자라는 양식을 보충할 요량으로 박 영감은 장사를 시작했다. 당나귀에 팥이나 수수를 양껏 싣고 서울로 가서 그걸 판돈으로 소금을 사다가 충청도 신대(新岱) 마을에 돌아와 두 배 이상을 남기고 팔면 이득이 짭짤했다.

서울 사람들은 삶은 팥이나 녹두를 으깨서 밤톨 크기의 소를 넣은 수수부꾸미를 무척 좋아한다. 이걸 노리고 수수와 팥을 당나귀에 잔뜩 싣고 설을 앞둔 한겨울에 서울과 고향을 오가는 재미를 박 영감은 흠뻑 즐기고 있었다. 그는 언제나 한강나루를 이용했다. 귀향길은 판교와 용인을 지나 죽산과 진천을 거쳐 청주로 들어와야 한다. 함박눈이 펑펑 쏟아지건만 용인에서부터 남정네들이 지게에 곡식을 지고 한두 사람씩 대열에 끼어들더니 나중에는 아기를 업고 걸리는 아낙들이 머리에 양식을 이고 저들 뒤를 줄이어 따랐다.

박 영감은 동행하고 있는 사촌동생 복식에게 물었다. 박 영감보다 열 살이 어린 복식은 대처로 살랑대고 돌아다닌 탓인지 아는 것이 많았다.

"저 사람들이 저렇게 곡식을 이고지고 어디로 가고 있는 것이냐?"

"아하! 저 사람들은 서양귀신을 섬기는 사람들이랍니다."

"그런데 왜 양식을 이고지고 가는 거냐?"

"서당에서처럼 한 곳에 모여 열흘씩 공부를 하는 동안 먹을 양식이 필요하니 그렇지요. 죽산에서 모이는 곳은 둠벙리교회라고 합디다."

"거기서 무얼 배워?"

"스님들이 불경 읽어주듯 그렇게 설법을 한다더군요."

죽산에 이르자 사람들의 숫자는 더 많아져서 박 영감과 복식은 그들 속에 섞여서 밀려가다시피 했다. 신작로가 좁은 탓도 있겠으나 그만큼 사람이 많다는 이야기다. 흰 광목에 붉은 색 열십자(十)를 써넣은 깃발이 우뚝 서서 바람에 나부끼는 것에 대한 호기심을 박 영감은 누를 수가 없었다.

추운 겨울날씨와는 다르게 둠벙리교회 안은 후끈했다. 여자랑 남자가 광목 휘장을 사이에 두고 나뉘어 앉아서 앞에 나온 한 사람이 성경을 줄줄 읽어주면 옳다고 머리를 주억거렸다. 가만히 들어보니 재미가 있어서 박 영감도 사경회에 깊이 빠져들었다.

그러다 말씀에 은혜를 받은 박 영감이 쪽복음을 얻어가지고 돌아와 자신의 집에서 이웃을 모아놓고 목청껏 춘향전을 읽듯 낭독했더니 매번 한 사람씩 숫자가 늘어났다. 일 년이 지나자 안방과 건넌방 그리고 마루에 사람들로 그득 찼다. 그러자 사촌동생 복식이 미호천 나루근처에 자리 잡은 주막을 빌려 집회를 열자고 했다. 그것도 좋다고 사람들이 모두 찬성하는 바람에 주모에게 말했더니 술손님이 적어서 고민했는데 사람들이 많이 모이는 것이라면 좋다고 손뼉을 쳤다.

하얀 광목에 붉은 십자가를 수놓은 깃발을 장대 끝에 높이 꽂아놓고 박 영감이 주막 뜰 한가운데 서서 쪽복음을 천천히 읽어주었다. 마음밭이 착한 충청도 사람들은 따로 설명을 해주지 않아도 그 내용에 빠져들어 머리를 연신 끄덕였다. 주모도 모인 사람 모두가 술손님으로 보이는지 좋아서 입이 쭉 찢어졌다.

사람들이 점점 많이 모여들자 박 영감 혼자 힘으로는 감당하기 어려웠다. 궁여지책으로 쪽복음을 팔러 다니는 권서인에게 한 달에 한두 번이라도 좋으니 와달라고 청했다. 충청도 지역을 담당한 권서가 주막교회에 오더니 주모에게 다정하게 인사를 했다.

"장소를 빌려주셔서 감사합니다. 우리 예수를 믿는 사람은 술을 먹으면 집안이 망하고 몸도 망해서 지옥에 가니 술장사를 고만 두시지요. 그래야 상제님이 계신 하늘에 갈 수 있습니다."

"술을 팔지 않으면 우리 식구는 모두 굶어 죽습니다."

"그럼 우리는 여기 모여 예배를 드릴 수 없습니다."

그러자 화가 치민 주모가 싸리비를 휘둘러 모여 앉은 무리를 때려서 쫓아버렸다. 박 영감네 집으로 다시 돌아온 사람들은 어쩔 수 없이 예배당을 짓자는 결론에 이르렀다. 입에 풀칠하기도 힘든 판에 백 명이 넘는 사람들이 들어갈 예배당을 짓는 일은 불가능했다.

하지만 박 영감은 포기하지 않고 앞장서서 외쳤다.

"높으신 상제님께 우리들이 가진 것 중에서 가장 좋은 것을 바쳐야 합니다. 돈이 없으면 몸과 시간을 드려도 좋습니다. 뒷산에 가서 돌이나 흙을 져오든지 기둥과 서까래가 될 나무를 해와도 됩니다. 우리 모두 힘을 합쳐 하나님의 집을 지읍시다."

복식이 백 평이 넘는 채마밭을 내놓아서 땅 문제는 해결되었다. 그 밤에 박 영감은 아내를 다정하게 불러 앉히고 의논을 했다. 박 영감이 사람들 앞에 서서 일할 때 하나님은 이미 그분의 뜻을 전했던 것이다.

"여보! 우리가 가진 것 중에서 제일 귀한 것이 무엇이오?"

"그야 외양간에 묶여있는 당나귀지요. 당신이 그놈을 데리고 한양에 오가며 장사를 해서 우리 식구가 먹고 살잖아요."

"그럼 우리 그 당나귀를 상제님께 바칩시다."

순간 박 영감의 아내는 숨이 막혀 얼굴이 파리해졌다. 두 사람은 각각 등을 맞대고 누어 그 밤을 지새웠다. 다음 날은 주일이었다. 복식이가 헌금한 채마밭에 멍석 서너 장을 깔아놓고 예배를 드릴 참이었다. 박 영감이 싸리문을 나서면서 당나귀가 잘 있나 외양간을 기웃거렸다. 그런데 이럴 수가! 당나귀의 목에 토끼풀꽃으로 엮은 화환이 걸려있었다.

"새벽이슬을 맞으면서 토끼풀꽃을 따서 예쁘게 꾸몄어요. 우리 상제님께 바치는데 곱게 치장을 해야지요."

"여보! 고마워. 정말 고마워!"

박 여감이 당나귀를 건축헌금으로 드리자 무리들이 술렁거렸다. 예서제서 훌쩍이기도 하고 놀래서 눈이 동그래진 사람들, 입을 떡 벌리는 사람도 있었다. 그러자 이 마을에서 가장 큰 농사를 짓는 김 영감이 벌떡 일어서더니 앞으로 뚜버뚜벅 걸어 나갔다. 모든 사람들의 눈이 일제히 김 영감에게 꽂혔다. 그는 허연 턱수염을 왼손으로 쓰다듬어 내리면서 아들을 불렀다.

"어이! 아범아. 우리가 가진 것 중에 제일 귀한 것이 삼년 된 황소다. 우리는 그놈을 상제님께 바치자."

순간 모여 앉은 사람들이 숨을 죽였다. 황소를 내놓으면 어떻게 농사를 짓겠단 말인가. 이른 봄에 굳어진 논과 밭을 갈아엎자면 황소 없이 불가능했다. 이를 어쩌나 하고 모두 귀만 곤두세우고 눈치를 봤다. 이 거북살스러운 분위기를 깨고 김 영감의 아들이 일어섰다.

"아버님 뜻대로 하세요. 상제님은 우리가 가진 것 중에 제일 값이 나가고 가장 귀한 것을 드리면 기뻐하신다고 하셨잖아요. 그분을 즐겁게 해드려야죠."

순수하고 온전한 그들의 믿음에 감동되어 누가 시작했는지 손뼉을 치자 점점 박수소리가 거세지기 시작했다. 싸리 울타리에 혹은 울안 감나무 뒤에 몸을 숨기고 모인 사람들의 거동을 지켜보던 아낙들도 얼굴을 삐죽 밖으로 내밀고 함박웃음을 흘렸다.

들판의 곡식을 다 추수한 뒤, 모두의 손이 농사일을 쉬는 겨울 초입에 예배당을 짓는 일을 시작했다. 꼭 넉 달 만에 마무리 단계에 이르렀다. 꼬마들까지 고사리 손을 놀리지 않고 작은 돌을 냇가에서 주워 날랐고 점심에는 각 집에서 추렴한 김치랑 묻어둔 배추꼬리나 감자를 삶아서 주린 배를 채웠다.

예배당이 번듯하게 몸채(여러 채로 된 살림집에서 주장이 되는 채)를 드러내자 애를 쓴 모두가 기뻐서 어깨춤을 추었다. 농사일이 바빠지기 전에 서울에서 선교사님을 모셔다가 사경회를 열흘간 연 뒤에 세례를 받자고 했다. 그날을 위해 새로 지어진 교회 입구에 태극기를 장대 끝에 묶어 높이 세웠다. 다른 한쪽에는 흰 광목에 붉은 십자가를 그린 깃발을 같은 높이로 매달았다. 아직도 쌀쌀한 봄바람을 타고 태극기와 십자가 깃발이 아지랑이가 아른대는 희뿌연 하늘을 이고 살랑살랑 나부꼈다. 그 광경이 마을사람들의 마음을 더욱 설레게 했다.

사경회에 맞춰 서울 갔던 박 영감이 서둘러 마을로 들어서고 있었다. 당나귀 대신 지게에 소금을 지고 오는 노인의 등이 눈에 띄게 휘었다. 하지만 그의 전신에는 기쁨이 넘쳤고 봄 햇살 아래서 구릿빛 얼굴이 곱게 번들거렸다.

멀리서 '이랴 이랴 쩌쩌……' 하는 소리가 봄바람을 타고 마을로 파고들었다. 소리 나는 쪽을 향해 박 노인이 머리를 돌리고 잠시 멈춰서더니 '허허허……' 웃음을 터뜨렸다.

사경회를 인도하기 위해 금강으로 흘러들어가는 무심천과 미호천이 만나는 기름진 땅에 자리 잡은 마을로 발걸음을 재촉하던 선교사도 가파른 산자락에서 '이랴 이랴 쩌쩌……' 밭을 갈고 있는 노인과 청년 앞에 발걸음을 멈췄다. 젊은 남자의 목에 멍에가 매였고 노인이 멍에의 양끝 턱진 곳에 매인 봇줄을 잡아당기면서 '이랴 이랴 쩌쩌……'를 외치고 있지 아니한가. 청년이 안간힘을 쓰면서 전신을 앞으로 힘차게 내뻗으며 쟁기를 끌자 기름진 흙이 이랑을 만들었다. 청년의 등과 팔뚝에선 안쓰러울 정도로 굵은 땀이 철철 흘러내렸다. 선교사는 청년을 황소처럼 부리는 노인을 향해 망연자실하여 입을 딱 벌리더니 소리쳤다.

"여보시오. 사람을 황소로 착각하시오?"

그러자 노인은 선교사를 흘끔 보더니 헤벌쭉 웃었다.

"황소보다 훨씬 좋습니다. 주둥이에 부리망을 씌우지 않아도 되니까요."

그 내막을 소상히 알고 있는 권서인이 선교사 옆에서 배를 잡고 깔깔대는 웃음소리가 이제 막 꽃망울을 터뜨린 진달래로 물든 연분홍 산자락을 잡아 흔들었다.

회개의 바람

1,500명이 넘는 사람들로 물결치는 평양 장대현교회는 혹한에도 불구하고 뜨거운 열기로 후끈했다. 낮에 하는 성경공부에 너무 많이 밀려드는 사람들로 인해 평양시내 교우들은 오히려 참석을 금했다. 성전 안은 지방에서 올라온 사람들에게 자리를 양보해야 할 정도로 사람들로 붐볐다.

아픈 사람들이 벌떡 일어서는 눈에 보이는 기적은 없었지만, 말씀을 깊이 연구하고 그 말씀을 붙들고 기도에 힘쓰는 사경회(1월 2일~15일)에서 회개의 물결이 술렁거렸다.

때는 1907년 1월 14일 월요일. 이전에는 도둑질하거나 사람을 죽이는 것만 죄라고 알고 있었는데, 하디 선교사가 회개한 내용이 성도들의 마음을 움직이기 시작했다.

조선 사람들 앞에서 울어가면서 그가 통회 자복한 내용은, 송진이 많이 엉킨 불쏘시개 관솔에 불을 댕기는 것 같았다.

"나와 인종이 다르다고 여러분을 무의식적으로 깔아뭉개고 내심 나는 높은 자리에 있다는 편견을 가지고 있었습니다. 제가 캐나다의 명문인 토론토 의과대학을 나온 의사라는 자만심에 사로잡혀 백인 우월주의와 학력 우월주의에 빠져있었던 것을 여러분 앞이 회개합니다. 모든 인간은 하나님 앞에 평등하게 창조되었다고 설교하면서 그렇게 생각하다니! 여러분, 제가 잘못했습니다."

회개가 무엇인지 몰라서 밍밍했던 사람들이 '아하! 이런 것이 회개구나' 하는 깊은 깨달음에 사로잡히면서 성전 안이 술렁이기 시작했다.

바로 그날 길선주 장로의 회개가 저들을 또 강타했다.

"저는 여러분들 앞에 설 수 없는 죄인 중의 괴수입니다."

그의 이 첫마디에 교회 안에 가득 모인 사람들의 눈이 일제히 그에게 쏠렸다. 능력의 장로님이 이 무슨 소리를 하고 있는가. 침을 꼴깍 삼키는 소리가 들릴 정도로 좌중은 조용했다.

"제 사랑하는 친구가 1년 전 임종하면서 전 재산을 저에게 맡겼습니다. 자기 아내가 세상물정을 모르니 대신 저에게 그의 재산관리와 처리를 부탁했던 것입니다."

길선주 장로는 이에 이르러 말을 잇지 못하고 울먹이기

시작했다. 뺨 위로 주르륵 흘러내리는 닭똥만큼 굵은 눈물이 불빛에 완연히 드러났다. '그다음 말이 무엇일까' 하여 모두의 눈이 그의 입을 주시했다.

"저는 아간과 같은 자입니다. 하나님은 저 때문에 여러분들에게 축복을 주실 수가 없었습니다. 아간처럼 저는 친구가 맡긴 재산의 일부를 꿀꺽했습니다. 내일 아침에 그 돈을 전부 친구의 아내에게 돌려주겠습니다. 하나님과 여러분 앞에 용서를 빕니다. 엉엉엉……."

길선주 장로의 통곡이 나라의 국권을 앗아간 을사조약으로 인해 마음이 상해있던 사람들의 마음을 건드렸다. 우리가 믿을 수 있는 것은 중국도 일본도 미국도 아니라는 의식이 싹트면서, 이제 우리가 의지할 분은 오직 하나님밖에 없다는 마음이 들기 시작했다. 그들의 의지할 곳 없는 상한 심령이 하나님을 향해 활짝 열렸다. 길선주 장로의 회개가 기름에 불을 댕겼다. 막판에는 뇌관이 터지면서 기도 소리가 하늘 보좌를 향해 포효했다.

하늘로부터 강한 바람이 불어오듯이 저항할 수 없는 무엇이 모두의 마음을 뜨겁게 해서 저들은 무르익은 벼들이 폭풍에 쓰러지듯 모두 우우 마룻바닥에 나동그라졌다.

강력한 성령의 바람이 교회뿐만 아니라 밖에서도 불어와서 평양시내는 통곡의 바다가 된 듯 울음소리로 출렁거렸고 도시 전체에 신비한 기운이 감돌았다. 참으로 기이한 일은 이런 회개의 소리는 화음이 되고 질서가 있어서 조금도 혼잡하지가 않았다는 점이다.

어둑해진 시간에 추위를 이기지 못한 걸인 한 사람이 남의 집 굴뚝에 의지하여 잠을 자려고 웅크리고 있었다. 막 압록강을 넘어온 남자였다. 그런데 이상한 빛이 그의 전신을 감싸는 듯했다. 그 기운에 사로잡혀 그가 천천히 그 빛을 따라 들어간 곳이 장대현교회였다. 저들의 통곡에 그간 가슴 가득 쌓였던 통곡이 봇물처럼 청년의 입 밖으로 터져 나왔다. 20대 후반의 그 거지청년은 통곡하면서 몸부림치다가 강단으로 뛰어 올라가더니 고함을 쳤다.

"저는 살인자입니다. 10년 전에 사람을 죽이고 압록강을 건너 중국으로 도망쳤던 사람입니다."

강단에 뛰어 올라간 살인자로 인해 강풍에 쓰러졌던 벼들이 일제히 몸을 일으켰다.

"저는 김찬성이란 사람으로 평양의 한 귀퉁이 태평동에 살았습니다. 저의 아버님은 아직도 거기 살아계십니다. 흑흑……."

처음에 사람들은 그가 살인자라고 하는 말을 듣고, 일경을 죽이고 만주지역으로 망명한 독립운동가쯤으로 알고 크게 술렁거리지 않았다. 단지 이 자리에 변장을 하고 들어와 있는 순경에게 잡히면 어쩌나 하는 심정으로 마음을 졸였다.

"저는 아내와 다투다가 분을 이기지 못하고 10년 전에 아내를 때려죽이고 도망쳤습니다. 급한 성격, 고약한 성품 탓에 사랑스럽고 착한 아내를 죽인 범죄자입니다. 아무 죄도 없는 아내를 죽인 죄로 10년 동안 너무 고통스러워, 숨을 쉬고 있지만 살아있는 것이 아니고 지옥에 가 있는 생활을 했습니다. 이제 자복하니 저를 용서해주시고 평안을 주십시오. 하나님의 자녀가 되기를 원합니다. 전 이제 자수하러 갈 작정입니다."

아내를 죽인 범인을 앞에 놓고 입을 딱 벌린 군중들 틈에 끼어 앉았던 한 여인의 울부짖음이 귀청을 찢을 정도로 성전 안을 잡아 흔들었다.

"여보! 나 살아있어요. 죽지 않았다고요. 여보!"

사람들 틈에 하얀 수건을 쓰고 흰 치마, 저고리를 입은 아낙이 김찬성을 향해 결사적으로 손을 내뻗었다. 강단 위에 서 있는 남편을 지금 잡지 못하면 그녀 앞에서 안개처럼 사라질 것 같아 몸을 앞으로 나가려고 내밀었으나 비좁은 탓에 손만 허공을 향해 허우적거렸다.

울어대던 거지청년은 우뚝 멈춰 서서 울부짖는 여자를 노려보았다. 아아! 한 송이의 꽃이 김찬성을 향해 움직이고 있잖은가. 그 모습은 첫날밤 황촉불 아래 족두리를 쓰고 활옷을 입은 모습 그대로였다. 흐릿한 불빛에서 본 아내는 한 송이의 활짝 핀 꽃이었다. 바로 그 꽃이 김찬성을 향해 다가오고 있었다. 이건 현실이 아니었다. 분명 환시였다.

"아악! 여보! 당신이 지금 극락에서 나를 보고 있는 것이지요. 여보, 잘못했소. 용서해줘요."

감찬성은 강단에 멍청히 서서 두 눈을 손으로 비벼가면서, 아직도 허우적거리면서 그를 향해 손을 내밀고 울어대는 여인이 있는 쪽을 흘끔거리며 둘레둘레 이리저리 눈을 굴렸다. 아무리 봐도 앞에서 알찐거리는 것은 사람이 아니었고 꽃 한 송이가 그를 향해 움직이고 있었기 때문이다.

정신을 못 차린 거지청년이 어리뜩하게 서 있는 사이 사건의 흐름을 알아챈 사람들이 환호하며 박수를 치는 소리가 천장이 날아갈 듯한 우렛소리로 변했다.

드디어 부부는 서양 사람들처럼 포옹했다. 사람들 앞에서 감히 여자와 남자가 껴안은 것이다. 여자는 남편에게 사랑 표현도 치맛자락을 입에 물고 입만 벙긋하던 시절이었는데, 천여 명이 모인 자리에서 서로 부둥켜안았으니 그 감격이 얼마나 컸으면 그랬을까.

그제야 거지청년은 껴안은 꽃을 찬찬히 살펴보았다. 남편이 죽은 줄 알고 흰옷을 입고 흰 수건을 쓰고 과부의 몸으로 시부모님을 모시고 살았던 천화라는 이름을 가진 아내는 남편의 몸을 놓지 않고 꽉 움켜잡았다. 마치 손을 떼기라도 하면 남편이 바람처럼 이슬처럼 사라질 것이 두려운 눈치였다.

아들이 살아있다는 소식이 태평동에 살고 있는 김찬성

의 아버지에게 전해졌다. 10년간 소식 없는 아들이 죽은 것으로 알고 지냈던 터라 믿지를 못하고 허둥댔다. 그간 그는 아들의 죽음을 놓고 너무 마음을 끓여 눈이 보이질 않아 바깥출입을 못하고 있었다. 길고 긴 고통 끝에 기쁜 소식을 가져온 사람들 손에 이끌려온 아버지는 성전 안에 발을 들여놓는 순간 버럭 소릴 질렀다.

"너 찬성이, 내 아들 맞느냐?"

"네! 아버님, 저 살아 돌아왔습니다. 새 사람이 되어 돌아왔습니다. 저는 감옥에 갈 각오로 고백을 했는데, 엉엉……."

"가자! 집으로 가자. 너를 찾아준 것이 이 교회의 주인인 하나님이라고 날 데리러 온 사람이 그러더라. 나도 너를 따라 이 교회에 나오겠다. 네가 사라진 뒤에 며느리 혼자 교회에 몰래 다녀서 내 근심이 되었는데 며늘아기의 정성이 너를 이리로 살아 돌아오게 하였구나."

세 사람은 서로 얼싸 안고 떨어질 줄을 몰랐다.

거지청년이 내려온 강단에 이번에는 동경제대를 다닌다는 학생이 뛰어올라갔다. 그는 흐느끼면서 청중을 향해 외쳤다.

"저란 놈은 부모님이 정해준 아내를 두고 동경에 유학 가서 자유연애를 한 놈입니다. 그것도 일본 여자하고 놀아났습니다. 회개합니다. 이제 아내에게 돌아가서 새 삶을 살겠습니다. 하나님을 모시고 아내와 함께 잘 살겠습니다."

지성인이요, 부잣집 아들인 청년의 회개는 그 당시 첩을 얻는 일을 양심의 가책 없이 능력 있는 남자로 좋게 보던 풍조를 강타했다. 회개의 역사가 거기 앉아있는 사람들의 심장 속으로 또다시 휘몰아쳐서 저들은 대풍에 쓰러지는 벼이삭처럼 우르르 마룻바닥에 머리를 박았다.

자정이 지나도록 사람들이 흩어지지 않고 가슴을 치면서 회개하는 바람에 성전의 지붕이 날아갈 것처럼 출렁이는 듯했다. 강단에서는 연이어 선교사님과 장로님이 어서들 귀가하라고 목청을 높여 큰 소리로 권했으니 아무도 그 말을 듣는 사람은 없었다.

끊임없이 강단으로 남녀를 막론하고 뛰어 올라와 그간 지은 죄를 통회자복하고 그럴 적마다 더 크게 출렁이는 물결로 인해 성전 안은 뜨거운 불가마 속이었다.

"저는 3년 전에 이웃집의 씨암탉을 몰래 잡아다 먹었습니다. 이제 돌아가서 세 배로 갚겠습니다."

"저는 바람피우는 남편이 미워서 죽으라고 저주한 여자입니다. 이제부터는 남편과 잘 살아갈 궁리를 해보겠습니다."

"저는 시어머니를 미워해서 날마다 속으로 살인을 하는 죄를 지었습니다. 오늘부터는 시어머니를 사랑하겠습니다."

가슴 속에 아무도 모르게 꽁꽁 깊숙이 묻어두었던 자잘

한 죄들까지 모두 토해내는 소리로 성전 안은 거대한 파
도가 밀려오듯 출렁거렸고 회오리바람처럼 강한 성령의
바람이 저들을 사로잡아 감싸 안았다. 놀라운 일은 이 바
람은 여기서만 끝난 것이 아니라 한반도 전체로 퍼지기
시작했다. 더 놀라운 일은 성령의 역사를 일생 체험해보
지 못했던 선교사들까지 이 회개의 바람 속에서 뒹굴면서
울었다는 사실이다.

용천배기를 끌어안은 사람

　뒷골목 주먹세계에서 명성을 날리고 있는 최영종*은 최 망치라는 별명이 붙을 정도로 사람들이 피하는 뒷골목 깡 패다. 그런 그가 나쁜 짓에도 신물이 난 어느 날, 친구와 함께 양림동 언덕으로 향했다. 해질녘 부슬부슬 내리는 비에 속옷까지 젖는다고 겨드랑이까지 축축해서 으스스 했다.

　양림동 애장터는 이렇게 비가 내리는 으스름녘엔 파란 불빛이 이 골짝 저 골짝으로 훌쩍훌쩍 날아다녀, 담이 센 장정들도 이런 때는 도깨비에게 홀린다고 가기를 꺼리는 곳이다. 돌무덤 산비탈 구렁텅이에 버려진 아기의 혼들이 이생에서의 짧은 삶이 억울해서 가랑비가 내리는 저녁이 면 도깨비불이 되어 원통함을 나타낸다고 전해지고 있다. 더군다나 이곳에 갈 데 없는 눈썹 빠진 문둥이(한센병 환자)들이 피눈물을 뿌리면서 통곡하는 바람에 모두가 가기를 꺼리는 곳이다.

그런 지경인 이 산비탈에 눈이 파랗고 머리가 노란 선교사가 집을 짓고 살기 시작했다.

아무리 생각해도 최영종은 이해할 수 없었다. 아기의 죽은 혼이 애통해서 밤마다 통곡하는 곳이요, 용천배기(전라도와 충청도에서 문둥이를 이르는 방언)들이 툭툭 떨어져 나가는 손가락을 돌무덤에 파묻으면서 애간장이 녹아내리는 통곡을 하는 곳에 집을 짓다니! 도대체 어떤 사람들이기에 이런 이상한 짓을 하는지 보고 오자 하는 오기에 해거름이 내리는 저녁을 이용해서 뒷골목 깡패는 양림동으로 향했다. 하지만 매일 한밤중이나 저녁에 슬그머니 다가가서 애장터 선교사 집을 기웃거리다가 오는 것이 고작이었다. 그런데 이상하게도 다녀올 적마다 마음이 끌리고 호기심이 차츰 존경심으로 변했다.

1909년 봄, 전라도 광주 선교의 개척자 오웬** 선교사가 폐렴에 걸려 사경을 헤매고 있었다. 목포에 있는 의료선교사 포사이드(W. H. Forsythe)***를 불러오는 일이 급선무였다. 연락을 받은 포사이드 선교사는 배를 타고 영산강을 거슬러 나주 영산포에 내렸다. 선교사의 부탁으로 영산포에 마중나간 최영종은 포사이드를 말에 태우고 광주로 향했다. 최영종이 말고삐를 잡고 선교사는 말을 타고서 둘이는 다급하게, 사경을 헤매고 있는 환자의 처소로 향했다. 한시가 급했다. 오웬 선교사의 목숨이 경각에 달렸으므로 조금도 지체할 수가 없었다.

말보다 더 빠르게 앞장서서 뛰어가는 최영종을 포사이드 선교사가 다급하게 불러 세웠다. 의아한 눈으로 그를 올려다보니 말에서 훌쩍 내리는 것이 아닌가. 말에서 내린 선교사는 머리를 산발하고 얼굴이 일그러진 용천배기에게 달려가고 있었다. 흰 광목치마가 피고름으로 엉겨 붙어서 똥칠을 한 듯 고약한 냄새까지 풍기는 여자를 포사이드 선교사가 번쩍 들어 안아다 말에 태웠다. 세상에 이럴 수가! 최영종은 뒷걸음질 했다. 문둥이 곁에만 가도 병균이 옮아 붙는다고 모두 도망치는 세상에 어떻게 말고삐를 잡을 수 있겠는가. 멀찍이 뒤로 물러서서 눈망울을 끔벅거리면서 겁에 질려있는 최영종을 포사이드가 흘끔 흘겨보았다. 어쩔 수 없이 선교사 스스로 고삐를 잡았고 최영종은 멀찌감치 뒤를 따라갈 수밖에 없었다.

광주까지 오는 내내 입을 꾹 다물고 선교사의 뒤를 따르는 최영종의 마음은 착잡했다. 자신은 광주의 뒷골목에서 이름을 날리는 주먹왕이지만 감히 문둥이를 껴안을 용기는 없었다. 용천배기는 사람들이 제일 두려워하는 존재였다. 뱀보다 더 징그럽게 여겨서 가까이만 와도 침을 뱉거나 모래를 뿌린다. 심지어 돌을 던져서 몰아내기도 하고 미친개를 대하듯 도망치기도 한다. 굶주린 용천배기들이 이따금 배가 고파 마을에 내려와서 대문에 고름 투성이 몸을 비벼대면서 구걸을 했다. 징그러운 사람을 어서 몰아내기 위해 신발을 거꾸로 신고라도 뛰어나와, 원하는 걸 몽땅 줘서 쫓아버리는 것이 일반적인 상식이었다.

포사이드 의료선교사가 광주에 도착하니 오웬 선교사는 고열에 시달리다가 이미 숨을 거둔 뒤였다. 이런 판에, 말에 태우고 온 문둥이를 보물 다루듯이 보듬어 안고 선교부가 운영하는 병원으로 들어갔으니! 포사이드 선교사의 이런 모습은 최영종에게 이해할 수 없는 커다란 충격으로 다가왔다. 저 사람이 도대체 무슨 짓을 하는 것일까? 아무리 봐도 제 정신이 아닌 것 같았다. 선교병원이 발칵 뒤집혔다.

"어쩌자고 문둥이를 이리 데리고 오는 거여."

"어서 짐을 싸가지고 도망가자고. 여기 있다가는 모두가 문둥이가 될 거야."

"우린 용천배기하고 함께 지낼 수 없어. 차라리 집으로 돌아가서 죽는 게 낫지. 문둥이가 되는 날엔 가문이 망해."

입원환자들이 들고 일어나 웅성거리면서 항의하는 바람에 포사이드 선교사는 여자를 안고 이리저리 밀려다녔다. 사랑하는 자식을 가슴에 안은 듯 격렬한 항의에 맞서서 여자의 눈을 가리고 보물처럼 껴안았다. 마침내 포사이드는 여자를 안은 채 밖으로 쫓겨났다.

이 모두를 최영종은 지켜보았다. 도망갈 수도 있었는데 그 여자를 안고 밖으로 밀려 나가는 포사이드 선교사의 뒤를 그는 지남철에 끌리듯 따라붙었다. 선교병원에서 쫓겨난 포사이드 선교사는 여전히 여자를 가슴에 껴안은 채 아무도 쓰지 않는 버려진 가마굴로 향했다. 얼마 전까지 기와를 구워내던 기와터였다. 그리로 향하는 동안 줄지어 뒤를 따르는 군중들이 돌을 던지거나 모래를 뿌렸다. 날아오는 돌과 모래를 포사이드 선교사는 등과 팔로 더러는 손으로 막아가면서 안고 있는 여자를 보듬어 보호했다. 그때 하필이면 아기 주먹만큼 큰 돌이 여자의 지팡이를 든 손에 명중했다. 지팡이가 땅바닥에 떨어졌다. 죽은 듯이 얼굴을 선교사의 가슴에 묻고 있던 여자는 지팡이를 찾아 몸을 비틀었다. 입에서 신음소리가 터져 나왔다.

"지팡이가 없으면 전 걷지를 못해요. 제 지팡이를, 제발 제 지팡이를……."

포사이드 선교사는 우뚝 멈춰 섰다. 주위를 둘러보다가 최영종과 눈이 마주쳤다.

"이봐요, 최 군. 저 지팡이를 집어줘요."

최영종은 머리를 살래살래 흔들면서 뒷걸음질했다.

"지팡이를 잡아도 괜찮아요. 어서 집어줘요."

그래도 그는 머리를 흔들면서 뒤로 물러섰다.

"한센병은 혈관의 피가 섞이기 전에는 안 걸리는 병입니다. 제발, 이 여자의 소원을 들어줘요. 어서 지팡이를 여자의 손에 쥐어주구려."

그래도 최영종은 도리질을 하면서 뒤로 물러섰다. 겁에 질린 눈으로 두 사람을 응시하면서 여차하면 뒤돌아서서 도망칠 태세였다. 돌과 모래가 비 오듯 여자를 안고 있는 포사이드 선교사에게 쏟아졌다. 아무도 도와줄 사람이 없자 선교사는 여자를 땅 위에 내려놓고 지팡이를 손수 집어 여자의 손에 쥐어주었다. 그 찰라 날아온 돌멩이가 포사이드의 이마에 적중해서 눈두덩과 뺨 위로 붉은 피가 줄줄 흘러내렸다. 그걸 보면서도 기세가 등등했던 뒷골목의 깡패인 최영종은 머리를 흔들면서 뒷걸음질을 쳤다. 포사이드 선교사는 힘이 소진하였지만 끝까지 포기하지 않고 끙끙거리면서 여자를 껴안고 가마굴로 들어갔다.

집으로 돌아오는 내내 최영종은 고민하기 시작했다.

'눈이 파랗고 머리가 노란 사람이 저주받은 몹쓸 병에 걸린 용천배기를 껴안고 보호하는데 어째서 나는 그럴 수 없는 것일까. 피 한 방울 섞이지 아니한 외국 사람이 우리나라 사람을 이렇게 사랑하는데 왜 나는 무서워서 도망칠 수밖에 없는 것일까. 어떻게 선교사는 문둥이를 자식처럼 안고 갈 수 있는 것일까? 나는 왜 그렇게 할 수 없는 것일까. 지팡이를 집어주면 될 걸, 왜 피했단 말인가. 도대체 그 사람과 나는 무엇이 다르단 말인가.'

슬그머니 부끄러움이 가슴 끝에서 피어올랐다. 가슴이 싸하도록 아프기 시작했다. 밤새 잠을 이룰 수가 없었다.

자신은 광주에서 이름난 뒷골목 깡패다. 사람들이 최망치라고 부르면서 싫어하는 나쁜 사람이다. 그런 그의 눈에 선교사가 용천배기를 안고 있는 모습이 한 폭의 성화로 다가왔다. 쏟아지는 돌 세례를 받으면서 용천배기의 지팡이를 집어주는 그는 사람이 아닌 성자의 모습이었다.

지팡이가 그의 눈앞에서 알찐거려서 도저히 잠을 이룰 수가 없었다. 피고름으로 얼룩진 지팡이가 징그러운 뱀이 되었다가 빛을 발하는 거룩한 막대기로 변해서 앞길을 인도하는 성자로 둔갑하기도 했다. 순간 섬광처럼 번쩍 스치는 생각으로 벌떡 일어나 앉았다. 어둠이 걷히고 동쪽 하늘이 연한 감빛으로 물들어 있는 첫새벽이었다.

'맞다. 그건 믿음의 차이다. 그는 예수를 믿는다. 나는 무엇을 믿나? 부처님? 내 주먹?……'

벌떡 일어난 최영종은 새벽길을 발끝으로 더듬거리면서 여자 용천배기가 있는 가마굴로 향했다. 전신에서 기쁨과 힘이 넘쳐흘렀다. 아침이슬이 그의 발등과 바짓가랑이를 흠뻑 적셨다. 조촘조촘 가마굴 쪽으로 다가간 최영종은 어둑새벽의 엷은 빛이 희끄무레하게 사방을 비춰주는 가마굴 앞에 섰다. 잠시 망설이다가 입구를 가리고 있는 가마니를 들추고 더듬더듬 안으로 들어갔다. 포사이드 선교사는 밤새워 그녀를 간호했는지 지친 얼굴로 들어서는 최영종을 맞았다.

"아무래도 밤을 넘길 것 같지가 않아 옆을 지키고 있는 참이었소. 가엾게도 지금 막 마지막 숨을 내쉬었다오."

포사이드는 굵은 눈물을 용천배기의 얼굴에 뚝뚝 떨구면서 고름과 피로 덕지덕지 말라붙은 여자의 더러운 손을 꼭 잡아주었다. 최영종도 슬그머니 다가가서 죽은 여자 옆에 꿇어앉아 포사이드 선교사처럼 용천배기의 손을 잡았다. 난생 처음 만져보는 문둥이의 손에는 아직도 온기가 남아있었다. 이런 최영종을 포사이드 선교사는 온화하게 웃으면서 그윽한 눈으로 바라보았다. 속에서부터 끓어오르는 흐느낌이 전신을 감싸면서 최영종은 여자의 배 위에 머리를 박고 엎드렸다.

— 최영종은 광주 선교의 아버지인 오방 최흥종 목사의 아명이다. 그는 훗날 한센병 환자의 아버지가 되었다.

*최영종: 목사, 사회사업가, 1909년 광주 제중병원에 근무하면서 포사이드 선교사를 도와 한센병 환자의 치료에 헌신하였으며, 독립운동으로 3년간 옥고를 치름. 1956년 나주 호혜원, 1958년 무등산 송등원을 세움.

**오웬(C.C.Owen): 1897년 목포에 의료선교사로 부임, 순천 선교의 개척자.

***포사이드(W.H.Forsythe): 1904년 9월 입국, 전주예수병원 2대 원장 역임.

삼신할머니와 씨름하다

전라도 지리산 자락에 자리 잡은 햇볕 잘 드는 마을의
김씨 문중 20대 손은, 대대로 방앗간을 운영하여 풍요하
게 잘 살고 있었다. 흠이 있다면 5대 독자 집안으로 자손
이 귀하다는 점이다. 꽃샘추위가 한참인 삼월 삼짇날, 다
섯 번째로 태어난 아기마저 곧 죽을 것처럼 숨을 몰아쉬
었다. 줄줄이 사탕으로 아들을 다섯이나 낳았으나 제일
오래 산 아기가 돌을 넘기고 죽었고 모두 백일 전에 숨을
놓으니 이 집안 어른들은 아기를 낳은 기쁨보다 또 죽을
것이란 공포에 시달렸다.

희수 잔칫상을 아기가 태어나기 한 달 전에 받은 집안
의 제일 어른인 왕할머니가 삼신상을 정성껏 차려서 산모
가 누워있는 방 윗목에 놓고 손을 합장하고 빌기 시작했
다.

비나이다. 비나이다. 삼신할머께 비나이다.

임신과 출산을 맡고 계신 삼신님이여,

아기를 이 세상에 나가라고

엉덩이를 찰싹 때리시고

씩씩한 사람이 되라고

엉덩이를 찰싹

매사에 두려워 말라고

엉덩이를 찰싹

날마다 좋은 일 하라고

엉덩이를 찰싹 때리십니다.

미천한 저희 인생들이 그걸 모를까 봐

그 증표로 엉덩이에 푸른 반점을 남기신

삼신할머니여,

비나이다. 비나이다.

김씨 문중 21대손,

자식 귀한 집안에 태어난 이 아들을,

삼줄(탯줄)을 잡았던 삼신할머니께서 붙잡아주소서.

왕할머니가 머리를 주억거리면서 두 손을 파리 앞발처럼 모으고 싹싹 빌고 있었다. 이런 시할머니를, 숨을 헐떡이는 아기를 옆에 뉘어놓고 누렇게 들떠 퉁퉁 부은 산모가 애처로운 눈으로 힐끔거렸다.

상 위에는 흰 쌀밥에 미역국, 새벽에 제일 먼저 떠온 정화수 한 사발이 놓여있다. 아기를 낳은 뒤 3일에도 이렇게 삼신상을 차려놓고 빌었고 7일과 14일에도 그렇게 했건만 삼신할머니가 대단히 노한 것이 틀림없다. 빌기를 마친 할머니가 아랫목에 누워있는 손자며느리에게 다가갔다.

"아무래도 삼신할머니가 대단히 화가 나셨나 보다. 7세까지는 목숨의 안전이나 위엄, 잘나고 못남 따위가 모두 삼신할머니께 달렸다는 걸 너도 알지? 삼신할머니는 인간을 만드시는 분이다. 그분이 우리 못난 인간에게 새 생명을 점지하여야만 삼신할머니 같은 창조의 능력을 가진 여자들이 임신하여 아기를 낳을 수 있단다. 7세가 되어 칠성님께 아이를 넘겨줄 때까지 삼신할머니가 목숨 줄을 잡고 있는 판에 자꾸 이렇게 데려가는 걸 보면, 우리가 무엇인가 잘못해서 노하신 것이 틀림없다. 어떻게 해서든지 삼신할머니의 분노를 달래야 한다."

산모의 눈에 공포의 빛이 역력했다. 안방 귀퉁이에 아기를 임신한 동안 내내 매달아 놓은 쌀자루가 귀히 보관되어있나 살펴본다. 쌀이 귀한 때이지만 그건 전적으로 삼신할머니를 위해 소중하게 모셔 온 것이다.

왕할머니가 삼신상을 산모 앞에 밀어놓았다. 이 음식은 집안 식구들 중 어느 누구도 먹을 수 없다. 반드시 산모가 먹어야 하는 음식이다. 산모는 입이 깔깔한지 수저를 든 손이 달갑지가 않다. 미역국물을 한 수저도 입에 넣지 않은 채 산모가 중얼거린다.

"아기 이름을 지어주세요. 죽기 전에 이름이라도……."

"아무래도 여자아이 이름으로 지어야겠다. 여직 태어난 다섯이나 되는 남자아이들을 자꾸 데려가는 걸 보니 여자 이름으로 지어놓으면 그냥 둘지도 모른다. 그러니 남쪽 지방에 태어난 구슬이란 뜻으로 남옥(南玉)이라고 지어보 자꾸나."

산모는 남옥이란 이름을 속으로 여러 번 되뇌어보았다.

'남옥이, 남옥이…….'

"삼신할머니가 노한 것은 너 때문이다. 너는 어쩌자고 아기를 낳을 적마다 부엌 바닥으로 나가서 낳느냐 말이 다. 진통은 안방에서 다 하고 아기를 낳을 적에는 꼭 부엌 으로 나가 짚북데기 위에서 아기를 낳아서 치마폭에 싸 가지고 안으로 들어오니, 그게 삼신할머니를 노하게 한 것이 틀림없다. 그건 고양이삼신이다. 고양이는 혼자서 땅바닥에 쪼그리고 앉아 새끼를 낳거든."

"그럼 고양이삼신이 우리 아기를 앗아간단 말인가요. 삼신할머니하고 고양이삼신하고 같은 능력을 가졌나요?"

산모는 남옥이란 이름을 받은 아기를 가슴에 꼭 껴안고 흐느낀다. 어떤 수를 써서라도 남옥이만은 꼭 살려야 한 다는 다짐을 하면서 입술을 깨물었다.

시할머니가 나가자 부엌으로 뚫린 문을 벌컥 열어젖히 고 산모는 부엌 어디에 그런 고양이삼신이 앉아있나 보려고 눈을 크게 떴다. 한구석에 짚북데기가 쌓였고 조기두름처럼 새끼로 엮은 무시래기가 흙벽에 주렁주렁 매달려 있다. 부뚜막 언저리에 시커먼 그을음만 보일 뿐 고양이는커녕 쥐새끼 한 마리도 얼씬하지 않는다.

"무당을 불러 굿을 해야겠다. 삼지창을 세워서 삼신할머니를 바로 받들어 세우는 정성을 드려야지."

그러자 산모는 머리를 살래살래 흔들었다. 아기가 태어날 적마다 삼지창을 세우는 굿을 했지만 다 소용이 없었다.

아무래도 삼신할머니는 답이 아닌 것 같았다. 양코배기가 믿고 있는 서양 신은 어떨까 하는 생각에 이르자 찬모인 구월이를 불러댔다. 구월에 태어났다고 구월이란 이름을 가진 여종이 바깥에 나갔다가 쪽복음이라며 조그마한 책자를 가져다 준 적이 있었다. 그때 복음이 무엇이냐고 물었더니 구월이가 그건 '기쁜 소식'이란 뜻이라고 하지 않았던가.

다음날 구월의 손에 이끌리어 쪽복음을 주었다는 매서인 겸 전도부인인 사십대의 여인이 안방으로 들어왔다. 아기는 숨을 몰아쉬고 있어서 목숨이 경각에 달려있었다. 산모는 전도부인에게 매달렸다.

"제발 이 아기를 살려주세요. 오대 독자입니다. 태어나는 아기마다 죽어버리니 이제 삼신할머니를 섬길 마음이 없어졌습니다. 고양이삼신이나 삼신할머니를 물리칠 방법이 없습니까?"

산모는 물에 빠져 죽어가는 사람이 지푸라기라고 잡으려는 듯 악착같이 전도부인의 소맷부리를 두 손으로 부여잡고 눈물을 그렁거렸다.

"주 예수를 믿으세요. 그러면 온 집안이 구원을 받습니다."

"구원이 무엇입니까? 그리고 주 예수가 누구십니까?"

"예수님은 만물을 창조하시고 여기 있는 아기까지 창조하신 분입니다. 그분을 믿으면 이 아기를 살려낼 수 있습니다."

"탯줄을 잡고 있다는 삼신할머니보다 더 힘이 셉니까?"

"삼신할머니는 인간이 만들어낸 가짜입니다. 진짜는 주 예수님이고 하늘에 계신 상제 하나님입니다."

"그럼 삼신할머니를 주 예수라는 분이 이길 수 있습니까?"

산모에겐 그것만이 중요했다. 어느 쪽이 더 힘이 센가 하는 것만이 중요했다.

"죽은 지 삼일이 지나서 썩는 냄새가 나는 사람도 예수님이 일어나라 하면 벌떡 일어났습니다. 장님이 눈을 뜨고 벙어리가 말을 하고 문둥병이 깨끗하게 낫습니다. 예수님은 삼신할머니를 이길 뿐만 아니라 죽음을 이기신 분입니다."

"그럼 저는 그런 예수를 믿겠습니다. 그분을 이 집안에 모셔 들이겠습니다. 아기를 살릴 수 있다면 그렇게 하겠습니다."

산모가 집안의 거센 반대에도 불구하고 서양 신을 믿겠다니 문중까지 발칵 뒤집혔다. 문중에서 제일 높은 분이 물었다.

"정말로 우리 남옥이를 살릴 수 있단 말이오?"

"예, 살릴 수 있습니다. 하나님을 온 집안이 믿으십시오. 그러면 아기가 백세까지 살 것이고 그 다음에 태어나는 아기들도 모두 장수할 것입니다."

남옥이 뿐만 아니라 그 다음에 태어나는 아이들까지 다 장수한다니 집안에서는 거부할 수도 없었다. 조상신을 모시는 신위까지 다 불살라야 한다는 전도부인의 조건에 고민했지만 남옥의 생명이 경각에 달렸으니 어쩔 것이냐. 고양이삼신이나 삼신할머니에게서 남옥의 생명을 지켜주려면 예수를 믿을 수밖에 없다는 결론이다.

"우선 대문 앞에 있는 채마밭에 교회를 지읍시다. 거기서 예배를 드리면 남옥의 생명이 안전할 것입니다."

온 집안이 남옥을 살리기 위해, 전도부인이 원하는 대로 교회를 짓고 거기에 남옥과 산모가 들어가 앉았다. 기적이 일어났다. 시간이 흐를수록 남옥이 젖을 힘껏 빨면서 살이 오르고 방실방실 웃었다. 누렇게 들떴던 뺨에 살이 토실토실 오르더니 발그레한 붉은 빛이 감돌았다. 산모는 화장실에 갈 때를 빼고는 아기를 안고 교회에서 나오려고 하지 않았다. 혹시 고양이삼신이 아기를 잡아챌 것 같은 두려움에 아직도 떨고 있었다.

　그러나 남옥이 밑으로 아이들이 다섯이나 태어났건만 아무 탈 없이 무럭무럭 자라자 그 마을 사람들은 모두 교회로 밀려들기 시작했다. 갓난아기, 남옥이 전도의 문을 터놓은 셈이다.

딸에게 부탁한 아버지의 유언

　다이애나는 한국 혈통을 지닌 미국 이민자로, 단 한 번도 와본 적이 없는 조국 땅인 한국을 밟게 되었다. 죽어서라도 고향에 묻히고 싶다는 아버지의 유골을 안고 말이다. 다이애나는 미국에서 태어나서 미국에서 자랐으니 미국사람이나 다름 없는 여인이다. 부모님이 한국사람이라 막연히 조국 생각을 가끔 해본 적이 있을 뿐이다. 이런 사람이 이번에 한국을 찾게 된 것은 순전히 아버지 때문이다. 여든이 넘어 돌아가셨으니 장수하고 가신 분인데, 오십 줄에 들어선 외동딸 다이애나를 정신이 맑을 적마다 앞에 앉혀놓고 당부한 유언을 지키기 위해서이다.

　'상주 사벌면 용담에 있는 조골교회'라는 주소를 들고 인천공항에 내렸을 때는 앞이 캄캄했다. 어디부터 물꼬를 터야 할지 막막했다. 그나마 부모님의 고집으로 어려서부터 한국말을 익혀온 것이 다행이었다. 경상북도 내륙지역이니 버스를 타고 상주에서 내려 택시를 타고 움직이는 것이 좋을 것이란 아버지의 조언이 귀에 쟁쟁했다. 그가 병상에서 온갖 덕담이며 저수지의 아름다움과 석양의 물빛 그리고 풍양산의 단풍도 말해주었으나, 광활한 미국 땅에서 자란 그녀에게 한국은 작은 동산이나 개인의 정원처럼 아기자기하게 보였다.

아버지가 적어준 유일한 단서인 '이기수 장로'란 종이 쪽지를 보물처럼 수첩에 끼어 가지고 상주 버스터미널에 내린 시각은 서쪽으로 해가 뉘엿하게 기운 저녁이었다. 해거름이 내리면서 산들이 검은 천을 뒤집어쓴 것처럼 보였다. 어쩔 수 없이 여관에 묵으면서 나이 지긋한 여관집 주인의 아버지를 만날 수 있어 다행이었다.

"사벌면 용담에 사는 이기수란 분을 아십니까?"

끈금없이 물어대는 서양풍이 잔뜩 고인 여인의 머리와 얼굴을 그윽하게 한참 바라보면서 노인은 고개를 갸웃거렸다.

"찾으시는 분이 이 세상을 뜬 지 벌써 반 세기가 지났는데 어떻게 그런 분을 찾습니까?"

"제 아버님이 부탁해서 예까지 왔습니다. 그분이 돌아가셨다면 자녀들이라도 만나고 가야 합니다."

그러자 노인은 안타까운 표정을 지으면서 머리를 흔들었다.

"자손들도 다 이 고장을 뜬 모양이지요?"

"그건 아닌데……."

노인은 머뭇거리면서 입 열기를 꺼려했다.

"자녀들을 만나서라도 돌아가신 아버지의 약속을 지켜야 합니다. 고인이 되었지만 젊은 시절 아버님이 이기수 장로에게 많은 사랑을 받았다고 해서 찾아왔습니다."

미국에서 예까지 왔다고 하니 노인은 어쩔 수 없다는 듯 입을 열었다.

"논이 200마지기였으니 그분의 땅을 밟지 않고는 용담 마을에 들어설 수 없을 정도의 부자였지요. 그런데 그 아들이 재산을 물려받은 뒤에 새로 부임한 목사를 갈아치우더니 두 번째 온 목사도 마음에 맞지 않는다고 강단에 뛰어 올라가서 교인들이 보는 앞에서 설교하는 분의 멱살을 잡아 끌어내렸다지 뭡니까."

거기까지 말하고 노인은 입을 조가비처럼 딱 다물어버렸다. 무엇이 두려운지 주위를 둘러보기도 하면서 다음 말 잇기를 무척 두려워했다.

"말씀하세요. 그래서 어떻게 되었나요?"

노인은 머리를 절레절레 흔들며 긴 한숨을 내쉬었다. 그의 말을 요약하면 그날 밤에 외양간에 있던 황소 두 마리가 죽어 나자빠지더니 안수집사였던 그분의 아들도 급사하고 부인도 따라서 죽어 나갔다. 설교하는 목사님의 멱살을 잡았다고 하나님이 단단히 노하신 것이 틀림없다고 사람들이 수군댔다. 거기서 끝난 것이 아니다. 갑자기 장손자가 중증의 뇌성마비가 되어서 몸이 비비 뒤틀리기 시작했다. 그 병을 고치겠다고 야금야금 땅을 내놓더니 몇 해가 되지 않아 마파람에 게눈 감추듯 그 많은 땅이 치료비로 몽땅 다 사라져버렸다. 해서 여기 사는 사람들은 그 집안의 일을 말하는 것을 금기로 여기고 있다고 한다. 만에 하나 잔뜩 화가 나신 하나님의 비위를 건드릴 것이 두려워서다. 사연을 다 늘어놓은 뒤에도 노인은 두려움이 가득 찬 시선으로 밖으로 뒤로 눈을 흘끔거리면서 질린 표정을 지었다.

"그럼 뇌성마비에 걸린 그분의 손자라도 보고 가고 싶습니다. 그분의 핏줄은 누구든지 꼭 만나야 합니다."

"재 넘어 산골마을에 아직도 몸이 비비 꼬이는 손자가 어렵게 남의 집 문간방에서 목에 풀칠이나 하면서 산다고 하니 내일 날이 밝으면 가보시오. 이곳 교인들은 모두 하나님께 순종하고 목사님을 잘 받들고 있어 평안한 마을이 되었습니다. 끔찍한 사건을 두 눈으로 똑똑히 목격했으니 교인들 중 어쩌다 한두 사람이 목사가 싫어지면 조용히 떠나는 전통이 생겼답니다."

노인은 어려운 숙제를 풀어내기라고 한 듯 손을 털면서 횡 나가버렸다. 다이애나는 내일 조골교회를 찾아가리라 생각하면서 천장을 향해 팔베게를 하고 누워 아버지가 들려준 이야기를 떠올렸다.

이기수 장로라는 이는 예수님을 닮은 분이라고 누차 아버지는 말하지 않았던가. 교회를 자비로 짓고 장로가 된 그는 얼마나 기도를 많이 했던지 누구나 그의 앞에서는 머리를 제대로 들지 못할 정도로 존경을 한 몸에 받던 분이라고 했다. 신사참배를 거부해서 심한 고문을 당해 아홉 개의 손가락이 잘려나가고 하나만 남았다고 한다. 손가락이 하나씩 잘려나갈 때 얼마나 아팠겠느냐고 아버지는 통곡했다. 벌겋게 달둔 쇠로 눈을 찔러 장님이 된 뒤에도 그는 매일 교회에 나왔다. 강단 밑에 무릎을 꿇고 앉아 일생 동안 얼마나 기도를 많이 했는지 그가 앉았던 자리에 뚜렷한 자국이 남아있다고 한다. 무릎을 꿇고 몸을 위아래로 펄펄 뛰면서 기도를 해서 무릎에 닿았던 강단 밑 마루가 움푹 파이고 발등이 닿았던 자리도 움푹 파였다고 아버지는 눈물을 흘리면서 증언하지 않았던가. 함께 신앙생활을 했는데 혼자만 신사참배 반대로 잡혀가면서 친구인 다이애나의 아버지에게 도피 자금을 넉넉히 주어 상해로 피신시켰다고 한다. 거기서 아버는 선교사의 도움을 받아 미국으로 가서 편안하게 일생을 잘 살았으니 그때 진 빚을 갚아야 한다는 유언을 남겼던 것이다. 그 당시 논을 팔아 마련해준 도피자금이 거액이라 편안히 미국에 갈 수 있었으니 아버지도 어찌 이기수 장로님을 잊을 수 있겠는가.

아침 일찍 조반을 들자마자 다이애나는 용담마을로 향

했다. 산허리를 돌아서자 쌍둥이처럼 낡고 작은 교회와 새로 지은 큰 교회가 나란히 눈에 들어왔다. 마침 급히 책가방을 메고 학교로 향하는 여학생을 붙들었다.

"왜 여기에 교회가 둘이 있소?"

"작은 것은 처음에 지은 것이고 큰 것은 최근에 지은 것이지요."

"작은 것을 왜 헐지를 않고 그냥 두었지요?"

"거긴 교회를 처음 지었던 분의 기도 자리가 있어서 신앙적, 역사적 가치가 있기 때문에 보존하고 있는 것입니다."

여학생은 지각할 것이 두렵다고 서둘러 가버렸다. 다이애나는 거미줄이 추녀 여기저기 늘어진 작은 교회 안으로 들어갔다. 아버지가 일러준 이기수 장로의 기도 자리를 찾아서 앞으로 갔다. 작은 창문을 뚫고 들어온 아침 햇살을 받고 강단 밑 기도 자리가 완연하게 눈에 들어왔다. 무릎이 닿았던 자리와 발등이 닿았던 자리가 아버지의 말대로 옴팍 닿아서 파여있었다. 그 자리를 사각으로 새끼줄을 쳐서 보존하고 있는 정성이 돋보였다. 누가 봐도 기독교 역사의 격랑 속에서 당한 시골교회의 아픔이 또렷하게 각인되어 있었다. 목에 울컥 솟구치는 것이 있어 다이애나는 그 옆에 무릎을 꿇고 앉았다. 분명히 아버지도 그 곁에 앉아 함께 기도했을 것이다. 혼자서 그 모진 고문을 다 당하면서도 신앙을 지키고 아버지를 살리기 위해 논을 팔아 피신시킨 그분의 사랑으로 인해 다이애나도 지금 이 땅 위에 생존하는 것이 아니겠는가. 고마운 분의 체취가 서린 기도 자리를 다이애나는 귀한 유리그릇을 다루듯이 쓰다듬었다. 마룻바닥에서 은근한 온기가 느껴져서 그 자리에 마치 핏줄이 흐르고 있는 듯했다.

다이애나는 조골교회를 빠져나와 천천히 걷기 시작했다. 심하게 몸을 뒤트는 뇌성마비라니 그런 사람을 찾기는 쉬울 것 같았다. 아침이슬이 맺힌 희부연 안개 길에 산수유 꽃이 지면서 산벚꽃이 듬성듬성 산비탈을 수놓았다. 산줄기를 타고 아득하게 높은 산은 연록색의 갓 피어올라오는 새순 모자를 쓰고 여러 색깔의 화려한 옷을 입은 자태로 편안하게 앉아있다.

아버지는 눈이 멀고 손가락이 아홉 개나 잘려나가는 고문을 당하면서 교회를 받들었건만 그 아들은 어쩌자고 교회 강단에서 목사의 멱살을 잡아 끌어내렸단 말인가. 조상의 신앙으로 엄청난 가문이 되었을 걸 기대하면서 찾아왔는데 씁쓸했다. 한 사람의 굳건한 신앙과 가문의 세상적 영광은 같이 가는 게 아님을 얼핏 생각해 볼 수 있었다. 뒤를 돌아보니 조골교회가 안개 속에 신비스러운 자태를 드러내고 있었다. 이기수 장로의 손자를 만나 사랑의 빚을 갚으리라 생각하면서 다이애나는 사벌면을 끼고 펼쳐진 산자락을 기어오르기 시작했다.

복음 암송으로 받은 축복

갓 시집와서 첫아이를 임신한 아내와 홀어머니가 함께 세상을 떠나버렸다. 장질부사(장티푸스)가 휩쓸고 지나간 마을에는 개도 짖지 않는다. 강 선비처럼 용케 목숨을 건진 몇몇 사람들이 맥을 놓고 바라보는 산야는 전쟁터처럼 황량했다. 한여름 작렬하는 태양열 밑에서 일할 사람들이 손을 놓고 누워버린 탓에 가을이 와도 무질서하게 흩어진 논밭 곡식이 폭탄을 맞은 듯 제멋대로 나뒹군다. 가을도 인간이 흘린 땀으로 질서를 찾아 송편을 빚어놓은 듯 깔끔한 아름다움을 발하는 법이다.

강 선비는 우물가로 기어나가 두레박으로 물을 퍼마셨다. 과거에 급제하여 아내를 비단 방석에 앉히고 어머니에게 효도해야겠다는 일념으로 이 우물가에 나와 찬물로 세수를 하고 바라보았던 달이 그 시절에는 얼마나 아름다

왔던가! 추석이 가까워 오는 때라 하늘에 두둥실 달은 여전히 떠올랐건만, 달빛은 오히려 슬픔을 그에게 더해 주었다. 찡한 빛이 정나미 떨어질 정도로 싸늘하게 그의 전신을 휘감는 것은 사랑하는 가족들이 이미 죽어 땅에 묻힌 탓일 게다. 그도 어서 그들의 곁에 눕고 싶다는 마음에 목을 매어 죽으려고도 했으나 호흡은 질기게도 그의 코끝에 매달려있었다.

엉금엉금 기어 다닐 적부터 이 집안을 일으킬 손자라고 할아버지는 회초리를 들고 천자문을 외우게 했다. 몰락한 선비 집안의 유일한 소망의 줄이 바로 강 선비였다. 할아버지 손길에서 벗어나 재 넘어 서당엘 다닐 적에도 날마다 외우는 것이 그의 일과였다. 천자문, 소학, 동몽선습 등 그 많은 책을 줄줄 외우는 것에 익숙해서, 무엇을 보든지 머리에 그대로 인각되어 종이 위에 도로 쏟아낼 수가 있었다. 따지고 보면 그의 일생은 밥 먹고 뒷간에 가고 잠자고 그 외엔 줄곧 앉아서 외우는 일밖에 한 일이 없었다. 몇 번을 과거에 응시했지만 언제나 낙방을 하고 돌아올 적의 그 울적함과 자괴지심을 어찌 다 필설로 쓸 수가 있단 말인가. 강 선비의 과거급제를 낙으로 삼고 가난을 벗삼아 살았던 할아버지와 아버지도 강 선비가 낙방할 적마다 낙담해 울다가 돌아가셨고, 그나마 위로가 되어주었던 사랑하는 아내도 돌림병으로 아기를 낳지도 못하고 어머니와 함께 가버렸다. 늦장가를 들어 임신을 했던 아내를 위해 밤을 새워가면서 외웠던 것들도 이제 다 소용이 없게 되었다.

이런 그를 찾아온, 눈이 파란 여자가 있었다. 선교사라는 여자는 낙망하여 쓰러져있는 그의 손에 쪽복음인 요한복음을 쥐어주었다.

"이것이 무엇이오? 나는 배가 고프니 먹을 것을 주시오."

선교사는 손에 들고 있던 가방을 뒤지더니 송편 두어 개를 내놓았다. 추석을 앞둔 시절이라 햇콩을 박은 송편이었다. 게걸스럽게 떡을 입에 넣고 우물거리는 그를 향해 머리가 황갈색인 여선교사가 서툰 한국어로 속삭였다.

"우리 주님이 말씀하시기를 내가 곧 길이요 진리요 생명이니 나로 말미암지 않고는 아버지께로 올 자가 없다고 했습니다."

"저란 놈은 아내도 죽었고 부모도 다 죽어 홀로 남아있으니 길이고 진리고 다 소용이 없습니다."

"그러니까 생명이 되신 주님을 믿으시라는 것입니다. 주님을 믿으면 영원히 죽지 않고 영생을 얻습니다."

"영생이라니요? 전 아내와 부모님이 가신 곳에 가는 것을 원합니다."

"이 쪽복음을 읽어보시오. 아주 기쁜 소식입니다. 이걸 다 읽고 나면 마음이 시원할 것입니다."

"이걸 읽으면 아내와 부모님을 만날 수 있습니까?"

"그럼요. 우리는 죽으나 사나 다 그분의 것입니다."

여선교사는 그의 손에 쪽복음을 쥐어주고 사라졌다. 외우는 것 말고는 달리 할 줄 모르는 강 선비는 마루 위에 누워 제비새끼들이 떠난 제비집을 올려다보다가 쪽복음을 집어 들었다. 습관적으로 쪽복음을 외우고 있던 중 한 곳에 눈이 머물렀다.

'영접하는 자 곧 그 이름을 믿는 자들에게는 하나님의 자녀가 되는 권세를 주셨으니, 이는 혈통으로나 육정으로나 사람의 뜻으로 나지 아니하고 오직 하나님께로부터 난 자들이니라(요1:12~13).'

하나님의 자녀가 된다는 놀라운 말에 눈이 번쩍 띄었다. 그가 여직 외워온 어떤 책에도 이런 말이 없었다. 읽어 내려갈수록 기가 막힌 내용이 나왔다. 니고데모라는 이상한 이름을 가진 남자에게 물과 성령으로 거듭 나지 아니하면 하나님 나라에 들어갈 수 없다고 했다. 갈수록 이해 못할 것이 많았다. 일단 과거시험을 볼 때처럼 무조건 외우기로 했다. 이보다 더 두꺼운 책도 다 외웠는데 쪽복음처럼 얄팍한 책을 다 외우는 건 아주 쉬운 일이다. 그는 새벽부터 밤늦게까지 줄줄 요한복음을 외우기 시작했다.

예수는 세상의 빛이니 그를 따르는 자는 어두움에 다니지 아니하고 생명의 빛을 얻는다고 했다. 그 빛을 따르자면 쪽복음에 일러준 대로 외우고 행해야겠다는 생각에 결사적으로 요한복음을 끝까지 외워냈다. 죽은 나사로도 살리고 병든 자를 살려내는 장면에서는 죽은 아내와 어머니가 예수를 만났다면 살아났을 것이란 아쉬움으로 잠을 이룰 수가 없었다.

아무래도 그가 여직 습득해온 지식은 헛것임에 틀림없다. '진작 쪽복음을 외우는 선교사를 따라다녔다면 가족이 얼마나 행복했을까.' 하는 생각에 이르자, 그는 벌떡 일어나서 세수를 하고 두루마기를 단정하게 차려입고 선교사를 찾아 나섰다.

"나는 예수가 누군지 잘 모르지만 이 책자를 다 외웠으니 들어보시오. 내가 할 수 있는 일은 외우는 것밖에 없으니까요."

"요한복음을 다 외웠다고요? 거짓말하지 마시오. 어떻게 21장이나 되는 걸 다 외운단 말이오. 미국에도 그런 사람 단 한 명도 없소."

"자, 들어보시오."

강 선비는 댓돌 위에 짚신을 벗어놓고 마루 위에 올라섰다. 그녀의 앞에 의젓하게 정좌하고 갓을 쓴 채 눈을 질끈 감고 몸을 좌우로 흔들면서 요한복음을 외우기 시작했다. 처음에는 그저 이상한 남자가 왔다고 경계하면서 몸을 도사렸던 여선교사도 그의 이런 행동에 호기심이 발동해서 요한복음을 펼치고 마주 앉았다. 이럴 수가! 선교사의 입에선 감탄사가 연신 쏟아져 나왔다. 10장까지 외우고 11장으로 들어가는데 단 한자도 틀리지 않고 줄줄 외우고 있지 아니한가.

"여보시오. 내가 이제 인정하니 고만 외우시오."

아무리 선교사가 만류해도 독서삼매경에 빠진 사람처럼 몸을 더 세차게 좌우로 흔들면서 요한복음 21장까지 다 외우고는 눈을 뜨는 것이 아닌가. 선교사의 눈에서 눈물이 줄줄 흘러내렸다. 이건 기적이었다. 흑암 위에 앉은 백성 중에 그녀가 전한 쪽복음을 다 외운 사람이 있다는 것은 성령의 역사가 아니겠는가. 그녀는 강 선비의 손을 덥석 잡았다.

"당신은 하나님이 보낸 사람이오. 나와 함께 일합시다."

"당신이 준 책을 다 외우고 시험에 통과하면 다른 책을 얻을까 해서 왔습니다. 어려서부터 외우는 일만 해서 외우는 것이 제가 할 일입니다. 다른 책을 또 주세요. 다 외워오겠습니다."

그러자 선교사는 머리를 살래살래 흔들었다.

"그걸로 족합니다. 우리를 먼 바다를 건너 이 땅에 보내신 하나님의 뜻을 이제야 알겠습니다. 바로 당신 같은 사람을 좋으신 하나님이 우리보다 먼저 와서 준비하고 계셨습니다."

그녀는 누가복음을 그의 손에 쥐어주었다. 그것도 두 달 만에 다 외워서 그녀 앞에서 줄줄 외우는 것이 아닌가.

조선 사람들은 확실히 암기력이 뛰어난 특출한 아이큐를 지닌 백성임에 틀림없었다.

"이제 되었어요. 우리와 함께 일합시다."

"저는 외우는 것밖에 할 줄 모릅니다."

"그걸 장터에 가서 사람들 앞에서 외우면 됩니다."

"그게 무슨 도움이 되겠습니까?"

"많은 사람들이 생명수를 목마르게 기다리고 있습니다. 외워주는 그 말씀이 많은 사람을 구하는 생명의 물이 될 것입니다. 죽어가는 사람들이 물을 마시고 살아날 것입니다."

"죽어가는 사람이 살아난다고요? 이렇게 제가 외우기만 해도 된단 말이지요. 그럼 제가 장터에 나가 외우면 됩니까?"

5일장에 선교사는 강 선비를 데리고 나갔다. 장바닥에 펼쳐놓은 가마니 위에 가부좌를 틀고 앉아 몸을 좌우로 흔들면서 강 선비는 요한복음을 외우기 시작했다. 자신이 읽는 내용에 심취해서 간간이 그는 눈물을 줄줄 흘리기도 했다. 선교사는 그의 뒤에 쪽복음을 들고 서서 머리를 주억거리며 응하다가 기쁨을 감추지 못해 활짝 웃었다. 눈이 파랗고 머리가 황갈색인 선교사를 보는 재미와 강 선비의 우렁찬 이야기를 듣는 재미로 장터가 터질 정도로 사람들이 꼬여 들었다. 춘향전이나 장화홍련전보다 더 재미있고 아주 새로운 내용이라 모두 조용히 귀를 기울였다. 그들 사이에서 수군거림이 돌림병처럼 퍼져나갔다.

'아하! 저 사람이 아내와 어머니를 잃고 목까지 매었다가 살아난 선비가 아니냐. 저 선비 속에 무엇이 들어갔기에 저렇게 변했단 말이냐. 저 얼굴을 좀 보게나. 빛이 뿜어 나오네. 마치 천상의 사람 같구나.'

선교사를 따라 장터마다 돌면서 쪽복음을 암송하던 강 선비는 차츰 서당처럼 사람들을 모아놓고 가르치기 시작했다. 천자문을 가르치는 것이 아니라 성경을 가르치는 일이다. 자기처럼 성경을 배우는 사람들에게 우선 성경을 암송하게 하여 많은 사람들이 성경을 줄줄 외웠다.

"아무래도 강 선비는 학자이니 공부를 더 해야겠습니다. 성경은 고만 암송하고 미국 가서 신학을 공부하고 돌아와서 신학교에서 가르쳐야 합니다. 좋으신 하나님은 강 선비를 위해 그런 계획을 세우고 있습니다."

"그럼 제가 미국으로 간다는 말씀입니까?"

"그럼요."

"배가 고파도 끼니를 이을 쌀 한 톨이 없는 가난뱅이가 어떻게 미국에 갑니까. 더구나 배를 타고 오랫동안 가야 미국에 도착한다는데 그간 무얼 먹고 삽니까."

강 선비는 머리를 절레절레 흔들었다.

"하나님을 믿으면 그런 일은 해결됩니다."

선교사와 함께 장터를 돌면서 성경을 암송했던 강 선비는 성경선생이 되어 제자들을 가르치다가 드디어 배를 타고 미국으로 향했다. 암송의 천재에게 하나님은 새 길을 열어놓고 기다리셨던 것이다. 암송, 그 이상의 일을 맡기시려고 말이다.

불량배의 회심

청일전쟁이 일어나기 직전, 폭풍전야처럼 모든 것이 조용했다. 혈기왕성한 나이에 그런 적요를 견디지 못하고 술을 거나하게 마신 남자는, 비틀거리면서 거리 한가운데서 갈지(之)자 걸음을 걸으면서 꽥꽥거렸다. 다른 사람들보다 머리 하나 정도가 더 큰 그는 어깨가 딱 벌어지고 혈기왕성한 몸에서 형형한 빛이 뿜어 나왔다. 술기운으로 흐려진 눈앞에 잘 닦여진 큰길이 울퉁불퉁 춤을 추었다. 그 길로 평양좌수의 행렬이 그의 앞으로 점점 다가왔다. 물러서야 하는데 저 사람이 어쩌자고 길 복판에서 저렇게 기고만장하게 거드럭거리는가. 길가에 줄지어 엎드린 사람들은 가슴을 졸였다. 평양좌수는 말 위에서 위엄을 부리면서 차츰차츰 다가왔다. 모두 숨을 죽였다. 호위하는 사람들도 취하여 돼지처럼 나대는 그를 보고 기가 차서 혀를 끌끌 차며 노려보았다.

"너 잘 만났다. 백성의 피를 빨아먹는 이 나쁜 놈아!"

그가 죄수를 말 위에서 끌어내려 패대기친 것은 눈 깜짝할 사이였다. 땅바닥에 죽 엎드렸던 사람들은 곁눈질로 그의 행패를 지켜보면서 속삭였다.

"거 참 잘했다. 속이 시원하구나."

관가에 끌려가서 목에 형틀을 쓰고 옥살이를 하다 3개월 뒤 출옥하여 나오는 길에 그는 장터에서 전도하고 있는 마포삼열* 선교사를 만났다. 감옥에 갇혔던 울분이 낯선 외국인을 향해 폭발했다.

"저 양코배기가 우리나라에 와서 무슨 짓을 하는 것일까. 중국 놈이 들어오고 일본 놈들이 판을 치는 이 마당에 양놈까지 이래. 어느 놈이건 이 나라에서 하루 빨리 몰아내버리자."

평양에서 석전(石戰, 대보름이나 단오에 편을 나누어 돌팔매질을 하며 싸우던 남성들의 놀이)의 명수였던 그는 바로 발밑에 있는 돌을 집어 들었다. 선교사의 말을 들으려고 모여들었던 사람들이 이런 청년을 보고 강풍에 낙엽 떨어지듯 우우 골목으로 모두 숨어버렸다. 끝이 뾰족한 돌을 든 팔을 휙휙 두어 번 돌리다가 양코배기의 얼굴을 향해 힘을 다해 던졌다. 석전의 명수인 그의 겨냥은 정확했다. 눈이나 코를 맞히지 아니하고 턱을 겨냥했던 것은 순간적인 그의 재치였다. 턱은 뇌를 흔들리게 하기 때문에 땅바닥에 나동그라져 혼절하기 좋은 부위였기 때문이다. 양코배기를 구하려는 사람이 없었다. 잘못했다가는 그가 던지는 돌팔매의 희생자가 되기 때문이다. 양코배기가 장바닥에 사지를 쫙 펴고 대(大) 자를 그리고 누워서 신음하다가 한참을 버둥거리면서 간신히 일어서는 걸, 그는 흔쾌한 미소를 흘리면서 지켜보았다. 피가 흐르는 턱을 손수건으로 감싼 선교사는 힘없이 비틀거리면서 장터에서 사라졌다.

당당하게 양코배기와 마주 서서 두 눈을 똑바로 뜨고 선교사를 노려보았던 그는 사위를 둘러보았다. 숨을 죽이고 있던 군중들은 분명히 그의 편이었다. 기세가 당당했던 평양좌수를 말 위에서 끌어내려 패대기쳤을 때도 군중은 그의 편이었기 때문이다. 하지만 집에 돌아오면서 이상하게 그의 마음이 씁쓸했다. 양코배기가 돌을 던진 그를 향해 주먹질을 하면서 원수를 갚겠다고 나대지 않는 것이 불안했다. 평양좌수를 말 위에서 끌어내렸을 때처럼 잡혀가서 목에 칼을 썼다면 오히려 마음이 편했을 터인데, 눈물이 그렁한 눈으로 돌을 던진 그를 바라보면서 잔잔하게 웃어주기까지 했던 인자한 양코배기의 얼굴을 눈앞에서 지울 수가 없었다. 매일 밤 그는 꿈속에서 가위에 눌리기 시작했다. 인자한 양코배기는 멀리서 잔잔하게 웃고 있건만 이상한 것이 목을 찍어 눌러 숨을 헐떡이다가 땀에 푹 절어서 깨어나기 일쑤였다.

사실 사람들에게 숨기고 있었지만, 반 년 전에 석전의

명수들을 모아서 돌을 등짐으로 지고 가서 마포삼열의 집에 돌을 던져 기와를 깨고 문을 부쉈던 적도 있었다. 그때도 아무도 항의를 하지 않았고 조용히 넘어갔었다. 그런데 턱에 상처를 낸 사건은 집요하게 그를 괴롭혔다. 피를 철철 흘리면서도 성을 내지 않고 미소 짓던 얼굴 때문일 것이다.

몇 년 뒤, 1894년, 청일전쟁이 터지고 불량배였던 그는 비 오듯 쏟아지는 총알을 피해 평양성을 빠져나왔다. 가족을 이끌고 원산으로 피난을 갔다. 살길이 막막했다. 전쟁의 와중에선 기고만장했던 패기나 불량배의 기질은 당장 먹을 것이 없어 굶어 죽어가는 가족들에게 조금도 도움이 되질 않았다. 어쩔 수 없이 조부에게 배운 붓글씨와 묵화로 목에 풀칠을 하기도 했다. 창호지에 그림을 그리는 것이 아니라 긴 대나무 담뱃대에 난초를 치고 나비를 그려 넣은 장죽을 한 묶음 들고 시장터로 나갔다. 시장바닥에 보자기를 펴고 장죽을 늘어놓았다.

그 시간대에 사람들로 붐비는 시장 한가운데서 양코배기가 쪽복음을 들고 전도를 하고 있었다. 그가 평양에서 턱을 명중하여 피를 흘리게 했던 양코배기처럼 키가 훌쩍 큰 선교사였다. 가슴이 철렁했다. 정신이 아찔해지더니 다리에 힘이 쭉 빠져나갔다. 턱을 명중해서 피를 한없이 흘리게 했으니 죽어서 그의 앞에 원수를 갚기 위해 나타

난 귀신같았다. 장죽을 단 한 대도 팔지 못하고 장바닥에
버려둔 채 그는 벌벌 기어서 집으로 돌아왔다.

하필 그 순간 이웃에 살고 있어 안면이 있는 농부가 예
수를 믿으라고 간곡히 권했다. 이 나라의 왕도 버린 백성
들 중에 전쟁의 격동기를 피하려고 교회에 숨은 사람들이
재산과 생명을 건졌다는 것이다.

"예수가 어떤 위인이기에 이렇게 야단들인지 모르겠군.
턱에 돌을 맞고 피를 흘리면서도 전하는 예수가 도대체
누구요?"

"직접 가서 들어보시오. 간단히 말할 수가 없어요. 너무
깊고 오묘해서……."

"모두 미쳤군. 일본, 청국, 서양까지 밀려와서 우리 땅
을 짓밟고 있으니 이거 우리 민초들은 어디로 가야 하는
거야."

그는 집에 돌아와서 툴툴거리면서 팔베개를 하고 대청
마루 위에 벌렁 누웠다. 평양장터에서 돌팔매로 턱을 명
중했던 선교사의 얼굴이 그의 뇌리에서 또렷하게 살아났
다. 아무리 떨쳐버리려 해도 집요하게 달라붙는 와중에
스르르 잠이 들었다.

갑자기 사방이 눈이 부시도록 환해지더니 머리에 가시
관을 쓴 사람이 발끝까지 치렁거리는 흰색 장옷을 입고
그의 눈앞에 나타났다. 너무나 눈이 부셔서 감히 올려다
볼 수도 없어 눈을 꼭 감아버렸다. 그러자 인자한 음성이

부드럽고 세미하게 들려왔다.

"너는 어쩌자고 나를 이렇게 핍박하느냐, 내가 네 손을 잡고 어디든지 갈 것이고 너는 내 증인이 되리라."

눈을 번쩍 떴다. 땀으로 전신이 흠뻑 젖어있었다. 벌떡 일어나 앉아 정신을 차리려고 눈을 비비고 머리를 흔들었으나 귓가에 쟁쟁하게 들렸던 분명한 음성을 지울 수가 없었다.

그가 원산 시장바닥에서 만난 사람은 스왈른(Swallen)** 선교사로 풍채가 평양의 마포삼열 선교사와 비슷해 보였다. 이웃 농부의 손을 잡고 스왈른 선교사를 찾아가서 꿈에 보았던 일을 전했다.

"당신을 귀하게 쓰실 징조요. 우리 예수님이 당신을 증인으로 삼으셨소. 평양의 마포삼열에게 행한 악한 일을 예수님이 다 용서해주셨소. 감사하고 기뻐하시오."

그 사건 이후 그는 완전히 변화되었다. 어찌나 열심히 전도를 하는지 집주인의 핍박을 받고 온 식구가 거리로 쫓겨나기도 했다. 청일전쟁 뒤 어느 정도 시국이 안정을 되찾자 그는 식구들을 거느리고 평양으로 돌아왔다.

짐을 풀기도 전에 제일 먼저 마포삼열 선교사를 찾아갔다. 선교사의 아래턱에 뚜렷하게 남은 상처자국이 그의 눈물선을 자극했다. 그는 무릎을 꿇고 머리를 조아리고 울면서 말했다.

"저는 아주 나쁜 놈입니다. 저는 죽어 마땅한 죄인입니다. 저 같은 사람도 용서 받을 수 있을까요?"

"회개하면 우리 주님은 모든 죄를 용서하십니다. 어떤 죄를 지었는지 우리 함께 예수님께 고합시다."

마포삼열 선교사는 그의 두 손을 모아잡고 기도하자고 했다. 그는 머리를 살래살래 흔들면서 그의 턱을 가리켰다. 여전히 눈에서는 눈물이 철철 흘러내렸다.

"선교사님의 턱에 상처를 낸 사람이 바로 접니다. 제가 돌팔매질을 해서 선교사님의 턱에 상처를 냈습니다. 그래도 저를 용서하시겠습니까?"

"우리, 감사합시다. 당신의 생명을 구하기 위해 내 몸에 표적을 남겼소. 내게도 영광의 상흔이니 이 얼마나 감사한 일이오."

두 사람은 서로 부둥켜안고 울어가면서 기도했다.

"마포 씨의 턱에 상처가 나도록 돌팔매질을 한 것은 일생 잊지 못할 일입니다. 저는 그 일을 보상하기 위해 목숨이 끊어지는 순간까지 당신네가 전하는 예수님의 증인이 될 것입니다."

1907년 대한예수교장로회 독노회***는 최초의 신학교 졸업생 7명에게 목사안수를 주었다. 그 중에 바로 그 사람, 마포삼열 선교사의 아래턱에 상처를 낸 불량배가 7명의 목사들 중에 당당하게 끼어있었다.

그 남자가 바로 유명한 이기풍 목사다. 그는 가장 전도하기 어려웠던 제주도에 건너가 모진 핍박을 다 견디며

교회를 개척했고, 1921년 대한예수교장로회 총회장을 지냈으며, 일본신사참배에 반대하다가 1942년 6월 20일 해방을 앞두고 순교하였다.

*마포삼열(Samuel A.Moffet): 미북장로회 선교사, 1894년 기와집 한 채를 사들여 훗날 장대현교회로 발전된 교회를 시작함. 평양장로회 신학교의 초대 교장.

**스왈른(W.L. Swallen): 미북장로회 선교사, 함흥지방 일대에 복음의 씨를 뿌림, 조선예수교장로회공의회의 초대 회장, 마펫, 베어드, 헌트 선교사 등과 함께 평양신학교를 시작함.

***독노회: 정식명칭은 예수교장로회 대한로회, 1907년 평양 장대현교회에서 조직됨, 규모가 커서 독립된 노회라는 의미로 붙여진 명칭.

마적단에 잡혀간 23명의 성도들

집안(輯安)으로 직장을 옮겨온 이 선생은 어깨에 날개라도 달린 듯 몸이 가벼웠다. 비록 남의 땅 중국으로 일본 순사들의 눈을 피해 압록강을 넘어 탈출했지만, 이 학교는 그의 비전에 꼭 맞았다.

'삼성(三聖)중학'이란 이름부터 기독교 신앙에 바탕을 두고 독립운동하는 학교란 뜻이니, 생각만 해도 가슴이 벅찼다. 더구나 여기에는 그가 존경하는 두 분이 있었다. 한 분은 이 학교의 교장선생님이었고, 다른 한 분은 정미소를 운영하면서 학교의 재정을 담당하고 있는 장로님으로, 어려운 학생들도 공부할 수 있도록 길을 열어주고 있었다. 신앙을 위해 조국을 탈출한 분들 중심인 데다 교회가 곁에 있으니, 이 선생의 입장에서는 지옥에서 천국으로 이주한 것처럼 기쁨이 넘쳤다. 학생은 120명뿐이지만 중국 정부의 방침에 준하는 중국어 교사도 두고 있었고, 중국 정부로부터 방해받지 않는 학교였다. 그런 학교에서 교무주임을 맡았고 영어와 수학을 가르치게 된 그는 학생들 사이에서 인기도 많았다. 더구나 교회에서는 조국을 떠맡을 청년이라고 칭찬을 받고 있는 터라 꿈에 잔뜩 부풀어 있었다.

이곳으로 이사한 지 일 년이 지나도록 학교는 물론 교회도 늘 평안했다. 보기 싫은 일본 순경도 얼찐거리지 않아서 숨통도 열렸다. 몸도 마음도 만발한 꽃처럼 기쁨이 넘쳤고 젊음이 뿜어 올랐다. 만물이 소생하는 계절이라 고향의 뒷산처럼 진달래가 한창 피어있는 이른 봄날, 이곳에서 제법 큰 농사를 짓고 있는 산 넘어 사는 학생 집에 초대를 받았다. 보릿고개를 앞두고 주린 배를 움켜잡고 있을 고향 사람들을 생각하니, 이밥에 고깃국을 먹으면서 모두가 목이 메었다. 푸짐한 식사를 끝내고 보름달이 휘영청 밝은 밤에 산기슭에 도란도란 모여앉아 '나의 살던 고향'을 합창하면서 고향 쪽으로 향해 머릴 돌리고 눈물을 흘렸다.

이 선생이 마을에 도착한 때는 자정이 가까웠다. 여느 때 같으면 발자국 소리에 개들이 컹컹 짖어댈 것이고, 이 시간쯤이면 밝은 달빛이 아까워서 마실 나온 남정네들의 두런거림이 있으련만, 등이 오싹할 정도로 마을이 괴괴했다. 순간 무슨 일이 있었구나. 하는 생각이 스치면서 이 선생은 몸을 추녀 그늘에 숨겼다. 싸늘한 밤공기가 흠뻑 젖어오는 등을 차갑게 식히는 동안, 이 선생은 교회에서 가장 친하게 지내는 한의사의 집 문을 두드렸다. 인기척이 없었다. 방 안도 호롱불을 끈 채 괴괴했다.

"여보시오. 나요, 나. 삼성중학교의 이 선생이니 문을 열어 주시오. 도대체 무슨 일이 있었나요?"

그러자 겁에 질린 한의사의 아내가 구석에 숨어 있다가 기어 나와 문을 열었다. 하얀 얼굴이 보름달 빛에 사뭇 파랗게 질려 보였다.

"대도회(大刀會)가 교회청년 23명을 잡아 가지고 이 마을을 떠났습니다. 이를 어쩌지요. 흑흑흑……."

"대도회라면 큰 칼을 지니고 다니는 마적단이란 뜻인데 저들이 중국인이오, 아니면 조선 사람들이오?"

"개중에 조선말을 쓰는 사람들도 있었어요. 중국말을 쓰는 사람도 있으니 섞인 것으로 알아요. 이 선생님이 저들을 살려주세요. 모두 독실한 신자들만 잡아갔어요."

"왜 하필이면 성도들만 잡아갔지요?"

"이 마을에서 제법 돈 있고 잘 사는 사람들이 모두 기독교인이니까요."

이 선생은 무조건 마을 앞으로 난 큰길을 따라 달리기 시작했다. 마적단에 잡혀간 23명의 청년들을 찾아와야 한다는 생각뿐이었다. 23명의 교회청년들을 구하기 위해

이건숙 문학전집 4 민초들의 이야기

서는 자신의 목숨을 대신 줘도 된다는 각오로, 보름달 빛을 온몸에 흠뻑 받으며 마적단이 사라졌다는 길을 향해 질주했다.

입에서는 연신 기도가 터졌다.

'주님! 도와주십시오. 조국을 등지고 여기 와서 신앙을 지키면서 독립운동을 하고 있는 주님의 청년들이 아닙니까.'

숨이 턱에 찼다. 어둑새벽이 가깝도록 이 선생은 산을 넘어 내를 건너 무조건 달렸다. 죽음을 앞둔 23명에 자신이 추가되어 24명이 된다 해도 최선을 다해볼 심산이었다. 동이 터오면서 산골마을 사람들이 하나 둘 밭에 얼찐거렸다.

"이리로 지나가는 많은 사람들의 행렬을 본 적이 있소?"

"아하! 어젯밤에 저 고개를 넘어간 사람들 말이오? 말을 타고 갔어요. 20명이 넘는 청년들이 밧줄에 묶여 질질 끌려가는 것을 보았어요."

"그러면 붙들고 늘어져서 청년들을 구하지 그랬어요?"

"무슨 일로 잡혀가는지 알아야 돕지요."

그래도 순박한 농부들은 자신들이 아는 정보를 아낌없이 주었다. 저들은 마침 마객전(말들까지 쉴 수 있는 여인숙)에 머물고 있었다. 말 울음소리가 멀리까지 들려왔다. 이 선생은 발꿈치를 들고 채마밭에 포복하면서 마객전으로 접근했다. 잡혀온 23명의 청년들은 기둥에 묶여서 얼마나 울어댔는지 눈물콧물로 얼룩진 얼굴로 떠오르는 동쪽 해를 하염없이 바라보고 있었다. 한 기둥에 두세 사람씩 묶어놓았으니 몸을 움직일 수 없었고, 더구나 발까지 묶여있어 피가 통하질 않아 얼굴이 파란 청년도 더러 눈에 띄었다. 그중 한의사의 얼굴이 보였다. 순간 그의 눈과 이 선생의 눈이 마주쳤다. 별안간 한의사가 천둥 치듯 소릴 질러댔다.

"우릴 구하기 위해 하나님이 사자를 보내셨다!"

한의사는 미친 듯이 소리를 질러댔다. 순간 이 선생은 아찔했다. 조용히 접근해서 한 사람씩 구해낼 작정이었는데, 주책없이 이렇게 소릴 질러대면 혼자서 저 많은 마적들을 어떻게 당해낸단 말인가. 조용히 하라고 이 선생은 연신 손을 입에 가져가면서 신호를 보냈으나, 한의사의 입에서 흘러나오는 고함은 아무도 막을 수 없었다. 분명 제정신이 아니었다. 아침 식사를 하고 있던 마적들이 큰 칼을 휘두르면서 우르르 몰려나와 이 선생을 둘러싸더니 금세 체포하여 안으로 데리고 들어갔다.

대도회의 두목은 장비 흉내라도 낸 듯 턱수염이 얼굴의 반을 가렸고, 왕방울 만한 눈에서는 도깨비 몸에서 뿜어 나옴직한 파란 빛이 펑펑 쏟아져 나와 이 선생의 몸을 태울 것 같은 기세였다.

"어떤 놈이 감히 여길 와서 얼찐거리느냐?"

뜻밖에도 조선말이었다.

"우린 같은 피를 지니고 태어난 한민족이오. 부당한 짓을 하지 마시오. 우리도 조국을 찾기 위해 이곳에서 준비하고 있는 사람들이니 풀어 놓아주시오."

"아하! 요놈 좀 봐라. 겁도 없군. 우린 돈이 필요하다. 한 놈씩 조사해서 목숨 값을 내지 못하면 그 자리에서 처형하려고 하는데 너도 잘 왔다. 우선 너를 죽여 본을 보여줘서 가족들이 돈을 가지고 오도록 해야겠구나."

두목은 옆구리에 차고 있던 큰 칼을 쓰윽 꺼냈다. 날카로운 소리를 내며 공중을 가른 칼에서 퍼런 빛이 번쩍했다. 이 선생의 몸에 소름이 닭살처럼 돋아 전신을 뒤덮었다. 죽을 때 죽더라도 이 선생은 용감하게 눈을 크게 뜨고 두목의 얼굴을 노려봤다. 그 순간 언제 왔는지 그들 앞에 한 사람이 나타나 소릴 질렀다.

"아니, 네가 여기 어쩐 일이냐?"

갑자기 들려오는 목소리에 의아해서 이 선생은 머릴 그쪽으로 돌렸다. 전혀 모르는 사람이었다.

"아무리 세월이 흘렀다지만 네가 나를 모르다니? 너하고 한 반에서 공부한 동창생인데 나를 몰라보냐? 넌 반장이었고 내가 부반장이었는데 기억 안 나?"

그는 이 마적단의 부두목으로 이 선생을 알아보고 흥분해서 어쩔 줄 몰랐다. 순간 이 선생의 머릿속엔 '아하! 하나님이 나를 도우시는구나.' 하는 감사의 기도가 터져 나왔다.

"우리는 마적단이 되어 큰 칼을 들고 다니지만 독립운동을 하는 사람들이다."

"우리도 독립운동을 하기 위해 모인 사람들이다."

"그럼 우린 동지구나."

두 사람은 만나서 너무 좋아 어쩔 줄을 모르고 울다 웃다 야단이지만 불만이 가득한 장비 얼굴의 두목은 땡감을 씹은 표정이었다. 다른 마적단원들도 불만으로 서로 눈을 찡긋거리면서 울근불근했다.

"형님, 이 사람은 좋은 사람입니다. 우리가 이런 사람을 죽이면 하늘이 우리를 가만 놔두지 않을 것입니다. 그냥 풀어줍시다."

"그럼 이 한 사람만 살려주지."

그러자 이 선생이 담대하게 두목에게 말했다.

"23명 모두가 저처럼 조국을 위해 헌신하는 사람들입니다. 이들을 죽이면 저도 함께 죽을 것입니다. 우리 동네를 짊어지고 갈 패기에 찬 젊은이들이고 동네의 꿈입니다."

"너까지 24명의 목숨 값을 지불해야 되는 일이 아니냐. 우리는 돈이 필요하다, 돈이 있어야 먹고 살면서 일을 하지. 마적단이 된 것도 돈을 벌기 위해서인데 친구라고 서로 봐주기란 없다. 어서 동네에 연락해서 돈을 구해오너라. 값은 조금 싸게 해줄 것이다."

이 선생이 난감한 표정을 지었다. 남의 땅에서 아직도 적응을 못하고 농사를 짓는 가난한 청년들도 섞여있는데 이들이 요구하는 돈을 어찌 감당하겠는가.

"마적단이 되었으면 일본 놈을 습격하지 그래요. 하필이면 남의 땅에 살려고 강을 건너온 가녀린 동족을 향해 칼을 들이대느냔 말이오. 내가 마적단이라면 부유한 중국 촌을 습격하여 큰돈을 앗아낼 것입니다."

이 선생이 강하게 반발하면서 두목을 나무랐다. 그렇지 않아도 여기저기서 마적단의 습격으로 조선 사람들 고생이 말이 아니었다. 그러자 두목이 이 선생에게 협상을 했다.

"당신은 누가 가난하여 돈을 낼 수 없는 사람인지 알 것 아니요. 그런 가난한 사람만 풀어주고 나머지는 돈을 가져오도록 할 것이요."

이 선생이 강하게 머리를 흔들자 부두목인 이 선생의 친구가 두목에게 가서 한참 동안 협상을 하면서 서로 얼굴을 붉히기도 하고 언성을 높이기도 하다가 합의점을 보았는지 23명의 묶인 성도들을 풀어주었다.

헤어지면서 이 선생과 동창생인 부두목은 눈물을 흘리면서 서로 껴안았다. 이 선생이 23명의 청년들을 데리고 마을로 돌아온 때는 한 귀퉁이가 조금 일그러진 달이 떠오르는 밤이었다.

오소리강에 핀 붉은 꽃

이제 죽음의 순간이 온 것이다. 참으로 길고 긴 여정 끝에 맞는 이생에서의 마지막 순간인 셈이다. 아름답게 죽어야 한다. 용감하게 이생의 마지막을 장식해야 한다. 천국의 현관문에 발을 들여놓는 순간인데 무엇이 두렵단 말인가. 기쁨으로 소망의 눈을 들어 위를 보자 하면서도, 두 다리에서 힘이 쭉 빠져나가고 전신이 걷잡을 수 없이 후들거렸다. 죽는 순간 참을 수 없을 정도로 아프면 어쩌지. 해서 본인의 의지와는 관계없이 공포에 떨면서 마음을 바꾸면 어쩌지. 죽음의 순간은 진짜 얼마나 아픈 것일까.

한 목사는 눈을 들어 흰 광목을 펼쳐놓은 것처럼 눈을 뒤집어 쓴 산야와 오소리강(烏蘇里江, Ussuri River)을 훑어보았다. 때는 1935년 정월. 강과 땅을 구별할 수 없을 정도로 사방이 눈으로 뒤덮인 채 꽁꽁 얼어붙어 옆에 둔덕처럼 펼쳐진 산을 빼고는 모두 평지 같았다. 완달산과 러시아 연해주 경계에 위치한 오소리강 저 멀리 연개소문의 송덕비가 있다는데 거기까지 가보지 못하고 죽는구나 하는 생각에 머리를 들어 멀리 소련 땅을 응시했다. 북만주의 겨울은 혹독하게 추웠다. 죽음을 앞두고 있건만 강추위로 코끝이 고춧가루라도 뒤바른 것처럼 얼얼했다.

오소리강은 장백산맥의 북쪽에서 발원하여 북으로 흘러서 일단 항가이호(興凱湖)에 유입되었다가 다시 중국과 소련의 국경을 따라 북류하여 하바롭스크에서 헤이룽강으로 합류한다.

그는 눈을 들어 멀리 아득하게 펼쳐진 산야를 바라보면서, 아직 할 일이 많은데 이렇게 가면 북만주에 흩어져있는 성도들을 누가 돌볼 것인가 하는 안타까움으로 몸을 떨었다. 이보다 더 큰 문제는 그를 영접하기 위해 나온 교우들까지 그로 인해 모두 포로의 몸이 되어 죽음을 앞두고 있다는 점이다. 호림현 무림동교회에서 그를 영접하기 위해 오소리강까지 나온 사람들은 김창건 영수, 이창순·이흥원 부자와 이낙섭 그리고 이름이 알려지지 않은 한 성도까지 모두 다섯이나 되었다. 이들도 함께 처형될 판이다.

호림현 무림동교회는 작년 가을 많은 어려움을 겪은 터였다. 비적 300여 명이 방화약탈하고 예배당과 학교는 물론 가옥 20여 채를 불살랐기 때문이다. 3명이 참살을 당했고 연달아 사흘 뒤엔 교우 7명을 잡아가서 돈을 수백 원이나 주고 찾아온 판이라, 비적이라면 기겁할 지경이었다. 이런 지경에 있는 교회라 한 목사가 한겨울 이곳을 방문한 것이다. 저들을 위로하고 싶은 불 같은 사랑의 마음이 일어났기 때문이다. 비적에게 호되게 당한 적이 있는 저들은 날도 춥고 더구나 비적이 출몰할 빈도가 높은 상황이라 상당히 위험하다고 성화였다.

"이 지역이 너무 위험하니 며칠 기다려 평안할 때 떠납시다."

아주 간곡하게 말하는 영수를 한 목사는 강하게 막았다.

"지금 그곳 교우들이 내가 하루라도 빨리 오기를 기다리고 있는데 나 개인의 안녕을 위하여 어떻게 여기 머물겠습니까."

한 목사의 주장에 마중 나온 사람들은 어쩔 수 없이 얼어붙은 오소리강을 따라서 말이 끄는 썰매를 타고 북상하고 있었다. 1월 6일 주일에는 무슨 일이 있어도 무림동교회에서 설교를 할 참이었다. 1월 4일 금요일 오후 2시경 저들은 진보도(소련 명으로는 다만스키섬)의 동북방향 약 70리 떨어진 오소리강변의 다목하(多木河)를 지나고 있었다. 만주인이 거주하는 외딴 집을 지나는 순간, 그곳에 숨어 있던 공산비적 40여 명이 갑자기 들이닥쳤다.

만주지역의 성도들은 일제에 의해 추적을 당하고 중국

관원들의 핍박을 받으며 볼셰비키에 의해 유린당할 뿐만 아니라 동족에게서도 괴로움을 받고 있었다. 이런 환난을 당하고 있는 저들을 찾아 나선 그를 왜 하나님은 죽음의 구덩이로 몰아가시는 것일까. 하긴 12년 전 정월 이때쯤 삼원포(三願浦)에서 홍경(興京)으로 가는 도중 60명이 넘는 마적 떼를 만났을 적에도 이런 기분이었다. 두루마기, 이불, 시계, 행구와 현금 50원을 앗아간 것만으로는 부족해서 심하게 때리고 난 뒤에, 코언저리와 볼까지 검은 수염을 기른 두목이 산야가 출렁일 만큼 우악스러운 목소리로 한 목사를 죽이라는 총살형을 내렸었다. 한 목사의 가슴에 총을 겨눈 저들의 눈을 응시하면서 그는 피를 토하듯 절규했다.

"나는 기독교 목사요. 지금 전도하러 가는 길이오."

그러자 의기가 탱천하여 거드름을 피우면서 한 쪽에 앉아 있던 두목이 피식 웃으면서 총을 내리라는 손짓을 했다.

"기독교 목사는 상제를 섬기는 선한 사람이니 놓아주어라."

죽음의 문턱에 있던 한 목사는 전신에서 힘이 주르르 빠져나가 털썩 주저앉았다. 아하! 하나님은 이 세상에서 나를 통해 할 일이 더 있구나, 하는 확신이 왔다. 그 상황에서 그는 놀라울 정도로 강력하게 임한 주의 능력을 감지할 수 있었다.

그 뒤 12년을 더 사는 동안 만주지역을 돌면서 흩어진 교우들을 돌보고 전도했으니 이제 하나님 나라에 갈 때가 되었다고 생각했다. 비적들은 한 목사를 일제의 앞잡이라고 몰고 가면서 무조건 구타하기 시작했다. 공산주의자들인 이들은 그를 2시간이 넘도록 때려서 솜을 누벼서 입은 겉옷이 홍건하게 피로 물들었다. 옆에 서 있는 다섯 명의 생명도 차례로 죽어 나갈 참이었다. 나란히 서서 죽음을 기다리는 성도들이 피로 물든 그의 몸을 걱정하자 그는 의연하게 말했다.

"고통이 말할 수 없이 심하지만 곧 주의 품에 안길 것이니 기뻐합시다. 주의 손이 모든 상처를 어루만져 주실 것이오."

오후 4시에 비적들은 한 목사 일행을 제국주의 주구(走狗)라는 죄목 하에 모두 처형할 것을 결정했다. 산 채로 오소리강의 얼음구멍에 밀어 넣겠다는 것이다.

"이것들은 총으로 쏴 죽이면 총알도 아깝다. 강물 속에 밀어 넣어 수장해버려라."

그 순간 한 목사는 세 번이나 소리 내서 기도했다.

"주여! 우리 영혼을 받아주옵소서."

그는 자신이 들어갈 얼음구덩이 밑으로 음울한 하늘빛을 담고 도도하게 흘러가고 있는 강물을 내려다보았다. 지금 마지막으로 할 일이 무엇인가? 순간 그는 옆에 선 비적의 정강이를 힘껏 걷어차면서 죽을 차례를 기다리고

서 있는 성도들에게 외쳤다.

"형제들이여! 도망가시오. 차라리 달아나다가 총에 맞으시오. 그게 얼음물 속에서 죽는 것보다 나을 것이오."

한 목사에게 정강이를 채여 넘어진 비적이 미끄러운 빙판 위에서 비트적거리는 동안 다섯 명의 교우들이 산 쪽을 향해 내달리기 시작했다. 그들의 등 뒤로 귀청이 찢어지는 총소리가 콩 볶듯이 쏟아졌다. 저들을 향해 경건하게 머리를 숙인 한 목사는 쓰러지는 4명 뒤로 한 사람이 산속으로 사라지는 것을 목격했다.

한 목사는 피를 너무 많이 흘려서 정신이 흐려오기 시작했다. 온통 하얗게 물든 세상을 마지막으로 한번 훑어보고는 피로 얼어붙은 옷의 무게를 이길 수 없어 털썩 꽁꽁 얼어붙은 강바닥에 주저앉았다. 순간 가족들이 떠올랐다. 날카로운 칼날이 스치듯 예리한 알알함이 심장을 도려냈다. 독립운동을 한다고 일제에 체포되어 3년간 신의주 감옥에 투옥되었을 적에도 이렇게 가슴이 저미도록 시리지는 않았었다. 출옥한 뒤에 창성읍과 평로동교회에서 시무하면서 겨우 경제적으로나 가정적으로 안정을 되찾아서 기뻐하던 가족들을 이끌고 북만주 전도목사로 간다고 했을 적에, 아내의 얼굴에 번지던 눈물이 선명하게 눈앞에 다가왔다. 다소곳하게 남편의 뜻을 언제나 따르던 아내는 아홉이나 되는 식구들의 겨울옷을 짓느라고 며칠밤을 지새우지 않았던가. 북만주는 중국 땅에서 가장 추운 곳이란 말을 듣고는 솜을 두툼하게 넣은 누비옷을 짓느라 아내는 밤새 재봉틀을 돌렸었다. 그 재봉틀 소리가 귀에 선명하게 살아났다. 사무치게 그리운 가족들이다. 보고 싶은 아내다. 아직도 돌봐야 할 자식들을 두고 떠나는 아버지의 아픔이 강하게 일었다. 순간 살고 싶다는 마음이 불끈 솟구쳤다.

마지막으로 떠오르는 사람이 있었다. 바로 자기 대신 순교한 삼원포교회의 안동식 장로였다. 안 장로 부부는 두 아들의 몸이 산 채로 세 동강나는 걸 목격하는 고난을 당했다. 일본 순경은 그 다음에 안 장로 스스로 맨손으로 자신이 묻힐 무덤을 파게 했다. 그 무덤 속에 안 장로 스스로 눕게 하고는 산채로 흙을 덮어버렸다. 세 식구의 참혹한 죽음을 두 눈으로 목격한 안 장로의 아내는 통곡하면서 강물에 몸을 던져 죽지 않았던가. 한 목사 대신 죽어간 안 장로 가족은 15년간 그에게 큰 짐이었다. 일경의 추적을 피해 달아난 한 목사를 대신해서 순교한 그들을 어찌 잊겠는가. 그 사람들의 삶의 몫까지 사는 인생이었다. 안 장로 부부와 두 아들이 한 목사 대신 죽고 목숨을 살려준 대가로 하나님은 만주지역의 영혼들을 그의 손에 맡기신 것이었다.

안 장로 얼굴을 떠올리자 가늠할 수 없는 평안함과 힘이 솟구쳤다. 잘라낸 나무토막처럼 그의 몸을 얼음 밑, 도도하게 흘러가는 물속에 밀어 넣은 비적들은 산짐승처럼 괴성을 지르면서 광활한 평야를 향해 내달렸다.

 다섯 명의 성도 중에서 유일하게 살아나서 노령으로 도
망갔던 교우, 이낙섭이 무림동교회에 이 모든 사실을 알
려주었다. 이 교회의 교우들이 오소리강의 순교현장에 왔
을 땐 한 목사의 시신을 찾을 수가 없었고 얼어붙은 강바
닥에 새빨간 핏자국만 선명하게 널려있었다. 시신이라도
찾아 장례를 치르러 왔건만 그는 흔적도 없이 사라지고
없었다.

 핏자국을 뒤로 하고 얼마를 간 뒤에 뒤돌아보니 하얀
눈 이불을 덮은 얼어붙은 강 위로 눈부시도록 빨간 꽃 한
송이가 피어올랐다. 일행은 눈을 비비면서 아침 햇살을
받고 자꾸 커지는 생동감 넘치는 빨간 꽃을 향해 두 손을
모았다.

— 한 목사는 만주의 사도 바울 한경희 목사다.

무당의 딸

수원 평동 한가운데를 꿰뚫는 골목길 한 쪽, 회색 돌담
으로 단장된 울안에 벌거벗은 큰 느티나무가 정월 열하루
의 산바람을 안고 쏴쏴 울어댄다. 당집 안에서 들레는 소
리가 멀리 산 밑 오두막까지 퍼져나가자 산동네 사람들이
시린 손을 겨드랑이 밑에 엇물려 사려 넣고 동동걸음으로
모여들었다.

평동 벌말의 당집에서는 해마다 당굿을 벌여, 얼음 구
들장에 누워있기가 싫은 굶주린 조무래기들까지 침을 꼴
깍 삼키면서 굿상에서 물릴 떡을 탐했다.

가을 추수가 끝날 때부터 선도재비(굿의 비용과 사전준비를
위한 업무를 총괄하는 사람)가 집집을 돌면서 비용을 추렴했
기에 이미 동네 사람들은 당굿이 있을 걸 알고 있었다. 당
집에서 행하는 도당굿(마을 사람들이 도당에 모여 복을 비는 굿)

이 끝나면 이 동네에서도 제일 토지를 많이 가진 윤 진사 댁에서 당주 굿을 하기 때문에 동네 사람들의 주린 배는 더욱 꼬르륵거렸다.

당주 집으로 몰려간 사람들은 대청에 뜨거운 물이 든 시루 위에 쌀을 넣은 대접을 띄우는 것을 보고, 어서 안당 고사와 터고사를 지내고 대감고사를 끝으로 음식을 먹기를 원했다. 울안의 장독대로 옮겨진 터줏가리(터주신, 집터를 관장하는 신)제사에 매화의 어머니인 돌담무당이 두 손을 맞비비면서 집터의 안녕을 빌고는, 터줏가리 앞에 차려놓은 고사 상에서 막걸리를 담은 그릇과 시루떡을 떼어들고 장독대에 올라가 장독 위에 나누어 뿌렸다.

당주 집에서 지내는 마지막 당주 굿이 동네 사람들의 흥겨운 들레임에 힘입어 진행되고 있었다. 대감항아리 앞에 놓인 시루에서는 정월의 찬바람 속으로 모락모락 김이 피어올랐다. 항아리 위에 마른 북어 한 마리가 놓이고 항아리 양 옆에 양초가 바람을 따라 심하게 너풀거렸다. 자꾸 꺼지는 향을 간신히 지피며 돌담무당은 벼슬군웅과 대감을 위로하면서 대대손손 집안이 잘 되기를 축원하고 있었다.

돌담무당의 딸인 매화는 어머니의 눈길을 의식하면서 휑한 눈을 들어 잿빛 하늘과 새털처럼 흘러가는 구름을 응시했다. 가슴이 아파온다. 심장까지 썩어 들어가는지 숨을 쉴 적마다 탁탁 결린다. 검은 치마 말기로 주르륵 진물이 흘러내린다. 아픈 가슴을 누르면서 매화는 눈을 감는다. 어머니가 입은 꼬까옷이 나비처럼 나불거리며, 널 뛰듯 오르내리는 그네가 바람을 타고 하늘 높이 떠오른 색색이연으로 둔갑해서 눈앞에서 어른거리기도 한다. 걷지도 서지도 못할 때까지 매화는 무당어머니의 굿판을 따라다녀야 한다. 어머니의 눈길이 닿은 곳에 바위처럼 있어야 한다.

둥둥 장구가 울리고 북과 징도 저마다 아우성치면서 소리를 낸다. 대감고사가 끝난 모양이다. 사람들이 음식을 탐하면서 설렁대는 동안 매화는 이리저리 밀리면서 대문 밖으로 나갔다. 등 뒤로 어머니의 매서운 눈길이 꽂혔지만 사람에 밀려 둥둥 떠가는 기분이다. 우악스러운 손이 매화의 허리에 휘감겼다. 대문 밖으로 끌려나온 매화는 그제야 그녀를 끌어낸 장본인이 돌쇠인 걸 알았다.

"우리 엄마에게 잡히면 우린 죽어."

"알고 있어. 하지만 네 가슴에서 흘러내리는 고름과 진물 냄새가 진동하고 있어. 이대로 놔두면 며칠 못 가서 넌 죽어버릴 거다. 나를 따라서 서양 의사에게 가자."

"어머니가 모시는 용왕님이 오늘 밤 고쳐준다고 했어."

"너 진짜로 그 말을 믿니?"

"믿지는 않지만……. 우리 어머니가……."

"널 무당으로 만들려고 난리인 어머니를 여직 몰라서 이러는 거야. 널 아내로 삼겠다고, 하나님께 서원했어."

매화는 무서운 무당 어머니의 얼굴을 떠올리며 뒷걸음

질을 했다. 어떻게 해야 하나, 매화는 혼란스러웠다. 그런 매화를 돌쇠는 덜렁 들어서 등에 업었다. 곪은 가슴의 응어리가 돌쇠의 등에 닿으면서 터졌는지 젖가슴이 흥건히 젖어온다. 정신이 희미해지면서 앞이 핑그르르 돌았다. 돌쇠의 말처럼 이러다가 죽는 것이 아닌가 하는 생각도 들었다. 전신에서 힘이 쭉 빠져나가면서 매화는 돌쇠의 등에 얼굴을 박았다.

석 달 전 돌쇠를 따라 서양 사람을 만난 것이 화근이었다. 그렇게도 감쪽같이 어머니 돌담무당을 속였건만 역시 무당이라 신기(神氣)가 있어서 그런지 금세 냄새를 맡았다.

"네 몸에서 바다 건너온 서양귀신 냄새가 난다."

"무슨 소릴 하는 겁니까. 전 그런 것 몰라요."

"날 속일 수 없어. 넌 무당의 딸이라 어미 뒤를 이어 세습무당이 되는 게 너에게도 좋아. 곧 신 내림 굿을 할 거다."

"무당의 딸이란 말 듣기 싫어요. 어머니처럼 무당이 되어 동네 사람들의 천덕꾸러기가 되는 건 싫단 말이에요."

"무당이 얼마나 신령한 사람인 줄 몰라서 하는 말이다. 세상사를 다 아는 신령님을 네 안에 모시고 살면서 사람들의 생사화복을 빌어주는 좋은 일을 하는데, 어째서 마다하는 게냐. 넌 누가 뭐래도 무당의 딸이다."

날이 갈수록 어머니의 구박은 심해졌다. 그러던 어느 날, 어머니가 건넛마을에서 멱을 감다가 빠져죽은 총각의

넋을 건지기 위해 넋건지기굿을 하러 가는 날이었다. 처녀총각으로 죽은 사람들끼리 혼인을 시켜주는 저승혼사굿까지 한다니 밤늦게나 돌아올 모양이다. 돌담무당은, 늘 달고 다녔는데 갑자기 아프다며 기동을 못하는 매화를 혼자 두고 가는 것이 마음이 쓰여, 바깥에서 고리를 잠그고 굵직한 놋수저를 꽂아 놓았다. 대소변이 마려울 때 사용하라고 윗목에 요강을 놓아두는 치밀함을 보였다.

돌담무당이 건넛마을에 굿을 하러 간다는 사실을 알게 된 돌쇠가 가만히 있을 리가 없다. 제꺽 놋수저를 빼 던지고 둘이는 그날 동네 사람들이 모여 성경을 배우는 사경회에 끼어들어갔다. 남자는 남자끼리 앉고 여자는 여자끼리 앉았다. 남녀 구별을 하느라고 대청 한가운데 흰 광목으로 장막을 쳐놓았다. 남녀의 킬킬거리는 소리와 방귀뀌는 소리도 간간이 들렸지만 서툰 서양 선교사의 입에서 나오는 말씀에 모두 귀를 곤두세웠다. 밤이 깊어 가는지도 모르고 매화와 돌쇠는 성경 배우는 재미에 빠져들어갔다. 제대로 앉지 못하는 매화는 가슴을 부여안고 벽에 등을 기대고 있었는데 마치 꺾어 세워놓은 인형 같았다. 갑자기 문이 와락 열리는 바람에 곳곳에 여러 개 켜놓은 호롱불이 출렁거렸다. 벼락 치는 소리가 났다. 매화의 어머니였다.

"양놈이 양귀를 데리고 남의 땅에 들어와서 내 딸까지 잡아가려고 이러는 게야! 내 딸 매화는 어림없다. 어디

한번 해보자. 누가 이기나 한번 겨뤄보자고."

어머니의 고함에 얼굴이 붉어진 매화는 어머니의 등에 업혀 밖으로 빠져나왔다. 보름이라 달빛이 눈이 시리도록 추수가 끝나 텅 빈 논밭 위로 쏟아져 내렸다.

"너 혹시 서양귀신을 믿기로 했니?"

매화는 묵묵히 어머니의 등에 얼굴을 묻었다.

"돌쇠 녀석 때문에 그런다면 혼인을 시켜주마. 그러나 돌쇠가 널 무당으로 인정한다는 조건으로 허락할 것이다."

"제가 그 사람의 아내가 되려면 서양 신을 믿어야 합니다."

"너, 이년! 지금 뭐라고 했어. 서양 신을 섬기겠다고? 어미를 버려두고 다른 신을 섬기겠다고? 내 눈에 흙이 들어가기 전에는 절대로 못한다."

매화는 등을 통해 느껴지는 어머니의 분노에 찬 헉헉거림에 몸을 떨었다. 무슨 큰일이라도 저지를 태세였기 때문이다. 방 안에 딸을 내려놓은 어머니는 매화 앞에 날이 퍼렇게 선 칼을 내놓았다.

"이건 굿할 적에 쓰는 신(神)칼이다. 내 앞에서 다짐해라. 절대로 서양 신을 믿지 않겠다고 말이다."

매화는 오늘 저녁에 들은 "주 예수를 믿으라, 그리하면 너와 네 집이 구원을 얻으리라"라는 성경말씀으로 인해 이미 죽기를 각오하고 하나님을 섬기기로 마음을 굳힌 터였다. 어머니가 강하게 나올수록 그 마음이 더욱 강해졌다. 단호하게 치뜬 딸의 눈을 보고 무당 어머니의 눈에도 매서운 기운이 서렸다. 순간 퍼런 칼끝이 매화의 젖무덤 사이에 닿았다. 섬뜩한 찬기가 이미 저고리 깃을 뚫고 살에 직접 닿아서 살을 저미는 것처럼 오싹함이 스쳤다. 그래도 매화는 머리를 살래살래 흔들었다.

"무당이냐, 서양 신이냐? 둘 중에서 하나를 택해라."

어머니의 목소리엔 악신을 다루듯 서릿발 같은 오기가 묻어났다. 이내 어머니의 손에 힘이 들어갔다. 칼이 매화의 젖무덤 사이를 파고들었다. 검붉은 피가 줄줄 하얀 저고리 앞섶과 검은 치마 말기를 적셨다. 피를 너무 많이 흘려서 정신이 흐려오는 매화는 희미한 눈을 들어 천장을 보았다. 어머니의 뜨거운 눈물이 후드득 매화의 뺨 위로 떨어졌다.

그러고 나서 석 달 동안, 시름시름 매화의 가슴은 칼끝이 예리하게 파고든 탓에 깊이 곪아 들어갔다.

마음이 강퍅해질 때면 돌담무당은 신(神)칼로 매화의 가슴을 그간도 여러 번 쑤셔 놓았다. 이번 가슴을 쑤신 칼끝엔 균이 있었는지 심하게 쓸벅거렸다. 이런 딸을 데리고 굿을 하러 갔는데 돌쇠가 매화를 업어다 의료선교사 앞에 내려놓은 것이다.

"이 밤을 넘겨봐야 알겠어. 상처가 너무 깊고 오래되어서 곪은 상태가 아주 좋지 않아."

선교사의 말에 돌쇠는 의사의 바짓가랑이를 잡고 늘어

지면서 울부짖었다.

"이 모두가 저 때문에 일어난 일입니다. 그러니 살려주셔야 합니다. 이대로 보낼 수는 없습니다."

"열도 높고 상처부위가 성이 나서 단단하고 붉게 물들어서 문제야. 감염상태가 심각하니 두고 보자. 기도하라고."

돌쇠는 무릎을 꿇고 앉아 눈물을 무릎 위에 뚝뚝 흘리면서 기도를 했다. 매화는 혼수상태에서 헛소리를 하며 끙끙 앓았다. 하룻밤이 지나고 이틀 밤이 지났다. 돌쇠는 꺼칠한 눈으로 의사의 얼굴만 주시했다. 열심히 솜에 물을 적셔 매화의 바짝 마른 입술을 적셔주면서 살아만 주면 이 여자를 위해 일생을 살겠다고 돌쇠는 수없이 다짐을 했다.

사흘로 접어드는 초저녁에 매화가 꿈틀 몸을 움직이면서 기어들어가는 목소리로 물을 찾았다.

"이제 정신이 드는 모양이다. 일단 위기를 넘겼다. 그냥 오늘 밤을 지냈다면 생명을 건질 수 없었을 것이다. 하나님께 감사하자. 이 딸을 하나님이 살려내셨다."

"감사합니다. 이 은혜를 어떻게 갚아야 할지……."

선교사와 돌쇠가 나누는 대화가 두런두런 귓가를 스친다. 말씀을 강론하던 선교사가 서양 의사라고 했는데 그 사람이 나를 살려냈단 말인가.

매화는 서서히 온몸을 휘감고 스며드는 환한 빛에 눈이 부셔 스르르 눈을 감아버렸다.

2 | 스마트소설

오늘 우리들 이야기

영원히 안녕

"엄마, 나 배 고파."

"방문 앞에 점심상 차려 놨다."

딸이 밥상을 들고 들어가 문 닫는 소리가 들린다. 도심지 학원가에서 영어를 가르치고 있는 딸은 어제 마스크로 얼굴 반을 가리고 내게 선언했다. 학원에 코로나 확진자가 두 명이나 나와서 강의가 전면 스톱되고 모두 자가 격리되었다고. 자신이 보균자인지 모르니 엄마도 마스크를 쓰고 자신도 쓴다고 선언했다. 이래서 우리 모녀는 한집에 살면서 서로 손전화로 교신을 한다. 화장실도 따로 쓰고 식사도 각자 하고 서로 얼굴과 얼굴을 대면하면 큰일 난다고 겁에 질린 딸이 난리를 친다. 마치 자신이 코로나 바이러스 발광체라도 된 듯 말이다.

카프카의 '변신'이란 작품에 나오는 그레고리 잠자가

눈을 뜬 아침 거대한 독벌레로 변해 격리된 것처럼 딸은 자신의 방에 은둔했다. 그 소설의 주인공과 다른 점은 한 집에서 모녀가 하얀 마스크로 입을 틀어막은 독벌레들이 되어서 서로 얼굴을 마주할 수 없이 각자의 작은 공간에 갇힌 꼴이다. 두 마리 벌레의 몸에서 눈처럼 흰 마스크만 로고를 찍은 안테나처럼 툭 튀어나와있다.

어린 시절 한겨울에 움막에서 김치를 꺼내 듯 냉장고에 저장된 음식으로 저녁을 차려 핸드폰으로 연락하면 딸은 밥을 먹고 다시 방문 앞에 상을 내놓는다.

집안에서 식구끼리 격리라니! 자유가 엄청나게 제한되는 상황이다. 코로나라는 무서운 병균과 대치상태가 길어지니 이젠 기진하여 헉헉거리면서 무력함과 공포의 쇠사슬에 묶여 축 늘어진 몸으로 싸울 차례를 기다리고 있다. 흩어지면 살고 뭉치면 죽으니 적군을 대항하여 힘을 합칠 수도 없다. 코로나라는 적군은 어린아이부터 노인까지 가리지 않고 주리를 트니 쓰러진 저들을 사랑한다고 나설 수도 없다. 치열한 전쟁을 하다 보니 아직 차례가 오지 않았는데도 지레 겁을 먹고 패색을 띠게 된다.

강대국이라 알려진 큰 나라에서 시신을 묻을 자리가 없어 근처에 위치한 섬에다 구덩이를 일자로 파서 가래떡 늘어놓듯이 촘촘히 죽은 사람들을 묻는 화면이 떴다. 그 장면에서 갑자기 나는 중세기 유럽을 휩쓸었던 페스트에 관한 글, 한 토막을 떠올렸다.

'일자로 판 구덩이 밑바닥에 두껍게 깐 생석회가 희뿌연 연기를 뿜으며 부글부글 끓고 있다. 줄지어 운반돼온 고열로 검게 탄 벌거벗고 약간 뒤틀려진 시신들이 거의 나란히 붙어서 뉘어지고 그 위에 흙을 뿌리고 다시 생석회를 뿌리고는 시루떡을 앉히듯 그 위에 죽은 사체들이 떡가래처럼 나란히 배열된다. 곁에 가족도 없어 울어대는 사람도 없다.'

딸은 내가 자기처럼 마스크를 썼나. 확인하려고 카톡으로 사진을 찍어 보내란다. 중환자처럼 입을 가려 얼굴 반만 나오는 마스크 쓴 내 얼굴을 확인하고 딸은 전원을 끈다. 한집에 살면서 자식과도 얼굴을 맞대고 말할 수 없는 세상이 온 셈이다.

텔레비전에서는 코로나가 전염병처럼 퍼진다고 아우성이다. 아나운서는 무서운 균이 폐뿐만 아니라 뇌세포도 죽여서 일단 죽지 않고 살아나도 일생 후유증이 남는다고 겁을 준다. 텔레비전 화면엔 방역복을 입은 의료진들이 우주인처럼 이색적인 광경을 화면에 가득 펼친다. 그들은 달나라에서 온 외계인들처럼 하얀 비닐에 싸인 엉덩이를 오리처럼 썰룩거리며 걸어 다니고 얼굴에 독가스안경과 마스크를 쓴 모습이 섬뜩하다. 코로나 병균에 패한 환자는 독기를 뿜어내는 독벌레가 된 듯 요상하게 울퉁불퉁 구멍이 뻐끔뻐끔 뚫린 이동침대에 실려 간다. 곧 무덤에 집어던져질 관처럼 보인다. 나는 저렇게 되지 않을 거야.

아쿠쿠! 무서워라. 모두가 이렇게 외치고 있다. 이래서 딸이 벌레처럼 방안에 칩거하는 모양이다. 마치 다음번엔 자신이 벌레가 되어 이런 모습으로 우주인들 손에 넘겨질 것이란 공포로 그러는 모양이다.

이런 생각에 이르자 코로나 블루와 코로나 레드라도 덮친 듯 우울해지면서 엄청난 두려움이 전신을 감싼다. 화면이 주는 공포심에 나는 세상의 끝날을 떠올렸다.

하늘 한끝이 두르르 말리고 별들이랑 해와 달이 좌르르 쏟아지는 세상의 종말이 곧 오려나보다. 새까만 하늘에서 우박처럼 쏟아지는 불덩이를 피해 나는 이불 속으로 마스크를 쓴 채 한 마리 벌레가 되어 기어들어갔다. 철갑처럼 단단하고 딱딱한 등을 펴고 배를 보니 이 나이에 찐 불룩한 뱃살이 벌레의 징글맞은 물컹한 갈색 살로 변해 꾸물거린다. 무수히 돋아난 벌레의 다리들이 오그르르 눈에 들어온다. 이게 무슨 망상이란 말인가! 겁에 질려 벌떡 일어나서 정신을 차리자고 머리를 흔들면서 잡생각을 떨어낸다.

여직 몇 개월 동안 사망한 숫자를 보니 별 것이 아니다. 자연사도 저 정도는 되는데 왜 이렇게 난리를 치는지 모르겠다는 생각이 스친다. 이거 코로나를 정치에 이용하는 것이 아니냐는 유튜브 어떤 사람의 논평을 들으면서 나는 세차게 머리를 흔들었다. 순간마다 눈과 귀에 물밀 듯이 들어오는 코로나19 코로나19 코로나19……. 어딜 봐도

코로나 귀신이 사람을 잡아먹으려고 깃발을 흔드는 모양
세다.

나는 벌떡 일어나서 징그러운 흰 마스크를 벗어던지고
씩씩하게 집안을 청소하면서 용감하게 개선장군처럼 나
댔다. 벌레집을 벗어나는 길은 딱 하나. 사람들을 만나러
수산시장에 나가 먹고 싶은 생선을 사고 회도 사먹겠다고
옷을 갈아입기 시작했다.

만나는 사람들마다 꼭 필요한 말만 하는데도 숨이 찬지
마스크 한가운데가 볼록거린다. 조각된 인형끼리 대화를
나누는 것처럼 교감이 되질 않고 마스크 안에서 푸푸거리
는 것이 비현실적이다.

어디를 둘러봐도 코로나를 피할 안전한 섬은 없어 보인
다. 어쩔 수없이 이 답답하고 잔인한 어둠 속을 맹목적으
로 전진해야만 한다. 이제 코로나로 인해 우리는 예전과
완전히 다른 생활 형태로 자리를 잡아가고 있다.

나는 길 위에 우뚝 멈춰 서서 뇌까려본다.

'코로나가 어느 날 갑자기 찾아왔으니 온 것처럼 가버
릴 불쾌한 방문객이 확실하다. 그러니 이 집단적인 공포
의 종말은 꼭 올 것이다.'

순간 이런 환상이 내 눈앞을 스친다.

'코로나가 죽어버린 날에 가족들과 이웃이 모두 모여든
다. 코로나의 냉기 자리를 채워줄 뜨거운 환락을 찾아 나
선 군상이 영화관에 백화점에 학교에 시장에 번화가에 맛

집에 음식점에 와글와글와글······.'

나는 그들 인파에 끼어들어 목청껏 외칠 것이다.

"Goodbye forever, Covid-19!"

녹아버린 보름달

"자네 이 집에 가는 것, 정말 확실해?"

"내 두 눈으로 똑똑히 봤어. 그들 뒤를 따라서 여기까지
와서 전부 확인했으니 염려 내려놓아."

자정이 지나자 보름달은 갓난아기 머리통보다 작아 보
일 정도로 중천에 두둥실 떠올랐다. 어찌나 밝은지 서로
눈을 마주칠 적엔 상대방의 속눈썹까지 셀 수 있을 지경
이다. 이따금 시간을 헛짚고 푸덕이는 수탉의 짧은 울음
소리가 서너 번 들리고 밤은 깊어갔다. 젊은 부부가 켜놓
은 안방의 불은 보름달을 능가해서 마당까지 훤히 밝힌
다. 도란도란 이야기하다가 까르르 웃는 소리로 울안엔
평안과 행복이 그득 고여 있다.

"제네들 곧 잠들겠지?"

"젊으니까 저러다 늦어도 2시쯤 잘 거야."

손목시계를 달빛에 비춰보니 1시다. 한 시간만 더 기다리면 될 성싶다. 삼십대의 두 남자는 고등학교를 함께 다녔고 군대까지 같이 다녀온 절친한 친구 사이다. 밤이 깊어가자 여름이지만 모기들이 윙윙대서 모스키토를 들어난 팔뚝과 발목에 바르고 얼굴까지 로션을 바르듯 떡칠을 했다. 그래도 요놈들이 옷을 뚫고 등짝을 무는 바람에 자꾸 손이 뒤로 간다. 밤이 깊어갈수록 조용조용 풀벌레들이 울어대고 여름밤의 미풍이 시궁창 가에 수북이 자라오른 개여뀌 잎을 간질인다. 습한 시궁창 물과 영양이 풍부하여 튼실하게 살이 오른 여뀌 이파리들이 보름달 빛을 받고 기름기가 자르르 돈다. 꽃대를 척척 늘어뜨린 붉은 자줏빛 꽃송이들이 비만이 넘쳐 멍울멍울 톡톡 터질 지경이다. 새벽 두 시가 넘었건만 아직도 젊은 부부는 잠자리에 들 기미가 보이질 않고 무엇이 그리 재미있는지 남자의 호탕한 너털웃음으로 창호지문이 살짝 살짝 흔들린다.

　오밤중에 저들은 박수를 치면서 둘이 힘차게 노래를 부르다가 소리높여 뭐라고 웅얼대기도 한다.

　"저것들 예수쟁이인가 보군."

　"자네 그걸 어떻게 알아?"

　"우리 동네 교회 앞을 지나칠 적마다 저런 노래를 들었는데 저렇게 야단들이더라고."

　기다리다가 지친 두 남자는 눈을 들어 집안 구조를 살피기 시작했다. 어디로 들어가서 어떻게 방안에 침입하여

은행에서 찾아다 놓은 돈뭉치를 들고 튈까 물색해보는 것
이다. 파르스름한 달빛 아래서 망와의 귀면이 무섭게 그
들을 노려보고 있다. 지금은 후락했지만 과거엔 잘 살았
던 조상 탓인지 팔작지붕엔 제법 양반집 기운이 물컥 서
려있었다.

"기와 마구리에 새겨진 도깨비가 아마도 저들 부부가
자지 못하도록 해서 우릴 막고 있는 것 아닐까?"

"지금 세상에 도깨비가 어디 있어."

그들이 과학시간에 배운 상식으로는 허구가 기발한 창
의력을 발휘해서 도깨비란 허상이 가변성을 타고 만들어
낸 환상들이라고 두런거리면서 이젠 중천에서 조금 빗겨
가고 있는 둥근 달을 안타깝게 바라본다. 밤기운을 머금
은 이슬이 저들의 머리와 어깨에 내려앉아 전신이 눅눅하
게 젖어온다. 지루해진 둘이는 연신 시계를 본다.

"첫 아이의 돌이 닷새 뒤라 동네잔치를 하면서 친척들
도 초청한다고 했어. 현금 오만 원짜리들을 두툼하게 은
행에서 찾아 핸드백에 넣은 걸 내 두 눈으로 도장 찍어놨
으니 조금만 더 기다리자고."

너무 지루해진 두 남자는 여뀌꽃을 따서 달빛에 비춰보
았다. 어쩐 꽃망울이 그리 많이 닥지닥지 붙어있는지!

"우리 지루하게 이렇게 창문에 불 꺼지기만 바라보고
있지 말고 요 꽃망울이 도대체 몇 개나 달렸는지 한번 세
어보자. 제일 많이 달린 꽃망울을 찾은 사람이 망을 보기

다."

두 남자는 여뀌의 꽃송이를 따서 부지런히 세기 시작했다. 이 꽃 저 꽃 따가며 더 많은 꽃망울을 세어내려고 정신이 없다. 망보는 역할이 집안에 들어가 돈을 훔치는 것보다 낫지 아니한가. 그러는 동안 시간은 잘도 흘러서 시계를 보니 4시를 지나고 있다. 창문을 통과해서 안마당을 비추는 불빛은 아직도 환하다. 젊은 댁이 남자보다 더 말이 많아서 입을 가만히 두질 못하고 있다. 아직도 사랑이 퐁퐁 쏟아지는지 도통 불을 끄고 잠들 태세가 아니다.

"저것들 밤을 지새우려나 봐?"

"그나저나 큰 일 났네. 동녘 하늘이 조금씩 트이고 있잖아."

꽃망울을 세어보느라고 뜯어낸 참깨 크기의 빨간 알갱이들이 두 남자의 앞자락에 수북했다. 멀리서 수탉의 힘찬 울음소리가 산골마을을 잡아 흔들었다.

그냥 들어가서 칼을 들이밀고……. 두 사람은 의견이 분분했다. 아침 해님이 침대에서 벌떡 일어나듯 갑자기 불끈 솟아오른다. 어쩔 수 없이 그들은 무릎 위에 수북이 뜯어낸 여뀌 꽃망울을 털어내며 시궁창가에서 일어섰으나 다리가 저려 바로 걷지를 못하고 비틀거린다.

둥근 달이 기가 세도록 도도하게 내뿜던 파르스름한 빛을 잃고 흐물거린다.

"보름달이 녹아내렸어."

"어쩐지 보름달 빛에 몸을 들어낸 망와의 도깨비상이 기분 나쁘더라니."

"예수쟁이들이라 그들이 믿는 신이 우릴 막아선 거야."

그들은 축 처진 어깨를 웅숭그리고 고샅길로 빠져나갔다.

도깨비방망이

신씨 집성촌 입구에 서 있는 돌장승 앞에 나는 주먹을 불끈 쥐고 섰다. 오랜 세월 풍우에 시달려 안면이 뭉그러지게 마모되었지만 아직도 위압감을 줄 정도로 험상궂은 표정이다. 왕방울 만하게 불뚝 튀어나온 부리부리한 눈에 쪽 째진 입이 오싹할 정도로 기괴하게 보인다. 석장승의 얼굴에는 이곳 집성촌 사람들의 표정과 체온이 뭉근하게 고여 있다. 솔직히 고백하자면 똑 닮았다.

내가 이곳에 들어온 지 다음 달이면 꼭 10년이다. 마을 귀퉁이에 동그마니 서 있는 교회는 간판만 내걸었지 허름한 농가이다. 처음 이곳에 오면서 내 고향마을을 완전히 바꾸어 천국화하겠다는 원대한 꿈을 품었지만 모두 허탕. 단 한 사람도 교회에 발을 들여놓은 사람이 없다. 모내기를 할 적에 손이 모자라면 내 스스로 나가서 도와주고 잡초를 뽑을 시기에도 도와주니 10년 세월에 한 일이라고는 서로 다정하게 인사를 주고는 받으며 새참도 함께 먹고 흉허물 없이 지내지만 저들은 절대로 교회에는 들어오지 않는다.

이제 이곳을 떠나야 하나 하는 생각으로 돌장승의 얼굴을 노려보았다. 아무래도 이 장승의 기가 이 마을을 지배하고 있기 때문이다. 나는 눈을 들어 울창한 마을 산을 올려다보았다. 아직도 서낭당엔 날이 갈수록 돌이 수북하게 높은 탑을 이룰 정도로 쌓이고 성황당 옆에 서 있는 나무에는 울긋불긋 헝겊이 매달려 산바람을 타고 펄럭인다. 이곳 마을 사람들은 모두 이곳을 자기 집 다음으로 자주 드나든다. 바로 여기가 이곳 사람들의 모정이요, 누정인 셈이다. 여기 모여 모두가 시시덕거리고 쑥떡대며 한 패거리가 되니 말이다.

문득 내 나이 여섯 살 적 일이 떠올랐다. 다른 집에 비해 삼순구식(三旬九食)하기도 힘든 집에 태어나서 늘 배가 고팠다. 밤마다 할머니 등에 업혀 칭얼대면 할머니가 들려준 이야기가 있다. 성황당 근처 버려진 패가에 가면 한밤중에 도깨비들이 나와서 춤도 추고 마을에 내려와 해코지할 모의를 한다고 한다. 그들이 가지고 있는 도깨비방망이로 뚝딱 두드리면 금이 나오기도 하고 은이 나오기도 해서 사람들을 부자로 만들기도 한다고 했다. 그러면서 할머니는 내 볼기짝을 다독다독 두드리며 '금 나와라 와라, 뚝딱, 은 나와라 와라, 뚝딱.' 하면서 흥얼거렸다.

"아무 때나 한밤중에 가면 도깨비가 거기 있나?"

"비가 부슬 부슬 오는 밤에 나오지. 아니면 눈이 흠뻑 내려 사방이 눈 이불을 덮고 있으면 나오기도 한다더라."

비가 온다면 무서울 것이 분명하다. 더구나 그 옆에는 묘지가 함지박을 엎어놓은 듯이 닥지닥지 붙어 있지 아니한가. 그래도 한겨울 눈 내린 밤보다는 나을 것 같아 나는 용기를 내서 물었다.

"비오는 한밤중에 도깨비들이 그 폐가에 꼭 나오나요?"

"그럼, 그럼. 그 증거로 묘지 여기저기에서 도깨비불이 번쩍번쩍하는 것은 저들이 주고받는 신호라고 하더라."

"언제 도깨비들이 자기 집에 돌아가나?"

"새벽 수탉이 울기 전에 모두 가버린단다."

도깨비불이 번쩍거리는 비오는 밤에라도 나는 거기 가서 도깨비방망이를 가져오고 싶었다. 너무 배가 고팠고 고생하는 어머니 아버지를 부자로 만들고 싶었다. 어린 나는 식구들 모두가 잠든 폭풍우가 몰아치는 한 밤중에 죽기를 각오하고 거길 갔다. 꼭 도깨비방망이를 가져다가 내 존재를 과시하고 동네 사람들에게 잘 사는 우리 집을 보여주고 싶었다. 바람이 억세게 불어 나무들이 옆으로 모두 몸을 휘어 눕고 눈을 뜰 수 없이 빗물이 눈으로 파고들더니 나중에는 입과 코, 귀까지 빗물이 마구 들어가 숨을 쉬기도 힘들었다. 그래도 나는 꼭 도깨비방망이를 가져와야 한다. 이게 바로 이 가정에서 내가 할 일이다. 돌장승을 지나 산속으로 파고드니 멀리 희끗희끗 신목인 서낭나무에 매달린 헝겊들이 가랑잎처럼 비바람에 휘둘리는 것이 보인다. 천둥번개를 타고 내리는 비에 젖은 눈을 들어 묘지 쪽을 보니 할머니 말처럼 시퍼런 도깨비불이 번쩍번쩍 묘지 사이사이를 서로 스치며 지나간다. 발이 덜덜 떨리고 몸을 가눌 수 없을 정도로 휘둘려서 간신히 비를 피해 폐가의 처마 밑으로 몸을 피했다. 번개가 번쩍 안을 들여다보니 희끄무레한 거인이 눈앞을 스친다. 그 순간 나는 겁에 질려 그대로 정신을 잃고 쓰러져버렸다.

얼마나 시간이 흘렀을까. 눈을 뜨니 큰삼촌 나이의 사내가 나를 짚더미 위에 누이고 배를 문지르고 손발을 주무르고 있었다. 이 사람이 도깨비인가 보다 하고 나는 힘을 다해 벌떡 일어나 앉았다.

"이 폭풍우 치는 한밤중에 어린 것이 혼자 여기에 어쩐 일로?"

"도깨비님! 이렇게 빕니다. 제게 도깨비방망이를 주십시오. 아주 주는 것이 아니고 하루만 빌려주시면 제가 우리 부모님 배부르도록 잡숫게 금이나 은 달라고 하고 도로 가져다 드릴게요."

그는 나를 무릎 위에 앉히고 내 얼굴을 쳐다보며 걸걸하게 웃더니 등을 도닥거리면서 다정하게 말했다.

"도깨비방망이가 필요하면 내게 오너라. 나는 옆 마을에 사는 교회 전도사인데 거기 오면 주지."

"아저씨가 그럼 도깨비 맞아요?"

"그래 나는 네가 찾고 있는 도깨비다. 쌀도 주고 옷도 주고 집도 줄 수 있어. 그러니 오밤중에 여기 이렇게 오지 말고 날 찾아오너라."

그는 나를 업어다가 우리 집 앞에 내려놓았다. 그 때 이웃집 수탉이 힘차게 우는 소리를 들으면서 나는 아직 손에는 없지만 곧 얻게 될 도깨비방망이를 끌어안고 집안으로 들어갔다.

그 시절이 떠오르자 웃음이 절로 나왔다. 나는 서낭당 근처에 쓰러진 굵직한 나무깽이를 끌고 집으로 왔다. 그 나무토막을 손자루가 달린 말쑥한 빨래방망이처럼 깎았다. 그걸 강대상 위에 올려놓고 아내와 의논하여 돼지를 한 마리 잡아 동네잔치를 벌였다. 공짜로 푸짐한 돼지고기 점심을 준다니 마을 사람들이 아이들까지 모두 모여들어 차려놓은 음식을 게걸스럽게 먹어치웠다. 그들 모두 어느 정도 음식을 배부르게 먹은 뒤 나는 그 방망이를 들고 앞에 섰다. 사람들의 눈이 일제히 내게 향했다.

"이게 뭔지 아십니까?"

"그건 몽둥이 같네요. 음식 먹여놓고 우리 때릴려구요?"

배부른 탓에 마음이 풀린 마을사람들이 모두 와글와글

떠들면서 와와 웃어댄다.

"이거 도깨비방망이입니다. 제가 서낭나무 앞에서 주은 나무로 만든 것입니다."

그러자 모인 사람들이 일제히 입을 다물고 요상한 표정을 지었다. 바로 마을 지킴이 돌장승의 얼굴을 하고 나를 노려본다. 그 얼굴이 처음으로 내겐 배꼽을 잡도록 웃기는 모습으로 다가오며 저들이 모두 사랑스럽게 보였다.

"이 도깨비방망이로 여기 오셔서 내 앞에 놓인 상을 뚝딱 뚝딱 두드리면 금도 나오고 은도 나오고 집도 나오니 서낭당 대신 여기 발을 드려놓으셔요. 제가 그 비법을 전수하겠습니다."

무뚝뚝한 집성촌의 고집스러운 민초들의 입가에서 잔잔한 미소가 피어올랐다.

사탄이 된 호박

박천녀(天女) 권사는 오늘도 새벽기도에 가려고 억지로 일어났다. 어제 재미있는 연속극을 자정까지 봤더니 잠이 부족한지 어지럽다. 칠순을 넘긴 나이이니 몸이 말을 안 듣는다고 구시렁거리면서 잠옷을 벗고 외출복을 입으려고 억지로 일어나 앉았다.

시커먼 것이 와락 앞을 덮친다. 최근에 눈도 귀도 모두 어눌해지더니 이제 허깨비가 보이는 모양이다. 앉은 채 꼬물꼬물 두 다리를 바짓가랑이에 집어넣고는 일어서려는 찰나 큼직한 손이 와락 그녀를 뒤로 밀어버렸다. 힘없이 벌렁 대자를 그리며 이불 위에 나자빠져서 그녀는 이게 뭔 일인가 생각해본다.

그러자 그녀의 귓가에 검은 옷을 입은 시커먼 물체가 입을 대고 속삭인다.

"당신 나이에 이렇게 새벽에 나다니다가는 길거리에서 쓰러져 죽을 수도 있어. 그냥 자라고. 따뜻한 이불 속에 누워서 기도해도 된다니까. 분수를 알아야지."

"난 일생 새벽기도를 빠진 적이 없어 절대로 그럴 수는 없지."

"이젠 빠질 나이도 되었어. 요즘 독감 바이러스가 급속도로 퍼져 전염되는지라 모두 집에 틀어박혀 있는 걸 모르나보지."

그러자 박 권사는 두 손을 휘두르면서 귀에 인이 박힐 만큼 들어온 방식으로 힘차게 외쳤다.

"나사렛 예수 이름으로 명하노니 악한 사탄 마귀야 물러가라! 나는 예수를 믿는 하나님의 사람! 예수 이름으로 명하노니 물러가라."

괴물처럼 느껴지는 사탄 마귀를 향해 목이 쉬도록 힘차게 외치면서 몸싸움을 하고나니 전신이 푹 젖었다. 어느새 아침 햇살이 부챗살을 그리며 창문을 파고든다. 그녀는 힘차게 일어나서 늦어도 성전을 향해 줄달음질쳤다. 설교는 끝나고 성전의 불이 꺼지더니 모두 주기도문을 외우면서 개인기도에 들어갔다. 그녀는 마귀와 싸워서 승리한 자신이 너무 예뻐서 벙실벙실 웃음이 터졌다.

'나는 믿음이 돈독하여 집안에서나 교회에서 칭송을 받고 있다. 마귀가 오늘 나에게 눈에 보이게 나타나서 무섭게 꼬였지만 승리했으니 사람들 앞에서 좋은 간증거리가

생긴 셈이다.'

그녀는 눈물콧물 흘려가면서 감사기도를 하느라고 제일 늦게까지 성전에 남아있었다. 그간 십일조와 감사헌금, 선교헌금, 건축헌금 모두 꾸준히 내면서 살아왔고 자녀들을 위해 솔로몬처럼 일천번제를 드렸더니 오늘 새벽 무서운 사탄마귀 시험에도 거뜬히 이길 수 있었다. 너무 기뻐서 모두 가버리고 텅 빈 성전에서 목이 터져라 찬송을 불렀다. 전신에 기쁨이 충만해서 하늘을 날 것처럼 기분이 좋았다. 입에서는 찬송이 술술 풀려나와 새벽이슬이 내린 길을 걸으면서 신나게 불러댔다. 학생들 등교시간 직전이라 골목으로 꺾어들어도 인기척이 없다.

집에 가자면 떡가래처럼 기다란 채마 밭을 끼고 가야 한다. 여긴 추레하게 차린 할머니가 꼬부랑허리를 하고 가지, 고추, 깻잎, 호박을 가꾸는 것을 이따금 지나가며 본 적이 있다. 새벽이슬에 촉촉이 젖은 채소 잎들이 싱싱하게 머리를 들고는 새벽 햇살을 받아 윤기가 자르르 흐른다. 아기 머리통만한 애호박이 눈에 들어왔다. 너부죽한 호박잎 밑에 몸을 숨기고 살짝 몸을 들어낸 호박 등이 참기름을 바른 듯 눈부시다.

순간 박 권사는 사방을 휘이익 둘러보고는 아무도 없는 걸 확인하고 잽싸게 애호박을 따서 성경가방에 집어넣었다. 오늘 아침상에 싱싱한 애호박을 새우젓을 넣고 맛있게 볶아먹을 생각을 하니 입에 침이 그득 고인다. 사탄마귀를 새벽에 물리쳤더니 좋으신 하나님이 이런 선물을 안 겨주시는구나!

그녀는 감사를 연발하면서 집을 향해 씩씩하게 걸었다.

고추 먹고 맴맴 담배 먹고 맴맴

"어머머! 저 아이 또 시작이야."

"저러다 넘어지면 뇌진탕으로 죽을 수도 있어."

"누구든 가서 말려야 하는데."

"저 애 정신이 조금 이상한 모양이야."

겨울 칼바람을 몰아낸 따스한 봄볕을 쬐면서 무리지어 앉아있는 노인들이 혀를 끌끌 차며 바라보는 쪽엔 한 아이가 빙글빙글 맴돌고 있다.

"저 새끼 대갈통을 이 지팡이로 팍 때려 박살을 내야하는데 내가 허리랑 다리가 아파 일어설 수가 없네."

아이의 할아버지가 맴도는 손자를 보고 못마땅하여 구시렁댄다. 영양상태가 좋지 않아 나이를 짐작할 수 없는 아이지만 5살 정도는 되어보였다.

한눈에 보기에도 아이의 분노로 일그러진 얼굴과 번득

이는 눈이 매섭다. 땀이 이마에 배어서 번들거릴 때까지 맴돌던 아이가 대자를 그리고 하늘을 바라보며 땅바닥에 널브러져버렸다. 때가 꼬질꼬질 낀 얇은 옷의 어깨와 가슴팍 언저리가 거세게 들먹이고 아이는 흐느끼는지 쥐새 끼우는 소리를 낸다. 노인들의 시선이 아이에게서 멀어지자 어지럼증이 가신 아이가 다시 털고 일어나 요번에는 죽기로 결심했는지 더 격렬하게 맴맴 돌기를 한다.

"저거 주의력결핍 과잉행동장애, 영어로는 ADHD라는 병이야. 정신과에 데리고 가서 약을 먹이면서 행동치료를 하고 부모도 교육을 받아야 하는데."

지식과 교양이 있어 보이는 노인이 혀를 차며 정신과의 사처럼 말한다.

아이가 너무 심하게 맴돌기를 하니 노인들 중 한 사람이 보다 못해 벌떡 일어섰다. 젊은 시절 씨름판에서 뼈가 굵었는지 몸집이 제법 우람하다. 남산 만하게 부른 배를 출렁출렁, 절뚝거리며 아이에게 달려간다.

호기심 반, 걱정 반으로 노인들의 시선이 그를 뒤쫓는다.

배불뚝이 노인이 아이의 어깻죽지를 세차게 잡아챘다. 강제로 맴돌기를 저지당한 아이는 노인의 스펀지처럼 물컹한 배를 두 주먹을 불끈 쥐고 쥐어박으며 입에서는 거친 욕지걸이가 마구 쏟아진다.

"절뚝발이, 거지, 더러운 배불뚝이가 왜 이래. 아이쿠! 노인 냄새! 똥냄새!"

매를 맞아가면서도 노인은 아이의 맴돌기를 못하도록 막아섰다.

　"늙었으면 집구석에 처박혀있지 왜 이 지랄이야. 내가 못 살아. 나는 왜 노인까지 데리고 살아야하지! 아이쿠! 내 팔자야! 귀찮아서 죽을 지경이네."

　"어머머! 저 새끼, 내 못된 며느리의 거친 입버릇 흉내를 그대로 내고 있네. 그런 년에 그 새끼라니까."

　할아버지의 빈정거림에 노한 노인들이 일제히 주먹을 휘두른다.

　"저 못된 녀석을 그냥 한 방 먹이라고. 그래서라도 버릇을 고쳐야 된다니까."

　노인들의 항의가 거세게 일렁인다. 그래도 배불뚝이 할아버지는 샌드백이라도 된 듯 그 매를 다 흡수한다. 배를 때리던 아이가 나중엔 정강이를 발로 걷어차기 시작하자 진짜로 아픈지 노인의 얼굴이 일그러지면서 아이에게 외친다.

　"네 새까만 머리카락이 정말 보기 좋구나!"

　이 말에 아이는 더 참지를 못하고 발광하며 노인을 때린다.

　"네 얼굴 보조개는 정말 귀여워!"

　이런 엉뚱한 말을 하는 노인을 향해 지켜보던 노인들이 항의한다.

　"뭐야? 저 노인 치매 걸렸군. 왜 바보처럼 저래. 쥐어박아 박살을 내야지."

어떤 노인은 턱을 쓰다듬으며 중얼댄다.

"우리 어릴 적 놀았던 고추 먹고 맴맴, 담배 먹고 맴맴 놀이하는 아이가 요즘 세상에도 있다니 참 신기하다."

아이는 차츰 기진해가면서도 계속 폭언을 퍼붓는다.

"모두 죽어버려. 전쟁이나 지진이라도 나서 건물들이랑 집이 깡그리 무너져 내려야 내 속이 풀리겠어. 아이쿠! 내 팔자야."

아이 입에서 이런 소리가 튀어나오자 그런 말을 늘 내뱉던 손자의 할아버지가 고개를 푹 숙여버린다.

아이는 드디어 할아버지의 스펀지 배에 몸을 기대며 축 늘어진다. 아이를 깨지기 쉬운 도자기처럼 가만히 가슴에 안은 노인이 아이의 귀에 입을 대고 속삭인다.

"나는 너를 참 좋아한단다. 네 얼굴이 장차 큰 사람이 될 상이야. 난 너를 정말 진짜로 사랑하고 있어."

노인의 가슴에 안긴 아이의 얼굴에 희미한 미소가 스친다.

그 다음날부터 아이가 맴돌기를 하면 그 배불뚝이 노인도 따라서 맴돌다 아이가 대자로 누우면 옆에 나란히 누워 하늘을 함께 바라보기 시작했다.

참으로 기이한 일은 날마다 아이와 함께 고추 먹고 맴맴, 담배 먹고 맴맴 돌기를 하다 눕는 노인들의 수가 점점 늘어난다는 사실이다.

전도사와 도둑놈

　김광휘 전도사의 이마 위로 진땀이 흐르더니 등짝도 푹 젖었다. 아무리 둘러봐도 도움을 청할 사람이 없다. 숨어서 뒤를 쫓는 사람의 발자국 소리만 울울창창한 숲속 산바람을 타고 그의 귀에 파고든다. 아직도 숲을 벗어나려면 20분을 더 걸어야 한다.

　백 팩에 든 돈을 어쩐다지. 모두 현금인데 큰일이다. 산골교회를 건축하라고 형제들이 모아서 준 돈이다. 벽촌 외진 곳까지 따라온 걸 보면 은행에서 오만 원짜리 현금을 누나가 백 팩에 챙기는 걸 본 모양이다. 괜히 택시 값 아낀다고 지름길인 숲길을 택한 자신이 부끄럽다. 어려운 살림에 십시일반으로 모아준 돈을 이렇게 도둑놈의 손에 넘기는 것이 가슴 아팠다. 자신의 목숨을 내놓을지언정 절대로 빼앗길 수 없는 돈이다. 허술하게 지은 탓에 세월을 이기지 못하고 무너지려는 교회가 눈앞을 스친다. 비만 와도 지붕이 줄줄 새서 우산을 쓰고 예배를 드려야하는 판에 어찌 악당의 손에 이 귀한 돈을 넘긴단 말인가. 그는 이를 으드득 갈면서 다짐한다. 내 목숨을 줄 것이지 이 돈은 아니다.

첫아이를 임신하고 입덧을 심하게 하는 아내를 먹이려고 숲 초입에 봐둔 두릅 순을 따지 말 걸 그랬나? 어쩌자고 누나는 은행에서 도둑놈 눈에 띄는 과오를 저질렀단 말인가 하는 원망도 슬그머니 일었다. 스토커의 발자국 소리가 가까워지자 그의 발걸음도 바빠졌다. 어서 마을에 도착해서 소리를 질러서라도 밭에서 일하는 노인들의 도움을 청할 생각이다.

그때 귀에 속삭이는 소리가 들린다. 아주 세미한 음성이다.

'네가 가진 모든 걸 주어버려라. 아내 먹일 두릅 순까지 등에 진 걸 몽땅 포기해라. 내겐 네 생명이 천하보다 더 귀하단다.'

그 음성을 무시하고 그는 머리를 세차게 흔들면서 도둑놈이 개를 꾸짖듯 투덜댔다. 순간 그의 어깨를 힘주어 잡아채는 거친 손길에 그는 우뚝 멈춰서버렸다.

"형씨! 함께 가십시다."

휙 돌아보니 매를 맞아 시푸르죽죽한 엉덩이 같은 도둑놈 얼굴이 확 눈에 들어온다. 날선 칼날이 목에 닿듯 섬뜩했다. 그 순간 전도사는 등에 지고 있던 백 팩을 선뜻 벗어 그에게 내주었다.

"형씨가 이게 너무 무거워 그렇게 중얼거렸군요. 아이쿠! 저 땀 좀 봐. 등짐이 무척 힘들었던 모양이군요."

아픈 교인들 주려고 산 아스피린과 활명수 10병, 입덧하는 그의 아내를 위해 누나가 사준 소고기 3근, 욕심껏 꺾은 두릅 순과 교회 지을 돈이 너무 힘겨웠다. 배가 불뚝하고 제법 묵직한 백 팩을 푸르뎅뎅한 얼굴의 사내는 함빡 웃으며 전도사에게서 받아 등에 지고 나란히 걸었다.

"이 무거운 걸 지고 도둑놈 소 몰듯 가파른 산길을 걸으면 힘들지요."

그가 뭐라 하든 그는 앞만 보고 부지런히 걸었다. 이젠 산에 가서 싸리나무라도 잘라서 교회 지붕을 덮고 흙벽돌을 찍어야겠다는 생각을 하자 차츰 마음이 가라앉기 시작했다. 이내 산마을과 삐딱하게 한 쪽으로 기운 교회가 눈에 들어왔다. 소리치면 순식간에 달려올 거리에서 밭일하는 노인들이 보인다.

그는 날카로운 눈으로 전도사를 쏘아보며 오른 손을 잽싸게 가슴 안주머니에 찔러 넣는다. 그보다 먼저 전도사는 도둑놈을 향해 허리를 깊숙이 숙이고 나서 잘 가라고 손을 흔들었다. 묘한 미소를 흘리며 그는 백 팩을 느린 동작으로 벗어 전도사의 등에 메어준다.

"도둑놈에게도 의리가 있지 날 믿어주는 사람을 어떻게

속여요."

어리벙벙해 있는 전도사의 등을 두어 번 두드려주고 그
는 휙 돌아서더니 큰 소리로 씨근덕거렸다.

"씨팔! 오늘 재수 옴 붙었다. 그래도 내 일생 날 믿고
인정해준 사람은 이번이 처음이야."

멍청히 백 팩을 메고 그의 등을 바라보는 전도사의 귓
가를 산새의 속살거리는 지저귐이 스친다.

모자란 통나무

    난 아무리 생각해도 흙 수저도 못되는 일회용 플라스틱 수저다. 일찍 부모를 여윈 것도 모자라 고아원에서 자랐고 나이 서른이 내일 모레지만 거할 방 한 칸 없이 떠돌아 다니는 신세가 아닌가. 이렇게 사느니 차라리 죽는 편이 낫다는 생각이 들어 마지막으로 어머니, 아버지와 함께 살았던 산골 오지의 고향집으로 내려갔다. 산기슭에 자리 잡은 옛집은 오랜 세월 방치되어 마당에는 풀이 수북이 자랐고 마루도 퇴색하여 쩍쩍 갈라지고 초가지붕은 썩어 내려 미친년 퍼질러 앉아있는 몰골이었다. 그래도 네 기둥이 버팅기고 있어 집의 형체를 지닌 것이 기적이었다.

    여기서 나는 여섯 살까지 살았다. 해가 지니 늦가을의 찬기가 오스스 겨드랑이 밑으로 파고든다. 산속이라 해가 벌써 서산에 기울고 있다. 집 밑으로 흐르는 냇가에 가서 물을 떠 마시고 집 주위의 마른 풀이나 잔가지를 주어다 아궁이에 넣고 군불을 지폈다. 다행히 방바닥 구들은 살아있어서 불길이 살살 안으로 들어간다. 솥에 부은 물이 절절 끓기 시작했다. 낡아서 녹이 슬었지만 무쇠 솥도 그냥 제 자리에 있어 집 언저리에 자란 푸성귀를 뜯어다가 데쳐서 허기를 달랬다. 아마도 화전민들이 몇 년 전까지 살았던 모양이다.

보름인지 달이 휘영청 밝다. 부모와 함께 여기 살 적에는 얼마나 행복했던가! 이런 몰골로 다시 찾은 자신의 모습이 왜소하고 초라하고 거지꼴이라 여기서 그냥 생을 마감하겠다고 결심하고 내려온 내 자신이 장하게 생각되었다.

흙바닥이지만 군불을 지핀 탓인지 방바닥이 뭉근히 뜨뜻해졌다. 나는 팔베개를 하고 모로 누웠다. 달빛은 처량하게 밝아 사위가 훤히 눈 시리게 들어온다. 여기까지 오느라고 지쳤는지 잠이 스르르 왔다.

몇 년 전 일자리였던 지리산 속의 벌목현장이었다. 긴 행렬을 이룬 사람들이 모두 거친 숨을 내쉬면서 행군하고 있었다. 기이한 일은 모두가 크고 작은 통나무를 어깨에 걸메고 걷고 있다는 점이다. 험산준령에서 벌목한 나무들은 잡목이라 종류가 다양했다. 길게 늘어선 줄, 맨 앞에 이 행렬의 인도자인 대장이 다른 사람들보다 엄청 큰 통나무를 메고 다리를 질질 끌면서 걷고 있다. 어떤 사람은 손으로 들고 갈 정도로 작은 나무토막을 손에 들고 헤헤거리다가 장난치면서 걷기도 한다. 내가 진 통나무는 어찌나 큰지 주위를 둘러보니 내 것처럼 무거운 짐을 진 사람은 아무도 없다. 무리들은 적당한 크기의 나무를 진 사람들이 대부분이다. 그들은 묵묵히 아무 소리 않고 점잖게 몸을 곧추 세우고 천천히 행군하고 있다. 아무리 둘러봐도 내가 어깨에 멘 통나무는 너무 크고 무거웠다. 나이테가 어림잡아 세어보니 반백년은 되어 보였다. 게다가 내 몫인 통나무는 거칠게 다듬은 데다 울퉁불퉁 튀어나온 옹이들이 걸을 적마다 어깨와 등을 쿡쿡 찔러 대서 너무 아팠다.

나는 쉴 새 없이 툴툴거렸다. 이건 너무하다. 일이 년 된 어린 통나무를 지는 것까지 바라지 않는다. 중간 크기의 통나무를 내게 주었다면 얼마나 좋을까! 자글자글 불평이 쏟아져 자꾸 투덜거렸더니 점점 무리 속으로 내 몰골이 알려지자 사람들이 얼굴을 돌리고 가엾다는 시선을 내게 던졌다. 시간이 흐르자 내 불평 소리가 너무 커서 함께 진군하는 사람들도 불편하고 불안해서 얼굴을 찡그렸다. 앞장서서 길을 인도하던 대장이 어쩔 수 없이 뒤에서 불평불만에 가득 차 씩씩거리는 나에게 다가왔다.

그를 보자마자 나는 따발총처럼 불만을 쏟아냈다.

"제가 지고 가는 통나무는 너무 큽니다. 제 힘으로 지고 가기엔 너무 무거워요. 아주 작은 것을 원하지 않아요. 대부분 사람들이 지고 가는 중간크기를 주세요."

대장은 잔잔하게 웃으면서 내 정수리부터 발끝까지 찬찬히 훑어보다가 조용히 입을 열었다.

"그냥 지고 가는 것이 나중에 좋을 터인데. 힘들면 밑동을 조금 잘라줄까?"

"그래요. 자르는 김에 아주 많이 잘라주셔요. 그럼 가벼울 것이 아닙니까."

"지고 갈 갈수만 있다면 참 좋을 터인데."

"싫어요. 너무 무거워 견딜 수가 없어요."

그는 마지못해 허리춤에서 작은 톱을 꺼내 통나무의 밑동을 잘라냈다.

어깨가 가쁜 했다. 이 정도면 질만했다. 하지만 얼마를 걸으니 다시 무거워지기 시작했다. 다른 사람들이 진 통나무를 보니 내 것보다 훨씬 작았다. 다시 불평이 쏟아지기 시작했다.

앞장 선 대장이 다시 나에게 다가왔다.

"아직도 무거운가?"

"다른 사람에 비해 제 것이 너무 커요. 왜 저만 이렇게 무거운 걸 져야하나요."

"나중을 생각해서 그냥 지고 가는 것이 좋은데. 그럼 또 잘라줄까?"

"이번엔 아주 뭉떵 많이 잘라주세요."

대장은 아주 애처로운 표정을 감추지 못하고 멈칫거리다가 전처럼 허리춤에서 작은 톱을 꺼내 내가 원하는 만큼 나무 밑동을 썩둑 잘라냈다. 나는 너무 기분이 좋았다. 짐이 가벼워서 콧노래가 나왔다. 얼마를 행군하여 목적지가 보이는 강가에 다다랐다.

대장이 모두를 강가에 일렬로 세우고 손나팔을 하고 큰 목소리로 지시했다.

"지고 온 통나무를 각자 강을 건널 수 있게 외나무다리로 걸쳐놓으세요. 물살이 급해서 혼자만 살살 자기가 지고 온 통나무를 타고 잘 건너야지 다른 사람이 거기 함께 올라탈 수 없습니다."

모두가 지고 온 나무를 강 저편에 걸치기 시작했다.

강 건너는 이쪽과 달리 눈이 화들짝 놀랄 정도로 풍요롭고 황홀했다. 군데군데 하얀 집들이 즐비했고 무성한 과수에는 탐스럽게 익은 많은 종류의 과일들이 주렁주렁 매달려있었다. 강폭이 좁아서 훌쩍 뛰어 건널 수도 있어 보였다. 놀라운 일은 지고 온 통나무가 강 건너편에 닿는 사람은 아주 드물었다. 어쩔 수 없이 힘을 다해 강을 뛰어 건너려고 야단들이었으나 모두가 건너지를 못하고 급물살의 강물에 빠져 흘러내려가며 울부짖었다.

나는 자신 있게 등에서 통나무를 내려 강 건너편에 닿게 맞췄으나 대장이 두 번이나 잘라낸 만큼 모자라 닿지를 못했다. 발을 동동 구르면서 대장을 보니 그는 무척 애처로운 눈으로 나를 바라보고 있었다.

등을 타고 찬기가 스친다. 나는 눈을 번쩍 떴다. 동녘 하늘이 연시 빛으로 물들고 있다. 흙방바닥에서 새벽공기 만큼 찬기가 올라온다. 간밤에 꾼 꿈이 생생하게 떠올라 머리를 갸웃거리면서 밖으로 나왔다. 발목을 휘감고 돌던 안개가 서서히 걷히면서 마당의 허물어진 닭장과 돼지우리가 눈에 들어온다.

'난 태생적 자연인이다. 등에 걸머멘 통나무를 아무리 무겁더라도 즐겁게 지고 가야지.'

개울가에 내려가 긴 세월 내가 무척 힘들게 방황한 세월의 때를 씻어내면서 여기를 어떻게 가꾸고 살아갈까 청사진을 그려본다.

옛 민초들의 이야기,
오늘날 우리들의 이야기

이건숙 작가는 필자와 함께 1981년 '한국일보 신춘문예' 소설부문 공동 당선으로 문단에 데뷔했다. 꼭 41년 전이다. 이건숙 소설 『양로원』은 최인훈 선생이 선정하고, 황충상 소설 『무색계』는 김동리 선생이 선정하여 공동 당선이 된 것이다.

우리는 시상식 때 인사를 나눈 뒤, 한동안 서로의 삶에 충직할 뿐 교유가 없었다. 그러나 신의 섭리하신 인연은 우리를 다시 만나게 했다. 여기에 섭리의 인연이란 말이 부합한 까닭이 있다. 신은 문학으로 시작과 끝을 합일시켜 우리를 쓰시기 때문이다. 현재 『크리스천문학나무』 계간 종합문예지가 이건숙 주간, 황충상 편집고문이 합력하여 간행되고 있음은 그 사실을 입증한다.

우리는 문예지 창간 이전 6년여 시간을 목사 사모 권사 집사가 함께 모인 문학반을 만들고 기독문학 창작이론은 이건숙, 일반 문학 창작이론은 황충상이 맡았다. 특히 이건숙 기독문학 창작실기는 문예지 신예작가 당선의 길을 열어 나가고 있다. 이에 그 작가들에게 발표 지면을 주자는 뜻에서 『크리스천문학나무』 계간지가 2015년 창간되었다.

문학지 발행의 길은 좁고 험악한 길이다. 이건숙은 그 길을 7년째 가고 있다. 그리고 그 와중에도 그동안 발표 출간, 미출간 작품들을 모아 단편소설집 10권, 장편소설집 10권 『이건숙 문학전집』 20권을 기획하고, 전집 8권 『세상에서 가장 아름다운 구멍』, 전집 20권 『예주의 성 이야기』, 전집 4권 『민초들의 이야기』가 간행되었다. 나머지 문학전집이 모두 간행되자면 앞으로 3년쯤 시간이 걸리지 싶다.

한 작가가 전집으로 문학을 정리하는 창작의 세계는 문학의 순도만큼 독자의 공감을 얻는다. 이에 따른 큰 틀의 문학론과 작가론은 평론가에게 맡기고, 필자는 소설가로서 이 지면에서 이건숙 문학전집 4권 『민초들의 이야기』만 가지고 그의 작품과 작가에 대한 이해를 돕고자 한다.

이건숙 기독문학 스마트소설 「옛 민초들 이야기」 33편은 기독교 전래 이후 한국에 불어 닥친 물결 속에 살아간 1900년도 전후 민초들의 의식구조와 생활양식이 일목요연하게 펼쳐진다. 그리고 「오늘날 우리들 이야기」 7편 중에는 전형적인 스마트소설의 창작기법을 보여주기 위한 작품도 있다. 따라서 이 40편 모든 이야기는 이건숙 작가가 남편의 목회지에서 만난 성도들의 세상에 드러나지 않고 숨겨진 가문의 야사를 듣고 모은 자료와 기록된 역사를 창작의 소재로 씌어졌음을 알 수 있다.

핍박이 사라진 풍요로운 신앙생활 속에 나태하고 세속화되어가고 있는 우리들이 순수하고 단순하고 심지어는 거룩해 보일 정도로 아름다웠던 저들의 믿음을 읽어가면서 가슴을 여며보자. 문화끼리 충돌하는 와중에도 지혜롭게 대처한 선조들의 지고한 신앙을 앞에 놓고 우리의 믿음을 점검하고 반성, 회개하는 계기가 되기를 소망한다.

— 「작가의 말」에서

그의 경이롭고 순박하고 단순한 창작의 놀라움, 사변적이면서 사변으로 치닫지 않는, 자칫 신앙 간증이지 싶은 이야기가 새로운 울림의 소리로 치솟는 문학의 힘은 어디서 배양된 것일까? 오로지 성경 말씀에서다. 참 진리의 말씀을 기반으로 하는 그의 창작은 문학의 단면을 사람의 일과 신의 일로 교직한다. 따라서 차별성 있는 그의 기독문학 스마트소설들은 진리의 말씀과 더불어 진실의 옷을 덧입고 있다. 이것은 이건숙 작가만의 이야기 기법이 적용된 셈이다. 목사를 내조하는 사모 소설가로서 성도들의 아픈 인생을 신앙 체험으로 승화시켜 사람의 일과 신의 일을 구별하는 지혜를 얻게 하는 작법이 그것이다.

이에서 대표적인 믿음 소망 사랑의 소재 소설을 선하여 감상함으로써 성경말씀에 근원하는 이건숙 기독문학 스마트소설의 진수를 맛볼 수 있지 않을까. 이 작품 감상과 짧은 평설이 독자에게 공감의 장으로 열리기를 바란다.

『민초들의 이야기』는 단순 순박한 짧은 소설 40편을 묶고 있다. 단순 순박한 문학의 아름다움 속에 믿음 소망 사랑을 아로새긴 이건숙 기독문학의 짧은 소설들은, 오늘날 새로운 장르 문학의 길을 열고 있는 스마트소설을 미리 예단한 작품들로 읽힌다.

횃불이 다가왔다. 손에 삽과 곡괭이를 든 사람들의 눈에 독기가 서렸다. 목숨을 걸고 호랑이와 싸울 태세였다.

"아직 호랑이가 있으니 가까이 오지 마세요!"

나는 목청껏 저들을 향해 외치기 시작했다. 그러자 함성이 터졌다.

"어머머……, 호랑이가 도망치고 있네. 서양귀신이 호랑이를 이겼어. 이건 있을 수 없는 일이야. 만세, 만세!"

"여보! 당신이 믿는 서양귀신 참 대단하다."

횃불에 드러난 남편의 얼굴에 잔잔한 미소가 어렸다. 나는 와락 그의 품에 안겨 감격의 눈물을 흘렸다.

　　　― 「바리데기」에서

100여 년 전후, 우리 민족의 선교정황이 그대로 그려지고 있다. 호랑이가 나타나는 산중에 누렁이와 함께 기도하는 바리데기 박마리아, 마을사람들 그리고 그녀의 남편이 예수 서양 신과 갈등하다 합일되는 이야기이다. 간증에 머물지 않고 기독문학으로서 그 의식의 세계가 먼 미래 현장의 스마트소설과 접목되고 있는 사실이 놀랍다.

"이놈은 이틀에 한 번씩 알을 낳습니다. 마당에 풀어놓고 모이를 주는 걸 잊지 마세요."

전도부인은 싫다고 머리를 흔들었으나 기어이 암탉을 손에 쥐어주고 지게문을 나서는 그들을 배웅하는 할머니의 눈에는 기쁨이 넘쳤다. 꺼벙하게 키가 큰 서양 목사님이 뒤돌아보면서 다정한 눈길을 할머니에게 던졌다.

방안에 들어와 밥상을 보니 마늘 다져 넣고 마른 고추와 부추 그리고 파를 넣은 커피찌개가 한 방울도 남아있지 않았다. 싹싹 먹어치워 질뚝배기 안은 비어있었다. 할머니는 어찌나 기쁜지 아직도 작은 봉지에 반쯤 남아있는 커피를 아껴 두었다가 이다음에 목사님하고 전도부인이 오시면 한 번 더 끓여 주리라. 그때는 꼭 호박 철에 와서 애호박을 잘게 썰어 넣으면 더 맛있는 커피찌개가 될 것이라고 생각하면서 할머니는 함박웃음을 흘렸다.

— 「심심산골 할머니가 믿는 하나님」에서

그야말로 순박한 할머니의 마음이 하나님 마음에 가 닿는 이야기다. 커피를 어떻게 먹는지 몰라 커피찌개를 끓여낸 할머니의 무지의 정성을 전도부인과 서양 목사님이 그대로 먹는 밥상이 눈에 선하다. 이처럼 어떤 일이 세상적인 지식 없이 지극정성으로만 이루지는 경우 하나님 믿음의 큰 그릇이 되어 크게 쓰임을 받는다. 우리 선조들은 오로지 믿는, 아무 계산 없는 믿음으로 믿음의 열매가 되었다.

이제 죽음의 순간이 온 것이다. 참으로 길고 긴 여정 끝에 맞는 이생에서의 마지막 순간인 셈이다. 아름답게 죽어야 한다. 용감하게 이생의 마지막을 장식해야 한다. 천국의 현관문에 발을 들여놓는 순간인데 무엇이 두렵단 말인가. 기쁨으로 소망의 눈을 들어 위를 보자 하면서도, 두 다리에서 힘이 쭉 빠져나가고 전신이 걷잡을 수 없이 후들거렸다. 죽는 순간 참을 수 없을 정도로 아프면 어쩌지. 해서 본인의 의지와는 관계없이 공포에 떨면서 마음을 바꾸면 어쩌지. 죽음의 순간은 진짜 얼마나 아픈 것일까.
— 「오소리강에 핀 붉은 꽃」에서

비적들에게 죽임당하기 직전 한 목사의 독백이다. 몸의 아픔, 마음의 아픔을 말하는 심상이 너무나 인간적이다. 여기 자연도 감응하는 현상을 보인다. 구원의 예표인 붉은 꽃이 그것이다. 그는 성경 말씀을 붙들고 안고 피 흘리며 피 흘리며 오소리강 얼음 속으로 사라졌다. 순교한 것이다. 말없이 오소리강은 얼음 위에 붉은 순교의 꽃을 피워 보였다. 예수님 닮은 한 목사의 생을 상징하는 꽃!

예수님도 십자가 위에서 사람의 말을 하셨다. '이 잔이 지나가게 하소서. 그러나 아버지의 뜻이면 받겠나이다.' 진리의 현상은 헤아릴 수 없는 장엄함이다. 예수님은 인류 구원의 꽃으로 지셨다가 다시 부활의 꽃으로 피어나신 것이다. 한 목사의 죽음은 이 진리를 채득한 순교였다.

어디를 둘러봐도 코로나를 피할 안전한 섬은 없어 보인다. 어쩔 수없이 이 답답하고 잔인한 어둠 속을 맹목적으로 전진해야만 한다. 이제 코로나로 인해 우리는 예전과 완전히 다른 생활 형태로 자리를 잡아가고 있다.

나는 길 위에 우뚝 멈춰 서서 뇌까려본다.

'코로나가 어느 날 갑자기 찾아왔으니 온 것처럼 가버릴 불쾌한 방문객이 확실하다. 그러니 이 집단적인 공포의 종말은 꼭 올 것이다.'

순간 이런 환상이 내 눈앞을 스친다.

'코로나가 죽어버린 날에 가족들과 이웃이 모두 모여든다. 코로나의 냉기 자리를 채워줄 뜨거운 환락을 찾아 나선 군상이 영화관에 백화점에 학교에 시장에 번화가에 맛집에 음식점에 와글와글와글······.'

나는 그들 인파에 끼어들어 목청껏 외칠 것이다.

"Goodbye forever, Covid-19!"

—「영원히 안녕」에서

코로나가 인류사를 바꿨다. 알 수 없는 고독의 고통도 낳고, 함께 더불어 이웃 사랑이 얼마나 위대한 시간이었는지를 알게도 했다. 이제부터 새로운 융합과 소통을 위하여 인류는 외친다.

"코로나여, 영원히 안녕!"

그리고 인류는 또 다시 희망을 꿈꾼다. 이렇게 씌어져서 가능과 불가능의 의식을 읽게 하는 것이 스마트소설이다.

아이는 드디어 할아버지의 스펀지 배에 몸을 기대며 축 늘어진다. 아이를 깨지기 쉬운 도자기처럼 가만히 가슴에 안은 노인이 아이의 귀에 입을 대고 속삭인다.

"나는 너를 참 좋아한단다. 네 얼굴이 장차 큰 사람이 될 상이야. 난 너를 정말 진짜로 사랑하고 있어."

노인의 가슴에 안긴 아이의 얼굴에 희미한 미소가 스친다.

그 다음날부터 아이가 맴돌기를 하면 그 배불뚝이 노인도 따라서 맴돌다 아이가 대자로 누우면 옆에 나란히 누워 하늘을 함께 바라보기 시작했다.

참으로 기이한 일은 날마다 아이와 함께 고추 먹고 맴맴,

담배 먹고 맴맴 돌기를 하다 눕는 노인들의 수가 점점 늘어
난다는 사실이다.

　　—「고추 먹고 맴맴 담배 먹고 맴맴」에서

이것이 문학인가? 문학이다. 「고추 먹고 맴맴 담배 먹
고 맴맴」은 물음과 답이 있는 문학적인 전경을 그려 펼치
고 있다. 전형적인 스마트소설인 것이다. 물음 자체가 답
이고 답 자체가 물음을 함유하는 스마트소설, 분명 심리
와 심미의 조화가 느껴지는데 그 내용을 옮기려하면 확연
히 감잡을 수 없는 화두처럼 물러나 있는 이야기. 그럼에
도 불구하고 더욱 문학의 본질을 생각하게 하는 이 느낌
의 까닭은 뭘까. 이것이 바로 문학의 사물관에 대한 답이
라는 것이다.

그렇다. 이것이 미래의 미래를 향한 스마트소설이다.
그렇다면 오늘을 사는 우리의 정신사는 이해 못할 것이
없다. 아이가 고추 먹고 맴맴, 어른이 담배 먹고 맴맴을
돌고 돌다보면 아이가 어른이 되어 아이 곁에 눕고, 어른
이 아이가 되어 어른 곁에 눕게 된다는 것이다. 이렇듯 좋
은 스마트소설은 설명하지 않고 답하는 전경만 보여준다.

이제 독자와 창작하는 작가를 위해 오늘의 스마트소설
개요를 정리할 필요가 있겠다. 스마트소설은 스마트폰과
소설의 결합을 시도하는 글쓰기에 명명된 새로운 장르 문

학이다. 9년 전 계간 『문학나무』가 '스마트소설박인성문학상'을 제정하면서 우리 문학사에 처음 등장했다. 소설가로서 한 시대의 광고 카피를 문학의 순전한 의미망으로 조율했던 카피라이터 박인성, 그의 문학상에 스마트소설이 붙은 까닭은 상에 대한 시사성을 분명히 하기 위함이었다.

상품을 선전하는 광고 카피가 수천 마디의 말을 압축하여 상징 핵의 말이 되면서 선명한 전달의미가 되듯이, 스마트소설은 짧은 분량(2백자 원고지 7매 15매 30매 이내)에 문학의 통찰과 혜안을 보여주어야 한다. 그러자면 카피라이터적 창작의 순발력과 의지가 필요하다는 뜻이다. 나아가 스마트소설만의 초월적인 실험기법이 적용되어야 하고, 문장 또한 스마트한 의미를 표출할 수 있도록 압축하여 단순하게 단면을 그림으로써 문학성이 담보된다.

강렬한 시사성의 묘하고 아름다운 힘, 그 파장의 울림 위에 문학의 품격을 갖추어야 하는 스마트소설은 어떤 소재든 다양한 글쓰기를 보여주되 새로운 무엇의 감동과 가능성을 내재시켜야 영원히 읽히는 공감의 이야기가 된다는 것이다.

소설쓰기란 참 어렵다. 정신과 육신의 동시 노동으로 소설을 써야하기 때문이다. 육신은 펄펄 나는데 정신은 혼곤하고, 정신은 환상 속에 있는데 육신은 현실에 묶이